쉴러 코드.

장미와 잠자리에 관한 보고서

조우호 소설

조우호 소설

쉴러 코드.

장미와 잠자리에 관한 보고서

도서출판 월인

휘몰아치는 사나운 폭풍에 언제라도 꺼질 듯
희미하게 너울거리는 두 개의 횃불.
흔들리는 검은 천이 덮인 조잡한 소나무 관.
그 흔한 조화도, 가장 가난한 사람들조차도 따르는 이 없이
범죄자의 주검을 눈에 띄지 않게 재빨리 무덤으로 옮기는 듯
상여꾼들은 총총히 발을 옮겨 나갈 뿐. 그때 알 수 없는 인물 하나,
넓고 우아한 주름이 잡힌 외투를 휘날리며
그 관을 따랐다. 그건 바로 다름 아닌,
인류의 정신.

– 콘라트 페르디난트 마이어

프롤로그

삶에서 인연이란 참으로 기묘하다. 삶은 인연의 사슬로 이루어지기 때문이다. 우리는 모두 그 고리를 통해 이 세상에 오게 된다. 누군가의 자식으로, 또 형제자매로 태어난다. 가족을 알 수 없는 경우는 다른 인연이 그걸 대신한다. 세상에 태어나고도 우리의 삶은 다양한 인연의 사슬로 연결된다. 그것을 의식하든 그렇지 않든 삶은 그렇게 흘러간다. 오늘의 일이 내일의 결과로 이어지지는 않을지라도 언젠가 그 결과는 나타난다. 죽을 때까지 삶의 사슬은 그렇게 연결되어 있다. 다만 그 고리가 어떻게 연결될지 알 수 없을 뿐. 우리는 그것을 운명이라 말하는 데 익숙해 있다. 운명처럼 그 사슬은 과거가 되어 봐야 알 수 있고, 때론 죽음을 초월하기도 한다. 한 사람이 죽어도 그를 기억하는 사람은 죽은 이와 연결되는 고리가 존재한다고 느낀다. 그게 죽은 이와 산 자들의 인연을 알려주는 징표다. 작게는 부모, 가족, 친척 그리고 친구, 지인의 사슬이, 크게는 기억 속에 있는 모든 이들과의 인연의 고리가 서로 거미줄처럼 엮어져 있음을 느낀다.

나는 최근까지도 18세기 독일의 극작가 프리드리히 쉴러의 죽음과 그 유골에 대해 생각했다. 아니, 그 죽음의 원인과 유골의 행방을 조사하고 있었다. 정확히 말하자면 그의 죽음과 유골의 행방을 기록한 자료에 가려진 다른 진실이 있는지, 아니면 그것을 둘러싼 이면의 얘기들이 호사가들이 좋아하는 단순한 음모설인지, 이도 저도 아니면 그것이 그의 어찌할 수 없는 운명인지 알고 싶었다.

그렇다고 그걸 처음부터 열심히 조사한 건 아니다. 처음 쉴러 유골의 진위와 분실 가능성에 대해 듣게 된 건 독일 유학 시절이었다. 예나대학(정식 명칭은 '프리드리히 쉴러 대학교') 수업을 통해 알게 된 클라우스 한젠 박사가 그의 작업실에서 내게 그걸 알려줬다. 하긴 내가 과문(寡聞)했지 쉴러의 유골이 진짜가 아닐 것이라는 얘기는 그 후 많은 사람에게서 들을 수 있는, 그 바닥에서는 이미 알려진 소문이었다. 어쨌거나 그의 설명은 내가 그의 유골의 행방과 그의 죽음 내지 비정상적 죽음에 관해 진지한 관심을 가지는 계기가 되었다. 그러다 본격적 관심을 가지게 된 건 그 후 꽤 시간이 지나 우연히 접한 독일 뉴스 때문이다. 그의 유골 DNA를 분석, 비교한 결과 그것이 최종 가짜임이 판명됐고, 현대 과학의 힘을 빌려 독일 역사 속에서 논란을 이어온 한 가지 사건이 해결됐다는 보도였다.

그래서 바이마르에 있는 쉴러의 관은 유골이 없는 빈 관인 채로 전 세계 순례객들을 맞이하고 있다. 빈 관의 순례. 역사의 아이러니? 그렇다. 그럼 혹시 그의 죽음과 유골의 행방에서도 역사의 아이러니가 있지 않을까? 직관적 느낌이 나를 사로잡았고, 그때부터 내 관심은 부활하기 시작했다.

하지만 많은 독일인은 쉴러 유골의 진위 따위엔 휴가에서 읽을 수 있는 가십 기사만큼의 관심도 없는 듯 보였다. 하물며 그의 죽음에야. 그렇담 왜 내가 관심을 가져야 하는지 한심하단 생각도 들었다. 물론 한 번은 베를린과 바이마르로 가서 그의 자취를 따라 뭔가 단서를 발견하고 영감을 얻으려고 한 적도 있었지만, 그 이후에도 일상에 묻혀 몇 년을 보냈다. 그래도 그 직관은 나를 여전히 붙들고 있으면서 그 유골의 행방과 그의 죽음의 원인을 찾고자 하는 은밀히 욕망으로 자리 잡고 있었다. 그리고 지난여름 우연히 제법 긴 독일 출장의 기회가 주어지자 그의 죽음이 청춘의 추억처럼 내 기억과 정신을 자극했고, 난 그것을 내 삶의 고리와 다시 연결하려고 노력했다. 무엇보다 그 체류의 끝부분에 한젠 박사가 필자 미상(未詳)의 공문서(?)라 추측하는 자료를 보냈기에 더욱 그랬다.

하지만 엄밀히 그건 공문서라기보다는 일부 소설문체를 사용한 수기 형식의 보고서라 할 수 있는 기록이었다. 그 기록을 보니 쉴러의 장례와 그 후 유골의 발굴을 기록한 슈바베의 수기가 떠올랐다. 슈바베의 수기는 이미 잘 알려진 대로, 생전 쉴러를 잘 알고 있었던 칼 레베레히트 슈바베라는 당시 바이마르 시장이 직접 쉴러의 유골을 발굴했던 내용을 기록한 그의 유고(遺稿)라 할 수 있다. 이에 비해 내가 한젠 박사에게 받은 문서 혹은 보고서는 소설적 문체로 기록되었다는 점에서 어떤 소설의 일부 혹은 미완성 소설로 바꾸어도 괜찮은 글이었다. 문제는 그 보고서의 필자와 그 기록의 진위였고, 한젠 박사는 그것을 확인하기 전에는 기록의 존재를 공개하기를 꺼렸다. 나는 고심 끝에 마음이 이끌리는 대로 그 보고서를, 그것과 관련 있어 보이는 쉴러의 죽음과 그의 유골의 행방 그리고 슈바베의 수기 등과 연결할 수 있는 인연의 기록 사슬로 복원하기로 했다.

난 적어도 이 문제에 청춘의 시간부터 지금에 이르기까지 은밀하고 지속적 관심을 보여온 나 자신의 진정성과 의지, 영감과 직관을 믿는다. 고고학 발굴 현장에서 유물의 파편을 발견한 사람이 그것을 발굴 현장에서 그대로 수거해 모든 사람이 보고 감각적으로 이해하고 느낄 수 있게 마련된 전시 공간으로 옮기듯, 나 역시 쉴러의 죽음과 그의 유골에 관련된 기록을 그대로 옮기되 누구나 자유롭게 읽고 느낄 수 있는 형식에 끼워 넣고자 한다.

그렇다. 난 쉴러의 죽음과 유골 관련 자료와 필자 미상의 보고서를 내 마음과 정신의 퍼즐에 끼워 맞추는 작업을 했다. 그렇게 이 글은 과거의 사건을, 그리고 그 시간에 묻힌 진실을 다시 보여주기 위해 기존의 기록을 인연의 사슬로 엮은 하나의 보고서가 됐으면 한다.

슈바베가 자신이 발견한 사실을 수기로 쓴 것이나, 미상의 필자가 소설형식의 보고서를 기록한 것은 진실의 서늘한 힘이 현실이라는 뜨거운 화산에 용해되는 것을 두려워했기 때문일 것이다. 이 글을 읽는 사람들도 슈바베와 나, 아니 쉴러나 미상의 필자와 마찬가지의 경험과 추론을 할 수 있기를 바랄 뿐이다.

1. 잠자리

아침부터 서둘렀지만 거의 10시가 다 돼서 출발할 수 있었다. 독일 출장 후에 곧바로 보고서 작성과 이런저런 기록의 검토 및 번역 등으로 시간을 어떻게 보냈는지 모른 채 일주일을 보냈다. 그리고 오늘 아침엔 여독이 아직 풀리지 않았다는 핑계로 늦게 일어났더니, 주말이라 길이 많이 막힐 것이라고 짜증 섞인 말투로 아내가 굼뜨게 움직인 나를 타박한다.

"어제 그렇게 얘기했는데, 아침에 조금 일찍 일어나서 준비하라고. 내 말을 귓등으로도 안 듣고 9시 넘어서 일어나서는, 그것도 후다닥 씻고 나오면 되지 뭘 그렇게 꾸물거리다 이제야 출발하는 거야. 이런 사람이랑 어딜 가자고, 속 터져."

아내 말이 짜증 났지만 영 틀리진 않는다. 그래도 어머니를 찾는 일이 아직 흔쾌히 서두르게 되진 않는다. 어머니가 보고 싶지 않아서가 아니다. 그 반대로 지금까지 늘 어머니를 생각했고, 지금도 보고 싶다. 하지만 임종을 제대로 지키지 못한 불효자식이란 자책감에 줄곧 시달려 온 나로서는 어머니를 모신 봉안당을 찾는다는 건 그 자책을 다시 떠올리게 만드는 일로 다가왔다. 그렇지만 어머니를 보내고 난 후 처음 맞은 명절인지라 큰집에서 지내는 차례에 참석하러 지방으로 떠나기 전 미리 명절 인사를 올려야 했다. 아들도 데리고 나섰다. 평소 성묘에는 관심이 없던 대학생 아들놈도 이번엔 순순히 따라나섰다. 어릴 적 기억은 거의 없다고 했지만, 병상에 누워있었던 친할머니를 병원으로 두어 번 찾아간 기억은 가지고 있었던 터라 그랬던 모양이다. 당시 할머니와 손자는 거의 아무 말도 나누지 못했다. 아들놈이 무뚝뚝해서도 그랬지만, 무엇보다 어머니가 거의 말을 하지 못했기 때문이다.

차는 점점 복잡해지는 도로를 시나브로 달렸음에도 서울을 겨우 벗어나 고속도로에 들어서니 거의 멈춰서다시피 했다. 미리 성묘하러 가는지 아니면 행락 차량인지 알 수 없는 차들이 쏟아져 나와 있었다. 아내의 잔소리가 다시 귓전을 울린다.

"그러길래 내가 일찍 가야 한댔지? 항상 굼뜬 사람이니 새롭지도 않지만, 이번엔 자기가 가야 한다고 먼저 설쳐댔잖아."

“아무리 주말이라지만 이렇게 막힐 줄 몰랐네. 서울 근교는 다 이렇게 막히나….” 할 말이 없어진 난 핑계를 찾아 말을 얼버무렸다.

2시간여 지나 고속도로와 국도를 모두 달려 겨우 추모공원에 도착했다. 경기도에 있는 곳이라 평소에도 사람들이 제법 찾는다고 들었지만 명절 전이라 더욱 붐비는 것 같다. 오는 내내 무겁고 착잡한 마음이라 도로가 막혀도 조급하지 않았는데, 막상 봉안당 앞 주차장으로 들어서니 마음이 급해진다. 어머니를 모셔둔 곳이 그동안 어떤지 궁금했고, 무엇보다 생전 어머니 집으로 찾아가는 듯한 마음이 문득 들었기 때문이다. 차를 대강 세우고 후다닥 가자니 아내와 아들놈은 느릿느릿 뒤따라온다. 어머니가 계신 곳으로 들어섰다. 사람들로 붐빈다. 그래도 관리는 잘하는지 실내는 깨끗하고 안내원도 보인다.

“엄마! 아들 왔어요….”

몇 달 전 본 납골함으로 가자마자 말을 건넸다. 하지만 그 말을 한 후엔 가슴이 턱 막혀 더는 말을 잇지 못했다. 가슴 한쪽이 찌릿하다. 병상에 누워 나를 물끄러미 바라보시던 어머니의 헝클어진 은빛 흰머리와 주름진 이마, 앙상히 마른 뺨과 힘없이 뜬 눈이 떠오른다. 그런 어머니의 모습을 보는 건 고통스러웠지만, 지금은 그 모습이라도 다시 볼 수 있으면 얼마나 좋을까 싶다. 얼굴이라도 쓰다듬어 주고 손과 다리라도 주물러드리지 못한 것이 안타깝고 부끄럽다.

어머니는 자꾸 다리가 붓는다면서 동네 의원을 갔더니, 그곳에서 큰 종합병원을 찾을 것을 권했다. 집에서 멀지 않은 아산병원을 찾은 어머니를 진찰한 교수는 일단 입원해서 집중적 검사를 받아 봐야겠다고 했고, 그제야 어머니가 내게 연락했다. 평소 어머니를 한 달에 한두 번 찾았고, 그것마저도 어떨 땐 바쁘단 핑계로 건너뛰기도 했던 나로선 종합병원에 입원해야 한다는 소식에 영문을 몰라 쫓아갔다. 나를 본 어머니는 의사보다 더 침착하게 말했다.

"니가 바쁜데 괜히 연락을 했제. 그래도 병원에서 입원하라만 아들에게 연락하라캐서 할 수 없이 했다. 내 혼자 가니 그카는 모양이다."

어머니는 강동구의 한 동네, 오래된 단독 주택에 딸린 작고 비좁은 방 두 칸 자리 전세에서 혼자 사신 지 오래됐다. 내가 결혼 후에도 당신은 혼자 사는 게 편하다며, 그리고 오래 산 동네에 아는 사람들이 많다는 이유를 대며 주변 좀 떨어진 곳에 새로 들어선 작은 빌라로 이사하는 걸 마다했다. 나 역시 빠듯한 수입에 서울에서 전세를 전전하다 보니 어머니를 모시고 산다는 엄두가 나지 않았다. 지금 생각하면 그건 핑계였을지 모른다. 어머니와 같이 살 마음이 적었다는 게 정확한 표현일 것이다.

의사는 어머니의 상태가 좋지 않다고 설명했다. 정확한 검사를 해봐야 알겠지만, 증세로는 일단 신부전의 상태가 의심스러우나 다른 원인일 수도 있다며 정도가 심각한 것만은 확실하다고 했다. 어머니는 즉시 입원했고, 검사에 검사를 거듭하면서 신장내과에서 혈액종양내과로 그리고 다시 신장내과로 전전한 결과, 희귀성 혈액암의 일종이란 진단을 받았다. 치료법은 뚜렷하지 않았고 특별히 약도 없었다. 다만 일반적 혈액암에 쓰는 항암치료를 해볼 수는 있다고 했다.

"하지만 연세가 있으니 위험한 항암치료보다는 일단 입원 한 채로 지금 상태를 완화시키는 치료를 해보는 게 나을 듯해요." 어머니에게 인간적으로 다정했던 주치의는 조용한 말투로 제안했고, 그렇게 짧은 투병 생활이 시작됐다. 처음 며칠 동안은 주로 다리와 팔 등의 부기를 빼는 치료를 받다가 특별한 차도 없이 점차로 폐에까지 물이 차오르자 다음으로 신장 투석을 했다. 그래도 상태는 시나브로 나빠졌는데, 얼마 후 의사는 입원해서 할 일은 특별히 없다며 정기적 통원 치료를 하며 투약과 투석을 받아 보자 했다.

통원 치료 기간에도 어머니를 집에서 모시지 못했다. 처음에 아내도 선뜻 나서지 않았지만 나 역시 그때까지의 일상을 바꾸고 싶지 않았다. 단지 병원으로 나와 아내가 번갈아 모셔다드리곤 했을 뿐이다. 어머니를 모시지 못한 우리 부부는 서로 탓만 했을 뿐 진정으로 모실 마음은 없었다. 어쨌든 통원 치료를 통해서도 상태는 더 나빠졌고, 급기야 다시 입원할 수밖에 없었다.

야윈 어머니는 병상에 누워있었다. 거의 매일 퇴근 후 병원으로 그런 어머니를 보러 갔다. 말 그대로 보러 가는 것일 뿐 하루도 곁에서 직접 간호해드리지는 않았다. 수소문해서 병상 옆을 지키는 간병인을 마련하고 그것으로 의무를 다한 것처럼 느꼈고, 그건 아내 역시 마찬가지였다. "우리보단 간병인이 더 잘할 거야. 어머니도 우리가 간병하는 게 오히려 부담될걸." 난 아내의 그 말을 쉽게 받아들였다. 6인실 창가 병상에 누운 어머니는 내가 갈 적마다 짧은 순간 물끄러미 나를 쳐다보셨던 것 같다. 이어 "왔나"라는 짧은 말을 던지고는 고개를 돌려 창밖을 멍하니 바라보곤 했다.

어머니의 병세가 깊어 가자 결국 병원에서는 더는 해줄 것이 없다는 통보를 해왔다. 다정하던 주치의도 병원의 규정상 더 입원해 있을 수는 없고, 대신 요양병원을 몇 군데 추천해주겠노라고, 그곳에서 투석을 받으면서 통원 치료를 하자고 했다. 죽음이 보이는 환자에게 다시 통원 치료를 하라니, 결국 환자를 포기한다는 통보나 마찬가지였지만 할 수 없었다. 의사가 추천하는 병원은 마음에 들지 않아 다른 요양병원을 찾느라 일주일가량 더 시간을 끌고 버

텼다. 마음에 드는 요양병원은 대기를 해야 했고, 대기가 없는 곳은 낡고 멀어 마음에 들지 않았다. 어찌어찌 동대문의 한 요양병원으로 결정하고 어머니를 그곳으로 옮기기로 했다.

그날 여러 중환자가 누워있던 요양병원 '집중치료실'의 구석에 어머니를 모시니 어머니는 살짝 정신이 혼미해졌는지, 여기 창고 같은 곳이 어디냐고 묻는다. 나를 어떻게 하려고 이런 곳으로 데려왔느냐고도 하셨다. 요양병원으로 옮기기 전날, 할 수 없이 병원을 옮기지만 투석도 할 수 있고 시설도 좋은 곳이라 얘기를 해두었고 어머니도 간호사들로부터 그간의 병원 상황을 대강 들은 바 있어 알겠다고 고개를 끄덕였는데, 생각과는 전혀 다른 환경이라 정신이 없는 듯 보였다. 때맞춰 병실이 나지 않은 데다 환자 상태도 위중해 보이니 우선 집중치료실에서 주말 동안 관찰하고 월요일에 일반 병실로 옮기자는 병원의 설명은 들었지만, 나 역시 집중치료실이라며 여러 중환자가 여기저기 정신없이 누워있는 광경을 접하니 살짝 당황스러웠다. 병원을 처음 방문했을 땐 전혀 보지 못했던 모습이다. 주말을 지내면 2인실이 나니 그때는 바로 옮기자고, 그리고 간병인도 따로 쓰자고 설명하자, 어머니는 그제야 정신이 드시는지 고개를 힘없이 끄덕이셨다. 그리곤 희미한 목소리로 말했다. "어서 집에 가서 저녁 묵거라. 배고프겠다." 그 말에 다음 날인 일요일 아침 일찍이 오겠다고 하며 무거운 발걸음을 옮겼다. 하지만 다음 날 오전 어머닌 조용히 돌아가셨다.

유골함을 넣은 봉안함 앞에 섰다. 그리고 절을 올렸다. 아내와 아들은 뒤에 서서 몸을 굽혀 인사한다. 종이컵에 맑은 술 한 잔과 평소 잘 드시던 커피믹스 한 잔을 올렸다. 봉안당 안에서는 취식이 안 된다고 아내가 타박하며 재촉하자, 급하게 잔을 비우고 한 번 더 절을 했다. 그리고 돌아서기 전에 말했다. “엄마, 다시 올게요!”

봉안당을 나서니 가을바람이 소슬하게 불어온다. 얼굴에 약간 취기가 오른다.

“그새 얼굴이 벌거네.”

아내의 말을 뒤로 하고 봉안당 앞 정원 구석에 있는 탁자 딸린 벤치로 향했다. 그곳에서 남은 술을 마시며 식구들과 함께 마른 포, 사과와 배 한 알을 먹었다. 바람이 불어와 나뭇잎들이 날린다. 그 틈에 어디서 나타났는지 잠자리들이 이리저리 자유롭게 날아다녔다.

“어머, 잠자리들이 많네.”

아내는 신기한 듯 바라봤다. 그중 한 마리가 우리 가까이 와서 탁자 위에서 날았다. 아들이 음식에 가까이 오지 말라고 손을 저어 쫓아 보낸다. 그래도 녀석은 떠나지 않고 계속 주변을 맴돈다. 아들이 일어나서 쫓으려 하자 내가 말했다.

“그만둬, 파리도 아닌데 괜찮아. 잠자리들이 평화롭게 노는 게 보기 좋구먼.”

아들이 머쓱해서 다시 앉았다. 그걸 보던 아내가 길이 밀리니 빨리 가자고 재촉했다. 주차장에서 차를 빼서 돌아 나오는 순간, 잠자리 한 마리가 전방 유리 앞 보닛에 앉아있는 것이 보였다. 아들도 봤는지 잠자리가 저기 앉아 있다고 하자, 아내가 “어머, 그러네” 하며 맞장구를 쳤다. 추모공원 입구로 나올 때까지도 잠자리는 꼼짝하지 않고 그 자리에 앉아있었다.

“어머 신기해, 잠자리가 날아가지도 않고 그대로 있네. 벤치에 왔던 그 잠자리 같다야. 할머니가 우리 배웅하려는 건가 보다.”

아내가 아들에게 재미있다는 듯 한마디 던졌고, 아들놈은 피식 웃는다. 그랬다, 잠자리는 그러고도 추모공원 입구를 벗어나 그 앞으로 난 좁은 길을 한 참 지날 때까지 그대로 날아가지 않고 보닛에 꼭 붙어 있었다. 이윽고 큰 도로와 만나는 곳이 나와 차가 이제 속력을 낼 지점이 왔다.

“어머머, 여기까지 그대로 있네. 어머니가 아들을 보내기 싫으신 모양이다. 후후.”

아내의 말이 귓가에 울렸다. 사실 난 벤치에서부터 그렇게 믿었다. 어머니가 나를 보러 오신 것이라고. 인자, 조심해서 차를 몰고 가거래이. 그리고 자주 안 와도 된다. 너거 식구들 잘 지내고, 니

뜻대로 살거라. 현실에 니를 잃지 말고. 운명은 바로 니 정신이라 생각하거래이. 정신만 똑바로 차리만 된다. 그리고 미래는 니 용긴기라. 잠자리 너머 어머닌 듯 목소리가 들린다. 시야가 축축하게 흐려지는 것을 억지로 참으며 큰 도로로 차를 몰았다.

2. 예나의 장미

좁은 골목길. 고즈넉하고 찾는 발걸음도 드물다. 문은 열려 있다. 가르텐하우스 입장은 무료지만 정원만 볼 수 있을 뿐, 한쪽에 있는 자그마한 이층집을 둘러보는 것은 돈을 내야 한다. 친구와 약속 시간이 30분도 채 남지 않았으니 저 집까지 둘러볼 여유는 없다. 유학 시절에도 집은 보지 못하고 이 정원만 몇 번 온 적이 있다. 사실 오늘도 그냥 지나칠 수 있었지만, 아침부터 부리나케 바이로이트역을 출발해서 이곳에 도착하니 잠시 숨이라도 돌리고 싶은 마음이 일었고, 그러던 차에 역에서 나와 우체국이 있는 사거리로 내려오자 문득 도로 건너편으로 쉴러의 가르텐하우스가 숨어있는 것이 눈에 들어왔다.

내가 겸임교수로 있는 H 대학의 유럽경제문화연구소(유경문연구소)는 처음부터 운 좋게 정부에서 지원하는 HK지원사업(인문한국지원사업. 우리는 인문 연구에도 한국을 붙여야 한다. 인문에도 국적이 중요한 모양이다. 하긴 반도체나 AI, 공학 기술도 아닌데 정부에서 여전히 그나마 조금이라도 지원을 해주고 있는 건 감읍해야 한다.)을 따내고 지금까지 지원받는 성과를 거두며, 학내에서 연구소의 존재를 유지해 오고 있다. 사실 내가 그 연구소를 주관하는 유럽경제통상학부에서 알량한 겸임교수 타이틀을 지금까지 계속 유지하고 있는 것도 이런 지원 덕택이다.

한국 대학에선 의대나 로스쿨이 먹다 만 빵조각을 공학이나 사회과학이 얻어먹고, 공학과 사회과학이 흘린 빵부스러기를 인문학이 주워 먹고 있다. 사실 그 부스러기라도 주워 먹는 대학은 그나마 양반이다. 인문학이 뭔지 모르면서 대충 사회과학과 같다고 믿는 대학생이 수두룩한데, 인문학과 사회과학 영역을 구분하지 못하는 TV 방송과 방송인, 방송작가와 그 대본을 읽는 연예인 등이 난무하니 방송에 영향을 받는 많은 젊은 대학생들이 그런 것도 무리가 아니다. 하긴 대학에서도 인문학은 구색만 갖추고 있으면 되고, AI 시대에는 그것조차 필요 없다고 말하고 믿는 무지한 총장과 교수들이 부끄러움도 없이 활개친다. 그들이 진정 AI가 뭔지는 아는지 모르겠다. 인간의 정신이 만드는 치열한 새로움을 탐

구하고 가르치지 않는 대학은 장차 AI의 지시에 따라 움직이는 꼭두각시를 양산하는 하청공장일 뿐이다. 대학 교육을 AI의 하수인, 하청공장으로 만드는 그런 치들이 혁신의 리더처럼 나서고 무슨 기관이라는 의심스러운 곳에서 마케팅 수단으로 마구 던지는 우스운 상을 받는 게 지금 우리 대학의 현실이라면 한심하다. 아니 그것이 우리 사회의, 정부의 현실이라면 더욱 한심하다.

올해는 유경문연구소에서 '독일의 사회적 시장경제에 미친 인문 정신'이라는 주제를 집중적으로 준비해서 관련 국제세미나도 개최할 계획을 세웠다. 연전에 내가 독일로 가서 연구소 프로젝트 관련 자료를 수집해온 경험이 있는 터라(당시 난 동업하는 김 사장과 함께 독일 휴가를 계획하던 중, 연구소에서 유럽에 가는 김에 필요한 자료를 찾아주면 여비를 보조해주겠다고 해서 그렇게 한 적이 있다.), 이번엔 정식 출장비를 줄 테니 사회적 시장경제 관련 역사 자료를 수집하고, 사회적 시장경제의 이론을 제공한 오이켄과 자유주의 경제 및 제도 이론가 하이에크를 전공한 경제학자를 섭외해 줄 수 있는지 물었다. 논문 검색을 통해 독일 바이에른주에 있는 바이로이트대학의 L교수를 알게 되고, 그와 메일을 통해 바이로이트대학을 공식 방문할 수 있는 초대를 받았다. 약 3주간 바이로이트대학으로의 출장은 그렇게 가게 됐다. 나로선 이 기회를 이용해 쉴러 관련 자료를 다시 확인하고 조사할 계산도 있었다.

그래, 왜 처음부터 여길 올 생각을 하지 않았을까? 난 무슨 깨달음을 얻은 것처럼 순간 걸음을 멈췄다. 그리고 내심 스스로 놀라며 도로를 건너 자연스럽게 가르텐하우스로 통하는 좁은 골목으로 접어들었다. 문 입구에 흰색의 쉴러 흉상이 한곳을 응시하고 있다. 잔돌들이 자글거리는 입구를 지나 왼쪽에 자리한 집을 한 번 쳐다보고 오른쪽의 정원으로 발길을 돌렸다. 아무 인기척이 없다. 낯설 만큼 고즈넉한 정원의 오전. 집의 현관에서 시작하여 정원의 중앙을 가로질러 직선으로 난 좁은 산책길의 끝에 작은 아치형 지붕이 설치된 공간이 있고 벤치와 탁자가 놓여 있다. 과거에도 정원 중앙으로 이렇게 길을 만들었을까? 이미 발걸음은 그곳을 향하고 있었다.

몇 개의 벤치 뒤에 놓인 안내 표석에 에커만에게 전한 괴테의 말이 적혀있다. 자신과 쉴러는 여기 돌로 된 탁자에 여러 번 둘러앉아 훌륭하고 위대한 말을 나눴다고. 물론 쉴러가 죽고 난 훨씬 뒤에 한 얘기다.

돌 탁자는 그대로일까? 여기 플라스틱 벤치는 당연히 아니겠지만, 괴테가 에커만에게 이 말을 한 것은 사실이겠지? 괴테는 자신의 말을 기록할 사람을 데리고 다녔고 기록할 말만 했다. 에커만은 그런 사람 중에 대표적 인물이었다. 그래도 그가 괴테의 말을 그대로 기록했는지는 알 수 없다. 괴테를 경외한다는 핑계로 다시 윤색해서 기록하지는 않았을까?

오른쪽으로 몇 걸음 거리에 유명한 작은 정자가 보인다. 계단을 오르면 쉴러가 작업을 했다는 조그만 방이 있다. 문은 잠겨 있었지만, 유리창이 있어 안을 볼 수 있었다. 작은 책상 하나와 의자가 있고 그 위엔 펜과 잉크병 등이 놓여 있다. 구석에 그의 흉상과 벽에 붙은 몇 개의 사진들. 그의 육필 원고를 찍은 사진들이다. 문가에 괴테의 글이 액자에 적혀있다. 동료인 바이마르 공국 국무장관 폭트에게 보내는 편지 내용. 쉴러가 죽고 난 후 이 정자로 오르는 계단이 무너져 오를 수 없으니 보수해서 사람들이 드나들 수 있도록 해달라는 부탁이다. 방에는 어떤 것을 비치했으면 좋겠다는 내용까지.

하지만 지금의 이것들은 모두 모조품이다. 괴테의 편지 밑에 적힌 해설을 보면 괴테가 살아있을 때 이미 이 정자까지 허물어버렸단다. 건물은 1970년대 말에 다시 복원되었고, 안에 있는 모든 것도 새로 비치한 것들이다. 여기서 역사극 『오를레앙의 처녀』, 『마리아 슈투아르트』, 『발렌슈타인』 3부작의 집필 작업도 했다. 그는 이 집을 마련하고는 시내에서 벗어나 넓고 조용한 곳으로 왔다고 기뻐했고, 저녁에는 자주 사람들을 불러 교제를 했다고. 그들 중엔 괴테도 있었단다.

다시 정원의 구석 벤치에 잠시 앉았다. 맞은편 정원 구석에 있는 또 다른 쉴러의 흉상과 시선이 마주쳤다. 순간 그가 나를 보는 것 같다. 잠시 대화를 나누고 싶었다. 그곳을 나서는 순간 나이 지긋한 부부가 정원으로 들어섰다. 그들도 잠깐이나마 쉴러를 만날 수 있기를 바라며 골목길로 나와 요하니스 성문 쪽으로 향했다.

가르텐하우스를 나서 이삼백 미터 남짓 가로지르면 요한니스 성문이 있다. 중세에는 도시의 관문이었다. 서울의 남대문이랄까. 중세엔 시내와 외곽을 가르는 성곽이 있었다지만, 지금은 그 일부만 남아 있고 그 성문도 새로 지은 것이다. 성문은 이제 시내의 한복판에 있다. 성문 앞 작은 광장에서 그 친구와 만나기로 했다. 주변엔 식당들이 있어 일요일이지만 사람들이 제법 붐빈다. 대부분 점심을 먹자고 오는 것 같다. 나 역시 그의 점심 식사 초대를 받아 11시 반에 그곳에서 만나기로 했다.

그는 오래된, 예나 시절 친구다. 우리는 같이 박사과정을 시작했다. 그를 본 것은 예나대학의 대학원 기숙사에서였다. 당시 그 기숙사는 주로 외국에서 온 박사과정생들이 묵는 곳이었다. 모두 작은 원룸으로 되었지만, 화장실과 샤워장은 층마다 공동으로 사용했다. 공동 샤워장과 화장실에 익숙지 않은 내겐 그건 아주 성가시고 신경이 쓰이는 일이었다. 샤워는 물론이고 화장실 갈 때마다 다른 사람들을 만날까 눈치를 보곤 했다. 그러던 어느 아침에 화장실로 향하다 복도에서 그와 마주쳤다. 그가 쾌활하게 말을 걸었다. 자신 방을 가리키며 저곳이 자기 방이라면서 나를 가끔 봤다고도 했다. 나 역시 내 방을 어색하게 알려주었다. 어쨌든 그 후 우리는 그의 방이나 내 방에서 자연스럽게 커피도 마시며, 공부 얘기 아니면 고향 얘기를 하는 사이가 되었다.

그는 헝가리에서 왔다. 하지만 독일어를 나보다 유창하게 잘했고 이미 이전에 독일에 꽤 살았다고도 했다. 그래서 학업 후 독일에서 직업을 얻어 살고 싶어 했다. 헝가리는 당시 더는 사회주의 국가가 아니었지만 잘사는 서유럽과는 달랐다. 이제 헝가리는 유럽연합에 속하고 형편도 나아졌다고들 하지만, 얼마 전 독일에서는 헝가리에 포퓰리즘 정부가 들어서 걱정이라는 보도를 했다. 사람들의 감정을 선동해서 집권하는 정부가 그렇다. 그런데 대체 그렇지 않은 정부가 있을까? 정치인들은 수많은 얼굴과 심장을 가졌다. 그들은 집권과 정권 연장이 지상(至上)의 목표다. 그 외엔 양심도 염치도 모른다. 군중들은 감정을 더 좋아한다. 그들은 그것을 진실로 믿으며, 때로는 정의로 생각한다. 감정이 정의를 모른다는 말이 아니다. 감성(感性)은 더 정확하게 알 수도 있다. 다만 감정만을 이용하는 정부나 정치인들이 문제다. 그들이 감정을 선동의 도구로 쓰려는 유혹을 벗어나지 못하면 그렇다. 그러나 어찌하랴, 감정과 선동을 정의로 믿게 하는 정부가 가장 오래가는 정부로 그들이 믿는다면.

요한니스 성문을 마주 보며 광장의 벤치에 앉을까도 생각하다 마침 보이는 광장의 작은 조각상 아래 대리석으로 된 받침대에 앉았다. 젊은 학생들이 그렇게 하는 걸 보고 용기를 내 대학생처럼 자유롭게 주저앉은 것이다. 약속 시간이 되려면 아직 5분이나 남았다. 여유롭게 기다리면 그 친구가 차를 가지고 저 위 도로에서 나타나겠지. 그런 생각을 하며 주변을 둘러봤다. 만나고 헤어지는 사람들. 옆에 있는 식당에서 야외에 내놓은 식탁들에는 이미 많은 사람이 점심을 먹고 있다. 인도인 같은 가족, 아시아인 관광객들, 어쩌면 일본이나 중국인들 같은 관광객도 섞여 있다. 모두 서로 관찰당하며 관찰하고 있었다.

한 떼의 관광객들이 이쪽으로 몰려온다. 독일인 시티투어 관광객 같은 분위기다. 노인들이 많다. 남자 가이드가 바로 내 앞에 서더니 사람들을 향해 설명한다. 하필이면 내 앞에서. 아니지 내가 앉아있는 자리가 설명하는 곳이라서 그럴까? 덕분에 설명을 들을 수 있었다.

"이 조각상을 보세요, 대학생들을 보여주는 조각입니다. 이 지역은 특히 대학생들이 자주 찾는 곳이죠. 매일 모여서 먹고 마시고, 우리가 잘 알고 있는 자유로운 대학생들의 모습 아시죠. 괴테가 살았던 시절부터 그랬어요. 당시 예나대학은 독일에서도 유명한 대학이었어요. 괴테도 여기 왔었고, 해부학 실험도 했어요. 아까 저기 아래 사거리에서 본 해부탑에서 설명했듯이 괴테는 여기서 의학 공부를 했어요. 아마 여기 요한니스 성문 거리에서 사람들을 만나곤 했겠죠. 흐흐. 자, 이제 이쪽으로 오세요."

그의 말은 꼭 맞지는 않는다. 괴테는 예나에서 대학을 다니지 않았다. 그는 라히프치히에서 법학을 공부하고, 슈트라스부르크에서 법학 박사도 받았다. 당시 독일의 제국 법원이 있었던 베츨라에서 변호사 생활을 잠시 하다 귀향한 전력이 있는 법학도, 아니 법률가였다. 물론 해부학과 골상학을 포함한 의학 연구를 한 것은 맞지만, 대학생 때는 아니었다. 나이가 들어서 그는 자연과 생명, 그리고 사회와 인생을 관통하는 법칙이 있기를 바랐고 그 때문에 자연과학을 연구했다. 괴테 연구자와 팬들에게는 그건 천재성의 모습이다. 하지만 내겐 그저 지적 호기심이 많은, 건강하며 유복한 노인의 모습처럼 보인다. 노년에 먹고사는 걱정 없이 십 년 이상 연구를 할 수 있었던 그가 부러울 뿐이다.

아니, 어쩌면 저 가이드의 말이 맞을 수도 있다. 사실 가이드는 괴테가 예나대학을 나왔다고 하지는 않았다. 그의 말처럼 괴테가 여기서 의과대학 교수들을 만났을 가능성은 충분히 있고, 그 틈에 따라온 의과대학생들도 같이 만났을 수 있지 않았을까? 기록에는 없지만, 기록이란 일상의 많은 부분을 거의 담지 못한다. 다만 가이드는 예나 지금이나 비슷한 독일의 일상을 전하고 있는 거다. 괴테의 기록엔 중요한 인물들과의 만남만 있다. 지체 높은 신분에 스스로 중요한 인물이라 생각했던 그였다. 기록은 그 점을 잘 보여준다. 그 용의주도함. 자신의 기록을 역사에 남기기 위해 그가 얼마나 주의 깊은 노력을 기울였는지, 그의 기록은 그 노력의 전시장이다. 그런 점에서 그는 천재적이다. 난 가이드의 말을 믿기로 했다.

친구가 오지 않는다. 그는 이곳을 잘 알 것이고, 자동차로 이곳으로 올 것이다. 조각상 앞에 앉아 뚫어지게 도로 쪽을 관찰했다. 자동차들이 무심히 질주하고 있다. 사람들은 자동차를 좋아한다. 속도를 즐기기 때문이다. 속도는 근대와 현대의 상징이다. 르네상스 이후부터 서양인들은 속도를 좋아했고, 빠른 속도는 발전과 동의어처럼 인식되었다. 남보다 빠르면 남보다 나은 인간으로 생각했다. 근대인의 교만한 착각이고 불행한 유산이다. 현대인들은 그것을 그대로 답습했다. 어쩌면 현대인들이란 없고, 근대인들이 현대에 사는 셈이다. 그들에겐 속도가 익숙하다. 빨리 먹고, 빨리 가고, 빨리 행동한다. 그렇게 빨리하면 어디에 도착할까? 인생의 종착역인 죽음. 하지만 그 역엔 누구도 빨리 가고 싶지 않겠지.

한국인들도 여전히 좋아하는 게 현대라는 단어다. 한국의 많은 젊은이가 들어가고 싶어 하는 일류 대기업도 이름하여 그렇다. 그 기업이 생산하는 차를 타고, 그 이름을 딴 백화점에서 쇼핑하고 만나고 식사한다. 독일인들도 속도를 좋아한다. 빨리 먹고, 빨리 가고, 빨리 행동한다. 한국인이 그렇게 좋아하는 현대라는 단어를 독일인도 좋아한다. 그들도 현대인, 아니 근대인의 후예라는 것을 자랑스럽게 생각한다.

빨리 죽고 싶은 현대인들. 그 현대인들이 자동차를 운전하면 무표정하다. 차갑고 거만한 무표정. 표정의 변화는 내면 감정의 노출이다. 내면을 노출하는 것은 약하고 위험한 모습이다. 적들에게 자신의 내면을 알려주는 것이 어찌 위험하지 않을까. 현대인들은 혼자이고 주변엔 적들만이 있다. 그들에게 차갑고 거만한 표정은 자기방어에 도움이 된다. 적들의 위협을 받았을 때 동물들이 취하는 행동처럼. 현대인들은 동물들에 가깝다. 현대인의 세련된 문명은 동물성을 위장하는 알량한 수단인 셈이다.

차를 타고 질주하는 문명의 모습과 차창에 비친 표정들을 보고 있다 지쳐 문득 주변을 둘러봤다. 옆 식당에서는 그사이 한층 더 많아진 손님들이 야외 식탁까지 점령하고 있었다. 그중 아마 인도에서 온 가족처럼 보이는 이들이 식사하며 나를 쳐다보고 있는 것 같다. 어떤 아시아인이 제법 오랫동안 꼼짝없이 한자리에 앉아있었으니까 이상하게 본 모양이다. 차가운 문명의 표정을 지으며 그들의 시선을 애써 무시했다. 앞 벤치에 앉아있던 아주머니는 오랜

만에 버스가 오자 얼른 버스에 오른다. 나도 버스를 타고 가고 싶다.

친구와 약속한 시각이 30분을 훌쩍 넘어가자 뭔가 잘못됐다는 생각이 들었다. 그가 약속 시간을 잘못 알았을까? 그 친구에게 갑자기 무슨 일이 생겼나? 여러 생각이 든다. 핸드폰을 만지작거렸지만, 독일로 올 때 로밍을 하지 않아서 사실상 먹통이다. 그렇지 않더라도 그 친구 전화번호도 모르고 있으니 어차피 연락할 수도 없다. 한국에서는 간단한 약속이 이렇게 어려울 수가 없었다. 그 친구가 나타나지 않으면 어디로 갈지, 무엇을 할지도 막막했다. 그냥 가기도, 그렇다고 마냥 기다리기도 힘들다. 저 식당에서 점심이나 먹으면서 기다릴까. 아니, 지금까지 누군가를 기다리는 것처럼 보이던 사람이 갑자기 식사하겠다고 오면 여기 손님들, 특히 저 인도인들은 나를 어떻게 생각할까. 그건 우스운 일이지. 무표정을 유지하던 내 얼굴에 약간의 경련이 일어났다.

이때 누군가 도로 건너편에서 나를 향해 반갑게 손을 흔들었다. 결국 그 친구가 왔구나. 순간 벌떡 일어나려 했다. 아니지, 이제 당당히 저 식당의 손님들에게, 인도인 가족에게, 내가 할 일 없이 여기 앉아있었던 것이 아니라는 것을 보여줘야지 하는 생각이 들었다. 그 친구는 항상 정확한 것은 아니었지만, 그렇다고 나를 속인 적은 없었다. 천천히 일어나는 순간, 어떤 금발의 아가씨가 내 앞으로 뛰어가는 것이 보였다. 도로 건너 누군가는 그 친구가 아니었다. 둘은 도로 건너편에서 만나 입을 맞춘다. 그러고 보니 주말 데이트를 하러 나온 연인들이 여기저기 만나고 있었다. 눈치를 보며 힘없이 기지개만 한 번 펴고 다시 조용히 앉았다.

그러고 나니 슬슬 화가 난다. 이 녀석은 원래 그랬던 것 같다. 학교 다닐 때부터 신뢰할 수 없었던 친구였다는 생각이 들었다. 이미 점심시간을 지나 약속 시간을 한 시간 이상 지나고 있었다. 결국 그 자리에서 누굴 만날 약속이 없었던 것처럼, 짐짓 가볍게 자리를 툴툴 털고 일어나서 총총히 발걸음을 돌렸다. 어디로 가지? 다른 곳으로 이동해서 요기라도 할까 생각하면서 잠시 방향을 살폈지만, 발걸음은 어느새 쉴러의 가르텐하우스로 향하고 있었다. 그래, 가르텐하우스를 지나 역 부근에 식당이 있지, 그곳에서 간단히 먹고 돌아가자.

지나치다 엿보듯 다시 찾은 가르텐하우스는 여전히 방문객이 없이 조용하다. 쉴러에게 돌아간다는 마음의 인사라도 할 요량으로 문을 들어섰다. 그때 대문에서 정원으로 통하는 좁은 길섶에 보이는 붉은 장미들이 눈에 확 들어왔다. 아까는 보지 못했던 것들이다. 짙붉은 색의 장미 여러 송이가 하나의 꽃다발을 이룬 듯 모여 있다. 순간, 마치 기다리던 소중한 사람을 만난 듯 그 자리에 멈춰 섰다. 오후의 흐린 햇빛을 발갛게 흩뿌리며 소담스럽게 피어난 장미들. 귀신에라도 홀린 듯 그들을 뚫어지게 쳐다보다, 천천히 가까이 다가가 손을 내밀었다. 악수라도 나누고 싶다. 악수 대신 검붉고 짙은 향의 자취를 느낄 수 있었다. 그들은 약간 거리를 두고 건너편에 있는 쉴러의 흉상과 대화하는 듯도 보였다. 아닌 게 아니라 쉴러의 시선은 그 장미 다발로 향하고 있었다. 그리고 얼마나 지났을까, 난 천천히 발길을 돌려 문을 빠져나와 역을 향했다.

저녁, 바이로이트 숙소로 돌아와 메일을 열어 보니 녀석의 메일이 읽지 않은 채로 있는 게 보였다. 갑자기 그날 (무슨 일인지는 밝히지 않았지만) 급한 사정이 생겨 약속을 지킬 수 없다는, 해서 괜찮으면 다음 주에 보면 어떨까 하는 소식이었다. 아침에 플릭스 버스 시간에 맞춰 급하게 나오느라 미처 메일을 확인하지 못한 것이 화근이었다.

3. 프랑크푸르트

예나에서 허탕을 치고 돌아온 다음 날에는 아침 일찍 다시 메일을 확인했다. 예나 일로 메일 확인의 중요성을 절감한 까닭이다. 마침 L교수의 메일이 왔다. 내일은 아침에 출발하자며 늦어도 8시 30분까지 학교에서 보잔다. 하긴 아침에 출발해도 프랑크푸르트에 도착하면 거의 점심이니 그럴만했다. 사실 그들에게 그 시간은 이른 아침이 아니다. 독일인들은 하루를 일찍 시작한다. 하지만 내겐 일어나는 게 문제였다. 평소보다 일찍 일어나서 간단히 준비해서 나서려면 시간이 걸리기도 하지만, 정작 숙소에 깨워줄 사람이 없다는 게 더 걱정이었다.

다음 날 다행히 늦잠은 자지 않았다. 서둘러 학교로 갔다. 저쪽으로 L교수가 활발하게 걸어온다. 아직 학장이라 학장실에 들렀다 오는 모양이다. 이제 그의 이름을 부르는 게 익숙하다. 그 역시 내 이름을 부른다. 여기 도착해서 그를 만나고 얼마 되지 않은 날 아침, 법경대학 건물 앞에서 그를 다시 만나자 내가 먼저 서로 이름을 부르자고 제안했다. 자전거를 세우면서 그는 기다렸다는 듯이 악수를 청하며 동의했고, 우리는 호칭으로 친구가 됐다.

그의 차는 9인승 승합차였다. 앞 조수석에 앉은 프리츠는 활발하고 명랑한 친구다. 언제나 큰 소리로 떠들고 거침없이 말한다. 내 옆자리엔 말이 적고 조용한 페터가 앉았다. 페터는 말이 없다가도 어떤 주제가 나오면 집요하게 그 얘기를 이어가는 친구다. 두 친구는 L교수의 박사과정생이자 조교 역할을 하며 수업도 한 과목씩 한다. L교수가 둘은 나이도 비슷하고 학교에서도 보통 같이 잘 다닌다고 소개해서, 내가 둘을 형제라 불렀더니 둘은 어색하게 웃었다.

고속도로에 들어서자 L교수가 갑자기 속도를 냈다. 그들은 자기들끼리 계속해서 떠들었고, 때론 내가 알아듣지 못하는 얘길 해서 그저 듣고만 있었다. 별로 우습지 않은 경우도 같이 웃어주었다. 원래 일주일 전에 그가 내게 도움이 될 거라며 프랑크푸르트에 있는 M교수를 만나러 가자고 제안했고, 난 흔쾌히 응했다. 독일의 미제스학회 회장도 역임했던 M교수는 L교수와 같은 대학교에

다닌 친구다. 그는 원래 런던의 유명 은행에 이코노미스트로 있었다. 그러다 40대 후반쯤 나왔다고 한다. 은행이 더 젊은 이코노미스트를 원해서였다. 그 후 프랑크푸르트의 금 거래 회사와 접촉해서 그곳의 수석이코노미스트가 됐다. 그 회사에 그를 제외하고 몇 명의 이코노미스트가 더 있는지는 모르겠다.

"능력 있는 친구야. 투자 사무실도 만들어서 대표로 활동하고 있지." L교수는 그를 그렇게 소개했다. 지금 그는 바이로이트대학 L교수 전공에서 교수로도 재직하고 있다. 우리로 말하면 나와 비슷한 일종의 외부 겸임교수지만 여기선 호노라프로페서라 부른다. 사례라는 뜻의 독일어 호노라라는 글자와는 달리 사실 무보수교수, 교수 직함을 가지되 강의에 따른 급료를 받지 않는 교수로 있다. 하긴 호노라는 정해진 게 없고 주는 대로 받는 사례라는 뜻에서 왔으니, 그것이 0이라고 한다면 무보수라 해도 완전히 틀린 말도 아니다. 어쨌든 그저 타이틀만 교수라 불러주고 외부 직업으로 생계를 유지하는 교수라고 보면 된다. 하지만 여기서는 그런 교수도 정식 교수가 하는 취임 강연을 한다. 강연 원고를 인쇄하고 강연 후 간단한 연회를 여는 것 등의 모든 경비도 물론 자비로 한다. 또한 교수 타이틀을 유지하기 위해서는 학기 중 최소한 한 강좌를 해야 하는 의무도 있다. 그래도 그로서는 교수 타이틀도 같이 내걸 수 있으면 외부 직업과 사회활동에 유리할 것이고, 대학은 그가 공짜로 강의해주고 대학 이름으로 사회활동을 열심히 하면 광고도 된다. 독일식 기브엔테이크 제도다. 명색 유럽 굴지의 금 거래 회사의 수석이코노미스트, 투자사 대표, 대학교수 3가지 타이틀을 가진 그가 궁금했다.

"그 친구는 언론과 방송에 자주 등장하는데, 그때마다 우리 대학의 이름도 같이 나오니 우리로선 좋지." L교수가 말했다. 대학이 홍보를 위해서 노력하는 건 한국만은 아닌 모양이다. 오늘의 대학은 대중의 관심을 자신의 수요로 여긴다. 대학과 학문에서도 수요와 공급의 시장 법칙이 작용한단 말이다. 문제는 수요와 공급의 법칙이란 사실 경제 강의에서 수업용 도구로만 존재한다는 점이다. 경제학에선 그걸 경제모델이라고도 한다. 하지만 모델은 현실이 아니다. 아담 스미스는 시장에 보이지 않는 손이 지배하기를 원했지만, 현실은 그렇지 않다. 그 손은 너무 보이지 않아 작용을 알 수 없거나, 너무 보이게 작용하고 있다. 그래도 스미스는 자신의 표현에 대해 변명할 필요를 느끼지 않았다. 아마 이념적, 도덕적 용어를 사용해서 기독교적 신앙고백을 했거나 당시의 사상 검증을 피하고자 했을지 모른다. 어쨌든 당시 아무도 문제 삼지 않았고 사상 검증에도 걸리지 않았으니 행복한 인물이다. 이에 비해 존 힉스는 자신의 모델을 변명할 필요가 있었다. 자신이 소개한 IS-LM모델이 비현실적이라 비판받자, 그저 학교 수업을 위한 소

도구로 개발한 것이라 했으니까.

프랑크푸르트는 대도시다. 대학 외에는 특별한 수요자가 없는 작은 도시 바이로이트와는 다르다. 프랑크푸르트에 비하면 바이로이트는 마을이다. 물론 뒤셀도르프처럼 이름에 마을〔도르프〕이 있으나 지금은 큰 도시가 된 곳도 있지만, 바이에른의 바이로이트는 지금도 여전히 마을이다. 하지만 독일인들은 도시가 아니라 마을을 좋아한다. 특히 자신들이 태어나고 자란 마을을 좋아한다. 고향이 그런 곳이다. 도시는 고향이 아니다. 서울에 사는 사람들 대부분이 서울을 고향이라 느끼지 않는 것과 같다. 서울에서 태어난 젊은 층들은 고향이란 단어를 모르고, 중년 이상 사람들은 그 단어를 잊어버리고 산다. 그들에게 고향이란 명절에나, 동창회, 향우회, 아니면 선거철에나 기억하는 단어다.

고향을 좋아하는 사람은 보수적이다. 적어도 바이에른, 아니 독일 사람들은 그렇다. 바이에른 정부에는 '고향 장관' 도 있다. 하지만 인간은 원래 보수적이자 또한 진보적이다. 인간의 성향에 보수와 진보는 늘 같이 있었고, 본질상 같은 뿌리의 다른 형태일 뿐이다. 인간의 역사는 그걸 보여주고 있다. 목적을 달성하는 가장 효율적인 방법을 발견하는 과정이 경쟁이라고 말한 하이에크는 인간이 보수에서 출발해서 문화적으로 진보, 진화해왔다고 말한다. 한 무리가 집단의 규범을 거부하면서 진보는 시작됐고, 그들의 반향이 새로운 규범으로 자리 잡으며 문화적으로 진화했다고. 이런 문화적 진화과정이 경제와 사회, 정치의 역사라고. 인간의 문화적 진화과정은 인간의 본성이 보수와 진보의 양가성을 가진다는 말과 같다. 지금도 정치에서는 여전히 보수당, 진보당으로 갈린다. 하지만 간판만 다를 뿐 사실상 같은 당이다.

그가 일하는 회사 근처에는 오페라하우스가 있었다. 그 밑에 공용주차장이 있고, 우리는 그곳을 찾았다. 주차할 수 있는 곳을 알려주면 좋겠다는 L교수의 메일에 그는 메일로 이곳 공용주차장을 알려줬다. 그러면서 회사 옆 새 건물에는 회사주차장이 있어 빈자리가 있으면 공짜로 주차할 수 있는데, 차단 바가 있다고 했다. 무슨 말인지 이해할 수 없었다. 회사주차장이라면 주차할 수 있게 준비해주겠다고 해야 하지 않는가? 차단 바가 있으면 어떻게 들어가는지, 거기에 주차하라는 말인지, 아니면 차단 바가 있으니 공용주차장을 이용하라는 말인지 언뜻 알 수가 없었다. 난 L교수는 무슨 말인지 알리라 생각했다.

"무슨 말인지 모르겠는데." 조수석에 앉은 프리츠가 메일 내용이 무슨 말인지 묻자 L교수가 간단히 대답한다. 조금 어이가 없었다. L교수와 그가 친구인가 싶다. "공용주차장을 찾으라니까 그곳이 좋아." 회사를 찾아 복잡한 시내 도로를 돌다 L교수는 프리츠에게 네비에서 오페라하우스를 찾으라고 채근했다.

회사는 도심에 있는 중간 규모의 노란색 건물이었다. 입구는 개인 저택같이 꾸며져 있고 문은 굳게 잠겨있다. 회사 건물을 찾는 도중에, 내가 회사 앞에는 직원들이 우리를 기다리고 있을 거라 농담을 한 것이 무색했다. 벨을 누르고 다소곳이 기다렸다. 건장한 체구의 경비 같은 직원이 나왔다. 그를 찾아왔다고 하니, 약속은 했냐고 묻고는 주차를 원하는지도 물었다. 아니라고 답하니 안으로 들어가 잠시 기다리라고 한다. 현관 의자에 잠시 앉아있었다. 곧이어 손님인 듯한 어떤 부부가 현관으로 들어왔는데, 예의 경비 직원이 역시 주차를 원하는지 물었다. 고객 주차를 하라는 말이었구나. 그제야 그의 메일을 이해했다.

그는 넥타이 없는 다소 헐렁한 흰 와이셔츠 차림으로 계단을 타고 천천히 내려왔다. 그가 안내한 방은 회의실 같아 보이는 널찍한 방이었다. 황금색으로 섬세하게 장식한 벽, 앞쪽에 고급스러운 금빛 벽난로, 회의용인지 검은색 큰 플랫 티비, 그 좌우로 모르는 흉상이 자리 잡고 있었다. 중앙에 놓인 넓은 타원 탁자에는 몇 가지 음료와 유리잔들이 올려져 있었다. “음료는 여기 있고, 저쪽 주방에 물과 커피가 있으니 자유롭게 드시길.” 그의 말에 따라 모두 일제히 움직였다. L교수와 난 주방으로 가서 네스트로 커피머신에서 에스프레소를 내렸다.

그는 크립토 머니를 얘기했고, 자연스럽게 비트코인으로 주제가 넘어갔다. "앞으로 비트코인은 시장에서 거래비용도 떨어질 거에요. 그러면 통화로서 더욱더 자리 잡게 되겠지. 어쨌든 캐시는 점점 의미가 없어지는 건 사실이죠. 지금 다양한 통화가 앞으로 어떻게 변할지 두고 볼 일입니다." 통화가 다양한 것이 좋다는 것은 그의 지론이다. 자신의 논문에서 정부가 통화를 결정하는 시대는 사라질 것이라고, 아니 사라져야 한다고까지 주장했다. 시장에서 다양한 통화가 경쟁하고 소비자들이 선택하는 게 더 낫다는 하이에크의 통화론에 근거한다는 견해였다.

"만약 하이에크가 지금의 비트코인을 본다면 어떻게 생각할까요? 좋은 통화로 볼까요?"

"… 알 수 없죠, 흐흐 …"

나의 질문에 그는 즉답을 피하고는 가벼운 웃음을 던지며 말꼬리를 감춘다. 그리곤 문득, 금에 꾸준히 투자하는 것은 그래도 이익이 된다고 말한다. 금 회사의 이코노미스트 아니랄까. 현재 금 시세가 오르다 조금 떨어졌는데 투자할 타이밍이냐고 했더니, 떨어진 것보다 더 올라갈 거니 걱정하지 말고 꾸준히 사두는 것이 좋다며, 주식 투자도 마찬가지라 했다. 투자회사 대표의 말투였다. 그가 추천하는 주식을 L교수도 얼마간 사두었다고 한 적 있다. 얼마나 수익을 올렸는지 물으니 최고로 올랐을 땐 30% 이상 수익이 났다는 말을 들은 기억이 났다. L교수와 그는 투자 동료였다.

그의 회사에 대해서도 묻고 싶었으나, 주제가 오스트리아학파, 미제스의 경제학, 트럼프의 정책 등으로 넘어가서 기회가 없었다.

트럼프가 다른 의미로 냉전을 끝내는 인물이라며, 그는 갑자기 웃으며 말했다. "중국의 정권도 바꿀 의도가 있다는 말이지." 그는 트럼프를 인정하는 듯했다. 옆자리에 앉은 L교수는 트럼프 말이 나오자 열을 낸다.

"트럼프의 말은 거의 거짓말이야. 거짓말이라는 걸 다들 알고 있지. 그의 수법은 간단해. 일단 협박을 하고, 그다음에 최대한 압박을 하면서 상대가 나오는 걸 봐서 협상하는 척하는. 그러면서도 언제라도 협상을 깰 수 있다고 협박하거나, 아니면 합의한 것도 돌아서면 깨버리지. 트위터로 말야." L교수는 웃었다.

"그래, 트윗 정치를 하는 것은 새로운 현상이야." M교수가 말을 받으며 계속 이어 간다. "사실 오바마 때도 인터넷 미디어를 잘 이용했지. 그렇지 않으면 미국 대통령을 할 수 없어. 우스운 일이야. 근데 트럼프는 그것과는 다른 스타일이야. 자신의 지지자들과만 열심히 트윗하지. 그 외는 무시. 미국은 워낙 언론과 미디어들이 공화, 민주로 분열돼 있고, 지역에도 많은 미디어가 있으니 그럴만하지."

"그래, 미국인들은 자신들이 보는 방송만 보고, 자신들이 살펴보는 인터넷 사이트만 관심을 두고 그것에만 접속해. 문제는 그들은 각자 자신들이 보는 미디어의 내용만이 진짜라고 생각한다는 거야. 바보 같은 미국인." 이 말을 하고 L교수는 살짝 흥분한 듯 물을 한 모금 마신다. M교수는 멋쩍게 웃었다.

독일인들, 아니 유럽인들이 트럼프에 흥분하는 것이 재미있다. 그는 정치인이지만 동시에 사업가이자 스스로 돈을 많이 벌었다고 떠드는 장사꾼이다. 그래서 그의 스타일은 누구나 쉽게 알 수 있다. 그런데 강단의 제도권 경제학자들은 흥분한다. 미국 연준의 분석보다는 자신이 "더 나은 직감"("better instinct")을 가졌다고 공개적으로 떠드는 그에게 그럴 만도 하다. 강단 경제학자들 외에도, 자신들이 이른바 G7 부자 클럽의 주요 멤버라고 생각하는 유럽의 많은 문명인은 어쩌면 트럼프의 태도가 이해되지 않을 것이다. 문제는 태도가 아니라 그들의 언어가 서로 다른 데 있다. 유럽은 트럼프의 언어를, 트럼프는 유럽의 언어를 이해하지 못한다, 아니 이해하려 하지 않는다. G7의 역사상 처음 있는 일이다. G7이라는 럭셔리 클럽에서 만난 그들은 서로 말이 통하는 친구라 생각했을 것이다.

하지만 정작 그들이 세계 경제를 위해 무슨 걱정을 했으며, 어떻게 기여했는지는 쉽게 긍정할 수 없다. 그들이 가장 중요하게 추구한 것은 그들 중심의 세계 경제 질서였으니까. 무엇보다 18세기 유럽의 계몽주의 이후 그들은 항상 계몽적 문명인으로 군림했다.

'계몽의 변증법' 이란 어려운 말을 할 필요도 없으리라. 그들 계몽주의가 이룩한 것은 대항해 시대와 신대륙 발견부터 계속된 식민정치의 완성일 뿐이니까. 20세기 세계 경제의 질서도 그들의 필요에 의한 것이었다.

IMF나 세계은행이 저개발국가들을 돕기 위해 만들어졌다고? 우스운 말이다. 브레턴우즈 체제 구축에 참여한 케인스에겐 미안하지만, 그건 주로 아시아와 아프리카의 경제 식민지와 시장을 유지하기 위한 다른 시도일 뿐이었다. 그들이 저개발국가의 상황과 문화를 현장에서 얼마나 체험했던가? 그들이 현지 정부만이 아니라 현지인들의 목소리를 들으려고 노력했던가? 그들은 항상 미개한 저개발국가들을 그들의 기준으로 가르치고, 계도하고, 바꾸기를 강요했다.

저개발국의 원조 정책에 관여한 경제학자나 관리 중에는, 저개발국에 지침을 주어 그대로 시행하게 하고, 그것을 감독하는 일이 가장 중요하다고 역설한 사람이 적지 않았다. 점령군 사령관의 핵심 참모 같은 사람들이었다. 그러다 세월이 흘러 이젠 갑자기 태도를 바꾸어, 개발 원조는 현지인들의 문화를 이해하고 현지인들과의 협조가 필수적이라고 역설하는 장면도 종종 볼 수 있다. 하지만 그들은 여전히 원조대상국을 거의 알지 못한다. 현지의 문화를 모르기 때문이다. 그들이 주는 경제적 지침은 한반도의 38선이 책상 위에서 그어진 것과 같다.

남미 원주민들을 유럽의 천민보다 못하게 취급하고, 그들의 씨를 거의 말린 스페인은 그것이 미개한 원주민들을 계도하고 계몽된 서구 문명과 종교의 은총을 베푸는 것이라 여겼다. 그들의 가톨릭도 원주민 노예에게 베푼 그런 은총의 하나였다. 은총을 베풀면 그 고마움을 알고 빵 한 조각으로 온종일 일할 수 있어야 한다. 원시인에게 문명을 가르쳐 사람이 되게 했으니 당연하다. 그 후 유럽 열강들의 세계관에는 20세기 중반까지 거의 변화가 없었다. 영토 제국주의, 시장 제국주의, 문화제국주의 등 제국주의의 모든 형태는 그들이 가져온 것이고, 지금은 그들이 점령한 영토는 대부분 사라졌지만, 그들 시장과 문화는 여전하거나 더욱 확장되었다.

어쩌면 그건 서양 문명의 탄생부터 시작된 전통이다. 그 시작에 로마제국이 있다. 로마제국의 문화는 경쟁자들을 완전히 절멸시키는 것이었다. 로마인들은 상대가 없어지거나 완전히 굴복해야 번영도 평화도 있다고 생각했다. 그들의 경쟁자 카르타고는 달랐다. 그들은 장사꾼들이었다. 장사는 상대가 있어야 한다. 상대가 너무 강하면 물건을 빼앗길 수 있어 안 되지만, 너무 약하면 물건을 팔 수 없어 안 되고, 상대가 없으면 아무런 이익이 없다. 이것이 시장의 논리다. 장사꾼들은 그것을 잘 알고 있다. 그래서 평화는 장사와 거래의 부산물이다. 카르타고인들도 경험적으로 그것을 알고 있었을 것이다. 하지만 로마인들은 그런 경험이 없었다. 로마인들은 카르타고를 완전히 없애지 않으면 자신들의 안전과 번영은 보장받을 수 없다고 생각했다. 완전한 정복이 평화였다. 그들이 카르타고를 절멸시켰을 때 비로소 '팍스 로마나'는 이룩됐다. 그 후 서양은 늘 정복이 평화를 가져다준다고 확신했다. 만약 그때 카르타고가 이겼다면 서양의 역사는 어떻게 됐을까? 팍스 로마나가 아닌 '팍스 메르카투스(시장의 평화)'가 왔을지도 모른다.

그런 서양 문명 클럽에 이제 트럼프의 미국이 등장한 것이다. 그는 서양의 멤버십 사교에 기반한 국제 평화와 글로벌 경제 정책에 싫증이 났다. 그래서 클럽을 바꾸고, 클럽 내에서도 새로운 시장을 얻고, 그걸 세계시장으로도 확장하고 싶어 한다. 이래서 나온 것이 무역 역조 문제다. G7 클럽의 다른 국가들과 세계는 그것을 무역 전쟁이라 한다. 앞으로도 미국과 중국은 물론, 미국과 유럽, 미국과 아시아 신흥국 간의 무역 전쟁이나 갈등의 불씨는 여전하지만, 유럽이 그 전쟁으로 보는 손해는 실제 그리 크지 않을 것이다. 더한 것은 사실 감정이다. 그들은 같은 G7, 같은 문명 멤버들에게 어떻게 그럴 수 있느냐는 마음이 더 클 것이다. 하지만 지금까지 세계를 자신들의 시장으로 만들면서, 다른 국가들에게도 얼마나 이익을 줬는지 아니면 손해를 입혔는지, 타인의 문화를 얼마나 존중했는지 혹은 무시했는지는 생각하지 않는다. 하버마스가 자신들의 현대는 '아직 끝나지 않은 기획'이라고 한 건, 그들의 계몽주의가 완성되지 않았다는 말이다. 하지만 그들이 조련사 계몽주의를 빨리 버리고, 누구도 이웃의 조련사가 될 수 없음을, 오히려 필요할 때 도움을 주는 친구가 되어야 함을 깨닫길 바랄 뿐이다. 그것이 계몽주의의 진정한 완성이다.

어떤 의미에서 트럼프의 등장으로 노골화된 미국의 이념적 분열과 투쟁 양상은 이제 자유시장 중심의 세계화 시대가 서서히 저물고, 19세기부터의 애국주의와 민족주의, 제국주의와 자유주의 등의 질서가 민주주의와 혼종된 채 새로운 세계화 질서로 각국이 움직이고 있음을 알려주는 신호다. 그의 미국이 끝내고자 하는 것은 신냉전이 아니라 현 세계화의 질서다. 미국을 다시 위대하게 만들고자(MAGA) 추구하는 질서는 힘을 중심으로 한 팍스 아메리카나의 21세기 변종이자, 자본과 기술 그리고 땅을 중심으로 한 중상주의적 신(新)자본주의 세계화의 질서다. 그 중심에 미국이 있다. 트럼프는 물론, 그에 반대하는 집단도 그 자본주의 전쟁의 무기일 뿐이다.

트럼프로 분위기가 어색해진 것이 부담스러웠던지, 수석이코노미스트는 다른 주제를 꺼냈다. "피아트 머니는 내가 이전에 대중매체에서 가끔 언급할 때만 해도 사람들이 무슨 말인가 관심을 가졌지. 언론과 방송은 내게 찾아오곤 했어. 이제는 그 용어가 많이 알려져서 내겐 연락도 없네, 흐흐. 사람들은 돈에 관심이 많지만 새로운 것도 좋아하지. 이제 비트코인도 지나가면 뭐가 나올까. 강단의 경제학자는 좀 다르겠지만, 난 항상 그런 것에 관심을 두고 있어야 하거든."

우리는 같이 기념사진을 찍었다. 점심을 먹으러 나서기 전에 여직원 한 명이 카메라를 가지고 왔다. 수석이코노미스트가 미리 부탁한 모양이다. 그 방의 앞 배경 컷과 뒤의 배경을 담는 컷이었다. 열린 창문으로 바람이 불자 금색 커튼이 휘날린다. 직원이 팔랑거리는 커튼을 모아 한쪽으로 쳤다. 그러자 바닥에는 커튼이 움직이지 않게 고정시키는 뭔가 보였다. 벽돌 크기의 금괴다. 순간 진짜인가 싶어 들어서 보니 금색 모조품이다. 나를 보던 L교수가 웃으며 말했다. "여긴 모두 금이야."

식당은 회사에서 멀지 않은 곳에 있었다. V식당. 식당과 바를 겸하고 있는 체인 식당이다. 주문은 식당 카드로 무인 키오스크를 터치해 직접 해야 했다. M교수는 여기서 주문하라 말하고는 옆 키오스크로 휙 가버린다. 난 L교수 옆에서 그가 어떻게 하는지 관찰했다. 그도 처음 경험하는 키오스크라 몇 번의 터치 끝에, 그리고 내게 맞는지 중간에 확인해가며 결국 주문에 성공했다. 그는 M교수가 추천했던 파스타를 주문했다. 주문을 마치자 그도 가버리고, 난 혼자 다른 메뉴를 주문해보기로 했다. 그게 실수였다. 내가 선택한 메뉴는 새로운 길로 터치를 해야 했다. 몇 번을 시도해서 리소토를 주문했는데, 웬일인지 기계에서 주문서가 출력되지 않는다. 그사이 주문을 마친 다른 이들은 벌써 나온 음료를 받아서 지나갔고, 저편 식탁에 앉았다. 난 수석이코노미스트가 점심을 살 것 같아 음료는 따로 주문하지 않기로 마음먹었다. 리소토 가격이 파스타보다 좀 더 비쌌기 때문에 음료까지 부담을 주기 싫었다. 키오스크 앞에서 계속 머뭇거리자 직원이 다가왔다. 그가 내게 카드를 받아 다시 터치하자 마침내 주문서와 번호가 적힌 토큰이 나온다. 난 저편 식탁에 앉은 그들에게 가지 않고 곧장 음식을 받으러 갔다. 리소토라 쓰인 데크에는 몇 명의 젊은 여자들이 식판을 들고 기다리는 것 같았다. 그들 뒤에 가서 식판을 들고 조금 기다리자니 뭔가 이상했다. 음식을 준비하고 있는 직원에게 토큰을 보여주며 주문을 했다고 하니 한 번 휙 보고는 저쪽 끝으로 가란다. 영문도 모른 채 그쪽으로 가니, 직원이 퉁명스럽게 주문서가 있으면 식탁에 가서 기다리면 부른단다. 그제야 식탁으로 갔더니 그들은 이미 음료를 마시고 있었다. 주문한 음료를 먼저 받아 식탁으로 가서 음료를 마시며 음식을 기다리는 모양이다. 토큰을 보여주며 괜히 저쪽 줄에서 기다렸다고 어색하게 웃으며 말하니 그제야 그들은 기다리면 된다고 한다. 난 음료를 시키지 않은 걸 후

회했다.

토큰에 불들이 차례로 들어왔고, 차차 음식을 받아 왔다. 토큰의 용도를 그제야 깨달으며 내 차례를 기다렸다. 그들은 다들 먹는 데 열중했다. 한참 시간이 지난 것 같았다. 살짝 당황해서 토큰만 보고 있던 난 혼자만 아직 그냥 기다리는 것 같았고, 그 모습을 보고 그들도 불편해할 것 같아 지나가는 직원을 불렀다. 주문서를 보더니 기다리면 나온단 말만 하고 간다. 슬슬 화가 났다. 직원이라며 자세히 알아봐 주지도 않고 그냥 가나.

독일에선 가게에서나 식당에서 으레 손님이 먼저 인사를 한다. 직원이 나를 위해 일해주니 고맙다는 말이라고 페터가 일전에 말한 적이 있다. 그는 연전에 상하이에서 1년간 공부했다. 그가 본 중국은 독일이나 유럽과 전혀 달랐다. 장사 문화도 그랬다. 독일에선 가게를 열어 손님이 원하는 걸 살 수 있게 하는 게 서비스라 생각한다면, 중국은 손님이 여러 가게 중 자신의 가게를 찾아주는 걸 고맙게 생각하고 서비스를 한다고. 난 한국도 그렇다고 말했다.

하긴 사회적 시장경제라는 개념을 만들어 내며 나름의 시장경제 질서를 형성한 곳이 독일이다. 2차 세계대전 패전 직후 다수의 보수와 진보 정치인을 포함해 많은 독일인은 독일이 사회주의도, 자본주의도 아닌 일종의 공동경제사회가 되길 희망했다. 점령국인 미국과 영국은 독일의 산업과 기업들이 나치에 동조한 것을 생각해, 미국식 자유시장경제를 원했다. 이에 대응해서 당시 연방 수상 아데나워는 물론, 경제부 장관이자 시장자유주의자였던 에어하르트 역시 그 중간 형태로 사회적 시장경제를 옹호했다. 미국뿐만 아니라 독일 노조들에 대한 정치적 협상 카드였다. 당시 일반 시민들이 자유시장경제가 되면 시장에서 상품을 제대로 조달받을 수 있을지 걱정했다는 걸 보면, 독일인들이 원래 가졌던 경제와 시장에 대한 개념을 짐작할 수 있다. 밀턴 프리드먼이 유럽의 시장경제를 사회주의 경제라 말했던 것도 이것과 무관하지 않다. 지금 독일인들은 물건을 사는데 걱정하지는 않는다. 하지만 시장에서 서비스를 못 받을 걱정은 그들에게 여전히 잠재해 있다.

경제가 상품과 서비스의 생산과 소비를 통해 물질적 삶의 효용성을 극대화하는 것이라면, 독일의 경제는 반쪽 경제다. 물질적 삶의 효용성이 반이기 때문이다. 생산의 효용성은 상품의 효용성만 있지, 서비스의 효용성은 거의 없다. 그들은 서비스를 제공하는 데 익숙하지 못하다. 그만큼 그들 삶의 물질적 효용성은 떨어진다. 반면 서비스를 제공하는 데 익숙한 아시아의 경제도 반쪽이었다. 상품을 생산하는 데는 독일이나 유럽을 따라가지 못했다. 그만큼 그들 삶의 물질적 효용성은 반쪽이었다. 그래서 신은 공평한지 모르겠다. 다만 서로 그것을 모르고 있을 뿐이다. 앞으로는 어떻게 변할지 모르나, GDP나 개인당 소득의 숫자는 그것을 나타내지 못한다. 그런 숫자를 보고 삶의 질을 판단하는 사람은 어리석다. 케인스가 다른 맥락에서 얘기했지만, 많은 경제학자 역시 그래서 어리석다.

갑자기 M교수가 막 불이 들어온 토큰을 주며 가져가라고 했다. 순간 어리석게도 내 주문이 잘못 연결돼 그 토큰에 불이 들어온다고 생각하고는 토큰을 어색하게 받았다. 곧장 음식을 받으러 가는 순간, 비로소 내 토큰에도 불이 들어왔다. 그는 자신이 주문한 토큰을 준 것이다. 이제 정말 화가 났다. 내가 불쌍하게 보였다는 게 화가 났고, 내가 초조하게 기다린다고 보고 자기 것이라도 주겠다고 한 그의 친절에 화가 났다. 즉시 돌아와 그에게 토큰을 돌려주고, 한걸음에 음식을 주는 데로 가서 과도하게 역정을 내며 큰소리로 따졌다. 저쪽 식탁에 앉아있는 L교수와 조교들 그리고 그가 들으라는 의도였다. 음식을 건네주던 주방의 직원은 마침 젊은 아시아인이었다. 그는 다소 놀라 사과했다. 그래도 사과한 직원은 식당에서 그가 유일했다. 나는 식탁으로 돌아와서 소란을 피워 미안하단 말을 했다. "하지만 음식이 이렇게 늦게 나왔으면 우선 미안하다고 하는 게 순서인데, 아무도 그런 말을 하지 않으니 화가 날 수밖에 없죠." 난 동시에 내 행동이 정당함도 말했다. 그들은 내 말에 고개를 끄덕였지만, 그게 무슨 의민지 알 수 없었다. 곧 L교수와 M교수는 다시 그들의 얘기를 이어갔다. 난 그들의 말을 이해하지 못했다.

"커피나 한잔하죠." 식사를 마치고 M교수가 말했다. 나와 L교수만이 동의했다. 그는 나와 L교수의 식당 카드를 만류하고 자신의 식당 카드를 내 옆에 앉은 프리츠에게 주며 주문을 부탁했다. 쾌활한 박사과정생은 카드를 받아 바에서 에스프레소를 석 잔 받아왔다. 난 어차피 M교수가 모두 계산할 것인데 누구 카드인들 무슨 상관일까 생각했다.

식사비를 계산하려면 카운터에 가서 식당 카드와 주문서를 건네줘야 했다. 각자 카운터로 갔다. M교수가 내리라고 생각한 난 그 순간 당황했다. 그는 방에서 분명히 자신이 점심을 산다고 했다. 다들 들었을 것이다. 하지만 누구도 그 점을 얘기하지 않고 머뭇머뭇 카운터로 가서 각자 계산하고는 식당을 나갔다. 나도 카운터에 식당 카드와 주문서를 줬다. 그때 내 뒤에 서 있던 M교수가 아시아인이 나처럼 디지털에 둔한 건 처음 본다고 슬쩍 농을 건넨다. 전혀 우습지 않았다. 오히려 지금까지 내 행동이 모두 이해되지 않았단 말처럼 들려 나를 비꼬는 것만 같다. 내가 그렇게 보였다면, 나 혼자 식당 주방 앞에서 헤매고 있을 때, 왜 그는 일행과 함께 차분히 식탁에 앉아 음료를 마시고 있었는지 묻고 싶었다. 그리고 내가 그의 손님이 아니냐고. 점심도 산다 해서 예의상 일부러 음료도 주문하지 않았다고. 이럴 줄 알았으면 내 돈으로 음료를 시켜 당당히 식탁에서 음료를 마시고 있었을 거라고. 무엇보다 한국 같으면 그런 약속 없이도 먼 길을 온 친구들에게 식사는 당연히 대접한다고.

카운터의 직원이 나를 흘끗 보더니 무슨 주문을 했냐고 물었다. 주문에 대해 따지고 싶은 사람은 난데 주문이라니? 한국 같았으면 무슨 말이냐고 소리쳤겠지만, 뒤에 서 있는 M교수를 의식해 참았다. "주문 내역이 없어요." 직원은 내 카드를 대도 주문 내역이 뜨지 않는다며 그의 단말기를 보여준다. 그제야 내 음식이 왜 늦었는지 알 수 있었다. 주문이 접수가 안 된 것이다. 내가 중간에 지나가는 직원에게 주문서를 보여주며 물었을 때, 그 직원이 주문서를 보고 주방에 알려 구두로 주문이 된 것 같다. 그는 주문이 카드에도 제대로 들어갔는지 확인했어야 했다. 아무튼 그건 그의 임무가 아닌 모양이다. 주문이 안 됐으면 잘됐네요, 그냥 가도 되죠? 하며 가고 싶었다. 내가 당한 불편함과 불쾌함의 보상이니까.

"그럼 주문서를 봐요, 그곳에 내역이 있으니까."

직원은 내 말에 주문서를 보더니, 금액을 직접 단말기에 찍었다. 답답했다.

돌아오는 길, L교수의 차 안. 그들은 명랑하게 떠들었지만, 난 아무 말도 하지 않았다. 적어도 하고 싶은 말은 하지 않았다. 대신 귀로 내내 과거 베를린에 간 기억이 꼬리를 물고 떠올랐다.

4. 베를린 1804년

4월 26일, 이른 아침. 두 아들과 아내 샬롯테를 데리고 마차에 오른 쉴러는 마주 앉은 아내를 쳐다본다. 그녀는 불안하고 걱정스러운 얼굴이지만 말이 없다. 대신 옆에 앉은 작은 아들 에른스트를 쳐다보고 머리를 쓰다듬는다. 여덟 살배기는 엄마를 쳐다보고는, 아빠도 힐끗 쳐다본다. 아빠가 굳은 얼굴로 있자 엄마의 품에 얼굴을 파묻는다. 큰아들 칼은 아빠 곁에 앉았다. 둘째보다 세 살 더 먹은 형이라고 의젓한 척하며 창밖을 본다.

쉴러는 곧 출산을 앞둔 아내가 걱정스럽긴 했다. 샬롯테가 갑작스러운 베를린행에 놀랐던 것도 이해할만하다. 하지만 그녀는 쉴러의 의견에 늘 따랐고 이번에도 그랬다. 내심은 전혀 내키지 않았지만. 다섯 살배기 막내딸 카롤린은 너무 어려 집에 두었다. 어린 하녀 둘이 잘 돌볼 것인지 그것도 걱정이다. 쉴러는 그런 건 전혀 신경 쓰지 않는 눈치였다. 그가 바이마르 궁정에 이번 여행에 대해 알렸는지 모르겠다. 공작님이 모른다면 곤란할 건데 걱정이다. 어제 만난 몇 사람은 남편이 출판사 사람들을 만나러 작센으로 다니러 가는 것이냐 물었다. 잘 모른다고만 했다. 남편이 누구에게 무슨 말을 했는지 모르겠다. 불안한 마음을 싣고 덜컹거리는 마차는 쉼 없이 달렸다.

4월 27일. 라이프치히에 도착. 도서박람회를 찾았다. 그곳에서 출판사 사장 코타와 괴셴을 만났다. 쉴러는 아침부터 서둘러 그곳을 찾고는 그들과 대화를 나눴다. 그들은 반가운 얼굴이었지만, 그이는 뭔가 쫓기는 듯한 모습이다. 그들을 만나는 건 이번 여행의 목적이 아님이 확실했다. 프로이센이라는 낯선 나라, 베를린이라는 대도시, 그곳으로 가는 것이 새삼 낯설고, 긴장된다. 쉴러의 얼굴에도 그것이 역력했다.

4월 30일 밤. 드디어 마차는 프로이센의 포츠담 국경에 도착한다. 국경수비대가 마차를 검문했다. 수비대에서 한 장교가 얼핏 쉴러를 알아보고 다가와서 질문을 한다. 그는 쉴러의 연극을 좋아한다고 했다. 연극뿐만 아니라 그의 시는 더 좋아한다고. 장교는 쉴러 시 몇 줄을 읊조리기도 한다. 쉴러는 약간 당황했지만, 그 덕에 검문은 간단히 진행되었다. 베를린으로 들어가 호텔을 찾았다. 시내의 운터 덴 린덴 대로변에 있는 루시에 호텔에 도착했다. 베를린의 밤공기는 다르다. 아이들은 잠에 떨어져 있었다. 샬롯테는 쉴러의 건강을 걱정하지만, 쉴러는 오히려 아내의 몸이 걱정이다. 차가운 밤이 깊어 간다.

다음 며칠. 쉴러는 많은 지인을 만나고 방문한다. 예나 시절부터 알고 있었던 대학의 인사들도 있었고, 이전에 알았던 지인들도 있었다. 샬롯테가 알고 있는 몇 지인들도 만났다. 그녀에겐 그나마 그들을 만나 다행이었다. 베를린 국립극장장 이플란트도 만났다. 그는 쉴러의 오랜 친구다. 젊은 시절 군의관 쉴러는 만하임으로 도망해서 자신의 첫 작품 〈도적들〉의 초연을 지켜봤다. 그때 이플란트는 주인공 프란츠 모어역을 맡았다. 그는 천생 배우였다. 쉴러에게 베를린으로 오라고 청한 인물도 그였다. 국립극장장은 막강한 문화 권력이었다. 이제 그는 시내에 고급저택을 가지고 귀족처럼 살고 있다. 쉴러 가족을 성대한 식사에 초대하고, 자신의 집에 방이 많다며 숙소를 자신의 집으로 옮기라고 요청했다.

이플란트는 기다렸다는 듯 쉴러의 작품들도 국립극장의 공연 스케줄에 올렸다. 그를 따라 공연을 보러 갔다. 그가 마련해준 특별석도 있었다. 극장은 역시나 크고 화려했다. 〈메시나의 신부〉, 〈오를레앙의 처녀〉, 〈발렌슈타인의 죽음〉 등 자신의 작품이 이 무대에서 공연된다는 특별 공연 포스터도 보였다. 관객들은 그를 보고 환호를 했다. 그런 환호가 어색하고 낯설다. 공연이 끝나고 극장을 나서니 일단의 관객들이 몰려와서 '쉴러 만세'를 외친다. 그들은 양옆으로 둘러서서 긴 통로를 만들었다. 쉴러는 큰아들과 함께 그 통로를 함께 지나갔다. 샬롯테는 그 와중에 작은아들을 데리고 군중들을 피해 사라졌다. 칼은 약간 놀라면서도 아버지가 자랑스러운 듯 힐끔힐끔 쳐다봤다.

궁정의 실력자, 프리드리히 대왕의 조카 루이 페르디난트 왕자도 쉴러를 만찬에 초대했다. 불현듯 괴테의 말이 떠올랐다. 그는 가끔 와인을 많이 마시고 취기가 오르면 평소에는 일절 말하지 않던 자신의 프랑스 출정 얘기를 했다. 그의 무용담에는 산 사람, 죽은 사람이 모두 등장했다. 어떨 땐 그들에 대해 할 말이 많지만 다 할 수 없다는 복잡한 표정을 한동안 짓곤 했다. 그때 한 번 등장한 인물이 이 왕자다. "그의 열정은 위험해." 괴테는 이렇게 짧게 평하고는 길게 침묵했다.

1792년 프랑스 출정에 참여한 애국적 군인이자 작곡가인 그 왕자는 쉴러를 위대한 독일 애국 시인으로 맞이했다. 쉴러의 연극이 그들에게 애국심을 고취한다고도 말했다. 젊은 시절 자신의 고향과 조국을 등지고 탈영한 쉴러는 그런 애국주의가 부담스럽다. 만찬 내내 왕자와 무슨 말을 했는지 기억이 나지 않는다.

샬롯테는 남편보다 더 긴장했다. 이플란트의 극진한 환대와 국립극장의 공연, 그리고 관객들의 환호는 긴장을 가중시켰다. 작은 도시 바이마르에서는 경험하지 못한 일이다. 칼은 아버지 곁에서 제법 의젓하게 행동하는 것 같다. 하지만 둘째 녀석은 엄마 곁을 떠나지 않고 엄마만 찾았다. 처음엔 이곳을 신기해하는 것 같더니, 이내 언제 집으로 가냐고 묻곤 한다. 같이 놀 친구도 없다고 불평했다. 원래 칼은 에른스트와 잘 놀았다. 하지만 이곳에선 늘 아버지를 따라다녔다. 그건 쉴러가 원한 것이기도 했다. 그는 큰아들에게 대도시의 많은 것을 보여주고 싶어 했다. 또한 아버지가 사람들로부터 얼마나 인정을 받고 있는지도 보여주고 싶었다. 자신도 사람들의 이런 환호가 익숙하진 않았지만.

역시나 우려하던 일이 일어났다. 쉴러가 며칠 후 저녁부터 열이 오르기 시작했다. 베를린까지의 급한 여행과 이어 쏟아지는 일정, 낯선 환경이 그에게 무리가 됐음이 틀림없다. 평소 건강한 샬롯테도 긴장과 과로로 입술이 부르텄는데, 그는 오죽할까. 베를린의 밤공기는 아직 차고 습했다. 침대에서 꼼짝하지 않고 누워있는 도리밖에 없었다. 다행히 열은 더 오르지 않았다. 다만 기력이 없을 뿐이다. 이플란트의 주치의도 안정을 취하고 쉬면 괜찮을 거라 말했다.

드디어 루이제 왕후로부터 베를린 샬롯텐부르크 성으로 오라는 연락이 왔다. 왕후는 포츠담의 상수시 궁전보다는 샬롯텐부르크를 더 좋아했다. 프리드리히 빌헬름(3세) 왕과 왕후는 5년 전에 〈발렌슈타인의 죽음〉 공연을 보러 바이마르로 직접 왔었다. 부부는 공연을 마치고 쉴러를 불러 대화를 나눴다. 젊은 왕은 소박했고 부인은 예술과 연극에 관심이 많았다. 프로이센의 왕후가 아닌 그의 팬으로 질문도 하고 의견을 말하기도 했던 기억이 났다.

이번엔 왕후 단독의 쉴러 부부 초대였다. 쉴러는 이 초대를 개인적인 얘기를 나눌 기회로 여겼고, 할 말을 준비했다. 부부를 반갑게 맞이한 왕후에게 이제 왕후다운 위엄이 묻어난다. 하지만 대화할 땐 쉴러가 편하게 자신의 속마음을 말할 수 있게 다정히 대해주었다. 바이마르의 생활과 환경에 관한 질문들이 이어지고 쉴러는 긍정적으로 대답했지만, 몇몇 부분 다소 유보적인 톤도 섞어 넣었다. 그러자 왕후는 그의 장래 계획에 관한 질문을 던진다. 그는 앞으로 자신의 작품을 베를린 시민들에게 자주 보여줄 수 있으면 좋겠단 말을 한다. 왕과 왕후께 자주 알현할 수 있으면 영광이겠다는 말도 덧붙여.

샬롯테는 남편이 왕후에게 한 말이 마음에 걸렸다. 만약 그가 베를린으로 이주하겠다면, 자신은 어떻게 할까. 물론 따라갈 수밖에 없다. 하지만 바이마르를, 지인들이 있는 예나와 친정이 있는 루돌슈타트를, 그리고 정든 튀링엔을 떠나고 싶지는 않았다. 그녀는 이제 바이마르 궁정의 사교에도 낄 수 있다. 얼마 전 남편이 귀족이 되어 그녀 역시 귀족의 신분을 회복했기 때문이다. 그녀의 친정아버지는 일찍 돌아가서 그렇지 귀족이었다. 큰 재산이 없는 가난한 귀족. 그래선지 친정어머니는 둘째 딸이 거의 무일푼의 젊은 극작가와 결혼하는 것을 반대했다. "그는 독일 전역에 알려진 유명 작가예요." 딸의 말에 결혼생활엔 돈이 필요하지, 유명한 건 소용이 없다고 했다. 또한 그가 귀족 출신이 아니라는 것도 강조했다. 독일에선 귀족이란 사교를 위한 타이틀도 된다. 귀족은 귀족끼리 어울린다. 그들은 그들끼리 식사하고 사교로 모인다. 시민계급은 거기에 낄 수가 없었다. 여자가 혼인하면 남편의 신분을 따랐으니, 시민계급과 결혼한 여자는 귀족들과의 사교가 어렵게 된다. 딸에겐 그건 큰 손실이었다. 독일에선 적어도 자유롭게 교류할 수 있는 동일 신분의 사람들이 주변에 있어야 했다. 샬롯테도 그것을 제일 아쉬워했다. 하지만 당시 그녀에겐 사교보다 영혼이 더 중요했다.

결혼 후 신접살림을 차린 예나에서는 하지만 귀족과의 사교가 그렇게 그립지 않았다. 예나는 젊은이와 지식인, 시민의 도시였다. 귀족들은 소수였고 무엇보다 궁정이 없었다. 그런데 바이마르로 옮겨와서는 달랐다. 그곳은 시골의 궁정 도시였다. 공작과 공작 가족은 물론, 그 주변의 인사들과 그 집안들 모두 이름도 알 수 없었던 귀족이었다. 그들의 궁정 모임에 그녀는 초대받지 못했다. 거리에서 만나면 친하게 인사하며, 쉴러의 안부도 반갑게 묻던 그들이었다. 그런 그들이 몹시 서운했지만, 남편에게 한 번도 내색하지는 않았다.

쉴러 역시 그 점을 제일 미안하게 생각했다. 그에게 귀족들이란 원래 의심스러운 존재들이었다. 그런데 얼마 전 뜻밖에 공작이 자기를 귀족으로 만들어 주겠다고 했다. 거부할 이유는 없었지만 우스웠다. 그 사이 쉴러는 점점 유명인사가 되어 있었다. 그의 연극은 항상 성공을 거두고, 사람들은 그를 만나고 싶어 했다. 과거에 공작이 이름뿐인 바이마르 궁정고문관 칭호를 수여할 때나, 그 후 예나 대학의 무급 교수 자리라도 제안할 때는 고마웠다. 탈영병 신세였던 자신을 거두어 법적 보호를 받을 수 있게 해주었으니까. 하지만 이제 귀족 칭호를 붙이게 해주겠다고 했을 땐, 그에게 칭호는 별 의미가 없었다. 칭호는 성이 쉴러에서 '폰 쉴러'로 바뀌는 것뿐, 그사이 그는 이름 없는 귀족보다 더 유명인사가 되어 있었기 때문이다. 오히려 그 때문에 공작에게 더 엮여서 그 측근이 되는 것이 부담스러웠다. 괴테는 자신이 귀족 신분을 획득했다는 것을 자랑스럽게 생각하는 것 같았다. 어쩜 궁정의 핵심 관료로 일하는 데는 귀족 칭호가 어울릴 것이다. 사실상 사람들은 항상 그를 귀족으로 대했고, 또 그렇게 불렀다. 쉴러도 그에게 그렇게 대했다.

괴테는 그것을 당연한 것처럼 받아들였다. 우스운 일이다.

공작의 호의가 전해졌을 때 쉴러에게 정작 필요한 건 칭호가 아니라 돈이었다. 이젠 재산을 일구는 데 관심을 가져야만 했다. 자식들이 하나둘 늘어났기 때문이다. 그들이 인생에서 자신이 젊은 시절 겪었던 어려움을 겪지 않고 생활하게 하려면 뭔가를 물려주는 것이 필요했다. 하지만 빈에서 온 황제의 칙서와 귀족 가문의 공식 문장(紋章) 그리고 아우구스트 공작의 축하 친서를 받았을 때, 특히 샬롯테가 좋아했다. 그녀는 친정어머니께서 보면 좋아하셨겠다고 에둘러 말했다. 결국 친정어머니는 딸이 결혼하는 것을 승낙했었다. 장래의 사위가 예나대학의 역사학 교수가 됐다는 것에 마음을 돌렸다. 비록 그 자리는 무급이지만, 대신 연 200탈러의 연금을 받았다. 공작의 개인 하사금이었다. 그 돈으로 신혼살림은 차릴 수 있었다. 장모는 사위를 위해 연 150탈러도 보조해주었다. 그런 친정어머니가 딸은 늘 고마웠다. 바이마르의 지금 집을 살 때도 장모는 600탈러를 빌려주었다. 딸은 그 돈을 제일 먼저 갚기를 원했을 것이다.

왕후를 알현한 쉴러는 이후 이플란트를 통해 자신의 의사를 구체적으로 전했다. 베를린으로 거처를 옮길 수 있고, 그곳에서 최소한 몇 년을 지낼 수 있다고. 너무 적극적으로 나오면 오히려 협상에 불리하게 작용할까 봐 기간은 유보적으로 말했다. 왕이 동의

한다면 그에게 왕립 아카데미 회원의 자리를 만드는 것은 어렵지 않을 것이다. 그 자리는 프로이센 왕의 신하가 되는 것을 의미했다. 많은 학자와 예술가들이 그 자리를 원했다. 왕의 신하는 당연히 그에 걸맞은 보수도 받을 것이다. 또한 베를린 국립극장에서 작가와 연출가의 일도 같이 할 수 있을 것이다. 그런 것들은 왕의 허락만 있으면 어렵지 않았다.

문제는 바이마르 공작의 허락이다. 공작과는 품위 있게 헤어져야 했다. 지금까지 바이마르 궁정고문관이 쉴러의 공식 직함이었다. 잠시 있었던 예나대학의 역사학 교수 직위도 공작이 만들어준 자리다. 따라서 공작은 그의 주군이다. 하지만 그와 공작은 원래부터 다른 언어를 사용했다. 그들은 서로 말이 통하지 않았다. 독일의 군주와 통치 귀족들이 그렇듯이 아우구스트 공작도 예외는 아니었다. 그는 쉴러와 개인적 교류를 하려 하지 않았다. 그가 원한 것은 쉴러의 명성이었다. 쉴러의 문명(文名)은 독일 전역에서 시민의 개인적 자유와 저항의 상징이었다. 공작은 그런 쉴러의 이미지를 자신과 바이마르 궁정, 예나대학을 위한 마케팅 수단으로 이용하고 싶어 했다. 그를 휘하에 두면 공작은 백성에게 자유를 허락하는 현명한 계몽 군주로 보일 수 있었다. 그리고 바이마르 궁정은 자유로운 문예궁정으로, 예나대학은 자유로운 정신이 교류하는 학문의 전당으로 비칠 수 있었다. 쉴러도 그 점을 인식하고 복종했다. 그것은 궁정고문과 예나대학 교수 직함을 받은 것에 대한 당연한 반대급부였다.

세월이 흘러 쉴러는 바이마르를 넘어 독일 전역에서 복권(復權)이 됐다. 그는 독일의 어느 나라, 어느 지역에서도 탈영병으로 취급받는 것이 아니라 유명 작가이자 교수, 바이마르 궁정고문으로 대접받았다. 그는 누구보다도 그 점을 잘 알고 있었다. 심지어 프랑스의 혁명정부가 그를 혁명정신의 동지로 생각하고 파리의 명예시민으로 만들어 준다는 소식도 들었다. 그 소식에 한편 당황했다. 이제 대부분의 독일 군주들은 프랑스혁명을 위험하게 봤다. 그들은 신하가 왕을 단두대로 보냈다는 것을 이해할 수 없었다. 그런 그들에게 혁명의 민중들은 이성을 상실한 폭도였다. 프랑스 혁명정부 역시 폭도들이 만든 정부였다. 독일의 많은 군주와 귀족들은 프랑스와 프랑스혁명을 증오하기 시작했다. 그런 상황에서 혁명정부의 명예시민이 된다는 건 그에겐 환영할 소식은 아니었다.

문득 그때까지 그가 해온 제도권과 반제도권 사이의 힘든 줄타기를 생각했다. 그 곡예를 잘 해왔다고 생각했지만, 이제 더 이상의 힘든 곡예가 없기를 바랐다. 더는 젊은 나이가 아니었으니까. 젊은 시절 가슴에서 터져 나왔던 저항의 에너지는 이제 일상과 삶의 에너지로 바뀌었다. 그러자 자신을 이용하고, 진정으로 마음을 열지 않는 공작에게 신물이 나기 시작했다. 공작은 항상 괴테나 다른 측근을 통해 그에게 연락했다. 친히 그의 집을 찾은 적은 없었다. 괴테에게는 집도 선물로 주었던 공작이다. 쉴러를 예나대학 교수로 임명한 공작은 관행에 따라 그를 초대해서 식사했다. 괴테도 합석했다. 식사는 생각보다 소박했다. 공작은 형식적 인사를 하고 그간의 안부를 물었고, 쉴러는 최대한 예를 갖춰 공작의 은혜에 감사함을 표했다. 그것이 전부였다. 공작은 바쁜 일정이 있다 했고, 그러면서 언제라도 연락하고 주저 없이 바이마르를 찾으라고 했다. 다음에 오랫동안 애기를 나누자는 말을 듣고, 괴테가 쉴러를 데리고 나왔다.

괴테는 나를 항상 자신보다 한 등급 낮은 인간으로 취급하는 것 같다. 그래선지 예의를 갖추고 말하지만, 늘 거리를 두는 모습이다. 지금도 때때로 괴테의 말은 이해할 수가 없다. 여전히 그의 언어는 나와는 다른 게 사실이다. 그럴 때면 예나대학에서 처음 만났던 때가 생각난다. 그와는 자연과학 학술모임을 마치고 처음으로 개인적 대화를 나눴다. 그는 자연에도 근원이 있다는 말을 한 것 같다. 또한 다른 사람의 눈에는 보이지 않지만, 자신은 볼 수 있는 자연의 근원 식물이 있다는 말도 했다. 난 그건 다름 아닌 이념이라 가볍게 응수했지만, 내심 귀를 의심했다. 자신만 볼 수 있는 근원이 있다고? 무슨 교만인가! 그 당시 그의 말은 일상의 독일어가 아니었다. 어쩌면 그의 언어는 우리가 알아듣지 못하는 고대 그리스어인가 생각했다. 내가 현실에서 생존을 위해 몸부림칠 때, 그는 그렇게 현실 세계에 살고 있지 않았다. 나중에 생각해보니 그것은 유럽 전통 귀족 지식인의 언어였고, 그러니 나의 것과는 달랐다. 그는 자신을 원래 프랑크푸르트의 도시 귀족으로 말했고, 바이마르에 와서는 명실상부 독일, 아니 유럽 귀족이 됐음을 자랑스럽게 여겼다.

그런 괴테를 보고 독설가 헤르더는 언젠가 참지 못하고 욕을 했다. 시골 군주의 궁둥이에 붙어 얻은 귀족 칭호가 뭐가 자랑스러워. 그의 독설은 술자리에서는 더욱 거칠어졌고, 어느 순간부터 괴테는 그와 만나기를 거부했다. 쉴러가 만난 헤르더는 부드러운 사람이었다. 젊은 시절 괴테에게 가르침을 주던 그였다. 하지만 바이마르로 온 후 항상 괴테와 자신을 비교하는 것 같았다. 지위는 물론, 경제적 면에서 괴테처럼 지원하지 않는 공작에 대한 원망은 당연했다. 쉴러는 그런 그가 안쓰러웠다. 그런데 독일 귀족을 욕하고, 프랑스혁명을 긍정하던 헤르더가 어느 날 뜻밖에 귀족 작위를 받았다는 소문이 돌았다. 바이마르 공국이 아니라 바이에른 군주를 통해서 받은 것이다. 이를 감쪽같이 모르고 있었던 바이마르 군주 아우구스트는 분노했고, 바이마르에서는 그 작위를 인정하지 않겠단 말까지 했다.

그렇다, 자신의 군주와는 잘 헤어지는 것이 중요했다. 그렇지 않으면 독일 전역에서 귀족들의 공격을 받을 것이다. 은혜도 모르는 배은망덕한 인간으로 배척받을 것이 뻔했다. 그러면 프로이센에서의 새로운 출발에도 어떤 돌발 상황이 생길지 모른다.

베를린을 떠나기 전날, 왕과 왕후가 상수시로 조찬에 초대했다. 소박한 조찬이라 마음에 들었다. 그들은 격의 없이 환대했다. 이번 여행의 소감과 건강을 물었고, 쉴러의 두 아들이 왕자들과 노는 것을 지켜봤다. 왕은 시민적 삶과 언어를 좋아한다고 했다. 기분 좋은 조찬을 마치고 물러 나오니, 궁정 대신 바이메가 기다리고 있었다. 그는 프로이센 궁정이 제공할 수 있는 조건을 제시했다. 연 3.000탈러의 녹봉과 시종 한 명. 바이마르와는 비교할 수 없는 기대 이상의 조건이었다. 대신 프로이센 궁정의 충실한 신하가 돼야 했다. "베를린 궁정극장의 작가와 연출가 역할은 당연하지만, 무엇보다 왕의 충실한 신하가 되는 것이 중요합니다. 베를린은 작은 바이마르와는 다르다는 것을 아셔야 합니다." 근엄한 얼굴의 바이메는 지극히 형식적인 궁정 언어로 말했다.

쉴러는 그날 궁금해서 찾아온 이플란트에게 궁정의 조건을 알려줬다. 이플란트는 상당한 액수의 녹봉에 당연하단 말을 했지만, 내심 놀라는 것 같았다. 그런 조건이라면 궁정극장에서 그와 쉴러의 역할 분담도 모호했다. 궁정은 두 사람을 경쟁 관계에 두고자 한 것일까? 어쨌든 다음날 일찍이 쉴러 부부는 아이들과 함께 바이마르를 향해 귀로에 오른다.

바이메와의 만남 이후 쉴러는 말수가 크게 줄었고, 마차 안에서는 뭔가를 곰곰이 생각하는 것 같다. 샬롯테는 남편이 무슨 생각을 하는지 묻지는 않았다. 그렇지 않아도 베를린 체류가 썩 내키지는 않았던 그녀로서는, 남편의 모습을 보니 이제 한시라도 베를린을 빨리 떠나고 싶을 뿐이다. 바이마르로 귀향하는 내내 그는 말이 없다. 샬롯테는 마차가 튀링엔 지방으로 들어서자, 고향의 익숙한 언덕과 계곡을 보며 안도했는지 눈물까지 흘렸다.

5. 장다르멘마르크트 광장

여름의 베를린은 사람들로 붐빈다. 브란덴부르크문 앞 광장은 관광객들 세상이다. 뜨거운 햇살을 맞으며 열심히 사진을 찍고 있는 그들을 피해 근처 유대인 추념 공원을 찾았다. "베를린을 모르는 저런 무식한 사람들." 김 사장은 브란덴부르크문 앞 관광객들을 욕했다. 그러면서 이름 없는 묘비처럼 검은 시멘트 구조물들이 늘어선 그 공원을 보며 열심히 스마트폰을 눌러댔다.

"금싸라기 땅을 이렇게 넓은 공원으로 만들다니 정말 대단해." 그는 한때 서울의 모 일간지에 근무한 기자였다. 잘나가던 시절 영국 특파원으로 런던에 살기도 했다. 그리고 종이 신문이 사양길에 접어들자 신문사를 나왔고, 잠깐 서점을 하다 오퍼상을 시작했다. '한우리 무역 대표'. 그의 명함에는 그렇게 찍혀 있다. 하지만 그의 일은 자신이 살아본 경험이 있는 영국의 다양한 제품들을 수입해서 판매하는 것이었다. 그릇에서 생활용품, 의복과 식품까지 품목에 상관없이 마진만 좋으면 뭐든 수입해서 팔았다. 원래 오퍼상도 주력 수입품이 있을 수 있지만, 그는 애초 그런 것엔 관심이 없었다. 하긴 나도 마찬가지다. 그와 비슷하게 나는 독일의 상품들이라면 뭐든 수입해서 팔았다. 하지만 지금 내 명함에는 '한우리무역 총괄이사 겸 H 대학교 겸임교수'가 찍혀 있다. 처음에는 김 사장이 그 오퍼상을 차렸고 내가 나중에 합류했으니 그가 사용하는 대표라는 직함을 그대로 사용하기보다는 총괄이사로 직함을 적당히 변형해서 넣었다. 다만 몇 년 전부터 대학 후배가 교수로 있는 H 대학의 유럽경제통상학부에 겸임교수로 일주일에 한 번 출강하는 까닭에 타이틀을 하나 더 넣었다.

김 사장과 난 같은 동네에 사는 지인이었다. 우리 집의 아들놈이 그의 아들과 초등학교 같은 반을 다닌 인연으로 가족끼리 가까이 지내 온 터였다. 보통은 그런 경우엔 여자들끼리 더 친하게 만나는 게 흔한데, 우리는 남자들끼리 따로 자주 만나고 친해졌다. 그리고 어느 순간 동업자까지 됐다. 다부진 체구에 성격이 활발한 그는 자유로운 영혼이고 이국적인 경험을 찾아 탈(脫)일상을 꿈꾸는 낭만적 인물이다. 그런 그는 평소 나를 보고 세상 재미없게 산다고, 답답하다며 항상 핀잔을 주곤 했다. 그러다 그 여름엔 그가 작당 모의를 했다. 집에는 서로 출장 간다는 핑계를 대고 유럽에서 만나 결혼 전의 자유로운 영혼으로 돌아가 작은 일탈 휴가를 보내자고. 키가 크고 여전히 훈남형의 김 사장은 자신이 아직 여자들 사이에 인기가 많다고 자랑했는데, 틀림없이 유럽에서도 그럴 거라며 묘한 미소를 지었다.

그는 간단히 영국 출장을 마치고 내가 학교 프로젝트에 필요한 자료 수집차 방문했던 독일로 맞춰 왔다. 그가 출국하기 전, 난 베를린에서 만나자고 제안했다. "좋아요, 베를린에서 봅시다. 지금까지 열심히 일했으니 이번 여름에는 좀 쉬어도 돼요. 난 여태 독일도 못 갔는데 내게 독일 구경도 시켜주서." 하며 싱긋 웃었다.

김 사장은 베를린을 서울로, 즉 독일을 대표하는 도시로 생각했고, 독일을 잘 아는 내가 있으니 베를린의 알려지지 않은 뒷골목을 경험하고 싶다고 했다. 그때 내가 꺼낸 말이 베를린의 쉴러 행적이었다. "베를린과 쉴러? 흠, 베를린의 뒷골목이 좋지만, 그것도 그럴듯하게 들리네요." 그는 심드렁하게 말했다.

독일에 온 나는 베를린에서 김 사장을 만나기 전에 먼저 혼자 바이마르로 갔다. 개인적 관심사 때문이었다. 바이마르는 예나에서 공부할 때부터 익숙한 도시다. 박사 논문 자료를 찾아, 때론 다양한 행사에 참여하거나 구경하기 위해, 수시로 찾은 도시였다. 그

때마다 국립극장 광장에 있는 괴테·쉴러 동상을 보았고, 지금은 박물관인 쉴러의 집도 몇 차례 구경했다. 흔히 말하듯 괴테는 귀족, 쉴러는 궁핍한 민중 작가라는 공식이 당시 내게도 익숙했다.

이번에도 바이마르로 가서 그의 집을 보니 그런 생각이 더욱 굳어졌다. 사람들은 그의 집은 괴테의 그것과는 비교되지 않게 허름하다고들 한다. 그런데 둘이 가장 가까운 동료이자 친구라고? 쉴러도 그렇게 생각했을지 의구심이 들었다.

그는 죽기 약 일 년 전인 1804년 4월 말에 가족을 데리고 베를린행 마차에 오른다. 괴테가 있는 바이마르를 떠나 그곳으로 이주하고사 시도했다. 물론 결국 바이마르를 떠나지 않았고, 이듬해 바이마르에서 죽는다. 난 그가 그렇게 한 데는 분명 공개적으로 알릴 수 없는 특별한 이유가 있을 것으로 생각했고, 그 진정한 이유가 알고 싶었다. 왜 갑자기 프로이센을 찾아갔는지, 그리고 무엇보다 왜 베를린 이주를 포기했는지, 아니면 끝까지 포기하지 않았는지 궁금했다. 아무튼 베를린의 쉴러는 그렇게 나를 사로잡았다. 그의 여행을 그려 본다. 그리고 베를린까지 가는 그의 여정을 따라 바이마르를 갔고 베를린으로 출발했다.

“무슨 생각을 그렇게 해요?” 호텔 로비에서 김 사장이 나를 보며 살짝 짜증스럽게 물었다. 이른 오전에 베를린 중앙역 앞 B호텔 로비에서 김 사장을 만났다. 그는 아침에 런던에서 도착한 사람 같지 않게 피곤한 기색도 없이 바로 시내 투어를 가자고 했다. 난 그러자며 잠시 휴대폰을 보겠다고 한 것 같은데, 순간 쉴러가 바이마르에서 베를린까지 오는 여정을 생각한 모양이다. 그는 독일을 처음 찾은 자신에게 관심을 두지 않는 것이 서운한지 짜증을 냈다. 그 말에 당황했지만 에둘러 대답했다. "베를린에서 찍을 사진 중에 빠트릴 수 없는 것이 있어요. 그걸 생각했어요."

장다르멘마르크트 광장은 이전 브란덴부르크문만큼 붐비지 않았다. 관광객들 눈에 이곳은 특별하지 않은 모양이다. 광장을 부리나케 이리저리 둘러보던 김 사장이 팻말에 있는 광장 이름을 보더니 갑자기 묻는다.

"마르크트는 독일어로 시장이란 말이죠? 근데 여기 시장이 어디 있어요? 그리고 마르크트 앞에 붙은 말은 무슨 뜻이요?"

난 그를 보며 대답했다.

"맞아요, 원래 이곳은 시장이었죠, 베를린 시내 중앙시장 같은. 하지만 18세기 말 프리드리히 대왕 때 이름을 이렇게 바꿨어요. 이곳에 주둔했던 프로이센의 기병대 이름이 장다름이었거든요. 프리드리히 대왕의 아버지인 프리드리히 1세가 아꼈던 기병대였어요. 지금도 해마다 크리스마스 시장이 열리지만, 이젠 관광객들이 찾는 핫플레이스로 더 유명해요."

"핫플레이스라, 그럼 특별한 게 뭐 있나? 근데 별로 뭐가 없는 것 같은데…"

"김 사장 뒤에 있는 저 동상이 쉴러 동상이에요. 이런 유명 광장에는 보통 왕이나 지역 군주 동상이 있는데, 여긴 극작가 쉴러가 있으니 특별한 겁니다."

"그 쉴러? 그 사람이 극작가였던가요? 그럼, 고향이 베를린인 모양이네."

김 사장은 아는 척을 했다.

"아니, 고향은 독일 남쪽에 있는 작은 도시 마르바흐에요. 베를린은 쉴러가 죽기 전 한 번 방문한 곳이에요."

"고작 한 번 방문했다고 동상을 세워요? 그것도 시내 이 큰 광장에?"

김 사장은 내 말이 의심스러운 듯 눈을 크게 뜨고 물었다.

"그건 뭐랄까, 굳이 설명하자면, 동상 뒤에 있는 저 극장 때문이라 말할 수 있겠죠. 지금은 콘서트하우스로 사용되지만, 원래 연극 공연을 하는 국립극장이었어요. 쉴러가 베를린을 방문했을 때 저 극장에서 그의 연극을 공연했고, 베를린 시민들로부터 엄청난 환영을 받았다고 해요. 물론 쉴러도 그 공연을 가족들과 함께 봤어요. 저기 그의 모습이 보이는 것 같지 않아요? 흐흐."

쉴러는 공연이 끝나자 가족과 함께 극장 앞 광장으로 나온다.

공연이 끝나고 관객들은 무대를 향한 커튼콜 대신 객석의 그를 보며 환호했다. 광장에서도 사람들의 환호는 그치지 않는다. 베를린의 관객들은 연극 공연을 보고 어쩌면 자주 커튼콜을 외쳤을 것이다. 하지만 그날 시민들에겐 프로이센 왕이 만든 국립극장에서 유럽 전역에서 유명한 쉴러 공연을 본다는 것 자체가 하룻저녁의 특별한 경험이었을지 모른다. 그들이 마음껏 환호하는 것은 자신들의 특별한 경험에 대한 인정이었을 것이다.

그건 200년 이상이 지난 지금, 이를테면 바이로이트 바그너 축제 기간에 페스트슈필하우스에서 바그너 공연을 본 관객들이 커튼콜을 외친 것과 크게 다를 바 없다. 일부 관객들에게는 바그너 때문이라기보다는, 몇 년이나 걸려 운이 좋으면 얻을 수 있는 그런 티켓을 가지고 입장했다는 사실 자체가 흥분이고 특권적 경험이 아니었을까. 그들의 환호는 자신들의 수고와 하룻저녁의 특권에 대해 자신에게 보내는 보상이 된다. 환호하면 할수록 그 특권에 대한 보상은 크게 느껴질 것이다.

8월에 페스트슈필하우스에서 바그너 공연을 본 관객은 알겠지만, 그곳에는 에어컨이 없는 셈이다. 작은 에어컨은 축제 시작일에 켜진다. 그날엔 레드 카펫이 깔리고 VIP들이 오기 때문이다. 연방수상이 오고(앙겔라 메르켈 역시 단골손님이었다.), 부부 동반의 몇몇 연방장관들과 바이에른 주지사가 오고, 주지사가 오니 바이에른 주장관들도 부부 동반으로 온다. 우리로 보면 도지사와 국장들이다. 그들도 지역 장관들로 대접받으니 독일의 연방주의는 살아있다. 물론 문화계의 저명인사, 인기 연예인들도 온다. 한결같이 레드 카펫 위에서 미소를 지으며 손을 흔든다. 그들도 과거 바그너 공연에 히틀러가 와서 열광했다는 사실 정도는 알 것이다. 히틀러는 공연을 보며 전쟁을 통해 독일 민족을 위한 삶의 공간을 넓힐 꿈을 그리지 않았을까? 지금 바그너가 살았다면 어떻게 생각할까. 어쨌든 에어컨은 일주일 정도 가동된다.

공연 관객들은 대부분 정장 차림이다. 관객들로 꽉 찬 공연장은 조금 과장하면 한증막을 방불케 한다. 공연장은 위로 갈수록 덥다. 그래서 윗자리는 싼 자리다. 맨 위 천장과 가까운 좌석들은 수백이 아닌 수십 유로다. 그곳 어떤 좌석은 기둥에 가려 무대가 잘 보이지도 않는다. 그래서 더욱 싸다. 그래도 공연의 모든 좌석은 구하기가 하늘의 별 따기다. 최근엔 일부 인터넷 판매가 시행돼 그나마 운 좋으면 1년 전에도 구할 수 있지만, 보통 8년이나 그 이상 기다려야 한다는 소문이다.

모두 땀을 흘리면서 몇 시간의 공연을 보고 있다. 물론 중간에 쉬는 시간이 있는데, 5시간 이상 긴 공연이라 두 번이나 있었다. 그때 잠시 나와 물과 브레첼을 사 먹었다. 작은 물과 브레첼이 각각 4유로다. 큰 병의 물은 12유로. 쉬는 시간은 갈증과 허기를 채

우는 것이 아니라 뿌듯한 기분으로 사람을 구경하는 시간이다. 잠시나마 부르주아가 된 듯한 기분이다. 그리고 다시 한증막 안으로 들어갔다. 공연 도중 화장실을 가고 싶어 일단 나가면 그 막이 끝날 때까지 들어오지 못한다. 길면 한 시간 이상도 바깥에서 TV로 공연을 보며 기다려야 한다. 그래서 화장실이 급해도 참는 관객이 적지 않을 것이다. 그리고 마침내 공연이 끝났다. 모두 하나같이 열광한다. 난 공연이 끝나서 열광했다.

〈마이스터 젱어〉의 연출은 훌륭했다. 그들이 열광할 만도 했다. 이곳을 찾았던 히틀러를 의식했는지 의도적으로 뉘른베르크 전범 재판정도 연출됐다. 바그너도 등장했다. 그의 의견도 궁금하니까. 관객들의 기립 환호가 계속됐다. 오페라 가수들은 물론, 무대 앞쪽에 숨겨져서 잘 보이지 않았던 오케스트라도 올라와 인사했다. 단원들은 대부분 반바지 차림이다. 정장의 관객들은 열심히 박수를 쳤고, 빨리 나가고 싶은 나도 열심히 손뼉을 쳤다. 하지만 20번인지 커튼콜이 있었다.

“이 동상도 사연이 많아요.” 난 옆으로 다가온 김 사장에게 말했다. “프로이센의 애국심이 쉴러 사후 60년도 훨씬 지나 동상을 세웠고, 이 광장은 쉴러 광장이 되죠. 그 후 나치는 이 광장을 대중 선동용 행진 광장으로 이용하고, 동상은 주변의 쉴러 공원으로 옮겨 노동자와 학생들을 위한 선전 도구로 사용하려 했죠."

하지만 이전(移轉) 작업에서 흰색 화강암 동상이 쓰러져 받침대가 떨어지고 외관은 훼손됐다. 그들은 그것을 창고에 보관하고, 대신 원본에서 복제한 구리 동상을 쉴러 공원에 세웠다. 문제는 나치들이 그 동상을 만들기 위해 엉뚱하게 그곳에 있던 라테나우 동상을 녹였다는 점이다. 그는 유대계 독일인 기업가이자 바이마르공화국 정치인이었다. 그래서 지금도 쉴러 공원에는 그의 동상을 녹여 만든 쉴러 동상이 서 있다. 라테나우가 당시 암살당하지 않았다면 나중에 홀로코스트 희생자가 되었을지 모른다. 대신 그의 동상이 희생제물이 된 셈이다. 그리고 공원의 쉴러 동상은 뜻하지 않게 가해자 역할을 하고 있다. 쉴러가 알면 땅을 칠 노릇이다. 나치가 망한 후 창고에 보관된 쉴러 동상의 몸체는 서베를린에, 받침대는 동베를린에 보관된다. 그리고 통일이 되기 직전, 마치 통일을 예감하듯이 동서베를린의 동상은 복구되어 합쳐진다.

"지금 이 동상은 그렇게 합쳐진 동상이라 해요. 원래의 동상이지만 복원과 복구를 거듭한 것이죠. 결국 장다르멘마르크트 광장의 이 쉴러 동상은 그가 죽고 난 후의 독일과 베를린 영욕의 역사를 같이 겪은 셈이에요. 어때요, 이 정도면 이 광장이 베를린의 대표 관광지가 될 수 있지 않겠어요?"

김 사장은 감흥이 없는 듯 별말 없이 콘서트하우스 건물도 쉴러 당시 건물인지 묻는다.

“아뇨, 이것도 나중에 만든 거예요. 쉴러가 공연을 봤던 원래 극장은 화재로 없어졌어요. 나중에 만든 이 건물의 설계자는 브란덴부르크문을 설계한 유명 건축가죠.”

브란덴부르크문이란 말에 김 사장이 내게 고개를 돌린다.

“아, 그럼 유명한 건물이네.”

그렇다. 원래 베를린 국립극장은 당시 2,000석의 큰 극장이었다. 하지만 그 극장은 지금은 없다. 대신 그 자리에 쉥켈의 극장이 세워졌다. 외관은 웅장하지만, 내부는 1,200여 석으로 축소됐다. 이름도 왕립극장으로 바꿨다. 지금은 내부 구조를 바꿔 베를린 콘서트하우스로 불린다. 그래도 외부는 왕립극장 그대로다. 통일 전 동독은 이 건물을 주로 음악 콘서트홀로 사용하고 싶어 했다. 그래서 내부 구조도 바꿨다. 그들이 의도한 것은 서베를린의 유명한 베를린 필하모니에 필적할 동베를린 필하모니였다. 이렇게 베를린 국립극장도 콘서트하우스가 될 때까지 독일의 근현대 정치사와 연관되어 있고, 베를린에서 쉴러와 연관된 모든 것은 독일 역사의 중요 순간을 거쳐 갔다. 그가 예나에서 역사학 교수를 한 것도 이렇게 보면 어쩌면 우연이 아니다.

내 설명을 듣고 김 사장은 콘서트하우스와 쉴러 동상을 배경으로 사진을 몇 컷 찍는다. 그래, 지금 이곳엔 베를린에 온 쉴러의 흔적은 없다. 건물도 동상도 당시엔 없었다. 단지 이 광장의 이름만이 남아 있을 뿐. 장다르멘마르크트, 이 부근에서 쉴러는 묵었을 것이다. 호텔과 이플란트 집이 근방에 있을 거다. 그곳을 찾아보고 싶었다. 건물과 동상으로도 만족하지 못했던 김 사장이 쉴러가 묵었던 호텔을 찾는다니 다시 솔깃해서 따라나섰다.

우리는 그렇게 운터 덴 린덴 거리와 인근 프리드리히 거리를 헤매고 다녔다. 더운 여름에 행인들도 모르는 건물을 찾아 여기저기 기웃거려 봤지만, 그 흔한 푯말이나 안내판도 없었다. 하긴 쉴러가 잠시 묵은 호텔을 누가 표시해두었을까. 처음부터 무리였다. 프리드리히 거리의 이플란트 저택도 찾아봤지만, 그것 역시 허사였다. 같은 길을 몇 번 돌며 건물에 붙은 조그만 동판이라도 혹시나 해서 멈춰 서서 눈을 찡그리며 읽어보곤 했다. 독일어를 모르는 김 사장은 차츰 짜증을 냈다. 건물을 찾아 돌고 돌다 보니 대도시의 한복판이 현대판 미로 같다. 결국 우리는 건물 한구석에 있는 작은 카페로 향했다.

목을 축이려 맥주와 콜라를 한 잔씩 시켰다. 그는 콜라를 단숨에 들이켜더니 나를 보며 말했다. "이 정도면 쉴러는 다 찾은 거나 마찬가지요. 거리를 헤매면서 계속 쉴러를 생각한 것만 해도 충분해요." 그 말에 비로소 정신을 차렸다. 그래 이 정도면 그만두자. 어차피 쉴러는 건물엔 없다. 그의 숙소를 찾더라도 장다르멘마르크트 극장보다 더 바뀌었을 것이다. 그런 건물을 찾은들 무슨 의미가 있을까. 적어도 쉴러를 생각하며 이 거리를 헤맨 것이 중요해.

그도 맥주를 한 잔 시켰다. “독일이니 나도 독일 맥주를 한 잔 마셔야겠네.” 그렇게 말하며 한 모금 마신다. 그리곤 바로 혼자 말을 내뱉는다. “아, 한국 맥주가 생각나네. 내 시골 입맛엔 한국 맥주가 맞아. 독일 맥주는 너무 쓴맛이 나.” 그는 입맛을 다시며, 혹시 한국 맥주가 있는지 물어볼까? 하면서 싱겁게 웃는다. 그 모습에 불현듯 뇌리를 스치는 장면. 생전 아버지의 모습이었다.

아버지는 어쨌든 아들이 서울에서 좋은 대학에 다니게 된 데 만족해하셨다. 당신이 원하던 법대에 갔다면 아주 만족했을 것이다. 입학식 날 아버지는 아들과 함께 서울에 올라왔다. 아들이 대학에 원서를 넣을 때도 같이 상경했었다. 원서는 우편으로도 가능했지만, 마음이 놓이지 않았던 아버지는 직접 아들을 데리고 고속버스를 탔다. 난 그때 처음 서울을 구경했다. 서울은 넓은 곳이라고 아버지는 몇 번이나 말했다. 고속버스가 서울 톨게이트를 지나 강남고속터미널에 가까이 가자 빌딩과 고층 아파트들이 보였다. 아버지는 안내양이 가져다준 물을 한 잔 마시면서, 높은 건물을 보니 서울에 온 것 같다고 했다. 당시 고속버스엔 젊은 여성이 안내양으로 배치되어 있었는데, 손님들에게 물도 가져다주고 가끔 지나는 지역을 소개하기도 했다. 아마 그들은 나보다 몇 살 더 많거나 아니면 비슷한 또래였을 것이다. 그렇지만 당시 내겐 어른처럼 보였다.

입학식을 마치고 아버지와 아들은 신림동 골짜기를 올라갔다. 당시 교문 앞에서는 하숙집 광고 종이가 많이 붙어 있었다. 조금 싼 듯 보이는 한 곳에 전화하니 나이 지긋한 아주머니 한 분이 내려왔다. 충청도 말을 쓰는 아주머니는 남편과 얼마 전에 상경해서 하숙집을 한다고 했다. 하숙집은 언덕배기 꼭대기에 있었다. 하숙비가 좀 싼 이유였다. 비탈지고 좁은 오르막길은 군데군데 얼어있었다. 아버지는 그 길을 오르며 아들에게, 곧 해동(解凍)하면 여기는 미끄럽고 저기는 밟으면 무너질 수 있으니 조심해야 한다고 여러 번 말했다. 난 건성으로 대답했다. 하숙집에서 차려주겠다는 늦은 점심을 먹지도 않고 아버지는 아들을 잘 부탁한다는 말을 남기고 서둘러 나섰다. 아들도 버스 정류장까지 따라나섰다.

한참 길을 내려오자 도로가 보이고 버스 정류장도 보였다. 부근은 시장이었다. 아버지는 시장을 여기저기 두리번거렸다. 그리곤 구석의 허름한 작은 가게로 들어갔다. 구멍가게지만 한 편에 둥근 탁자 몇 개를 놓고 간단한 요기나 술도 한 잔 마실 수 있는 곳이었다. 아버지는 막걸리를 좋아했지만, 그날은 소주를 한 병 시켰다. 주인이 진로 소주를 가져왔다. "아, 금복주는 없어요?" 아버지는 물었다. "여긴 진로밖에 없어요." 주인이 서울 억양으로 퉁명스럽게 대답했다. 아버지 입맛엔 서울의 소주가 단맛이 난다고 싫어했다. 다시 조심스럽게 혹시 김치 있는지 묻는다. 소주 안주로 드실 모양이다. 원래 남에게 지기 싫어하고 말도 억센 아버지였다. 그런 아버지가 여기 서울 사람에게 부탁할 땐 최대한 부드러운 말투를 썼다. 아들은 그것이 낯설고 우스웠다.

아버지는 그날 이후 기회가 있을 때마다, '서울놈들' 욕을 했다. 손님이 원하는 소주가 없으면 그냥 없다면 되지 짜증은 왜 내냐면서. '없어요오' 라고 끝을 올린 억양도 듣기 싫다며 매번 흉내까지 냈다. 그리고 "인정머리 없는 놈, 김치 좀 달라카이 말라비틀어진 김치 쪼가리 하나를 휙 던지고 가는 거 봤제"라며 내게 묻기도 했다. 그러니 서울놈들은 인간이 덜됐고, 눈 감으면 코 베가는 놈들이니 조심해야 한다고 아들에게 신신당부했다.

원래 아버지가 잘 이해되지 않았고 썩 좋아하지도 않았던 난, 내가 아버지와는 전혀 다르다고 생각했다. 아버지는 강하고 고집센 성격에 끔찍이 가부장적이고 보수적이었다. 그는 어린 시절 부모님이 일찍 돌아가시는 바람에 먹고 살길이 막막해지자 시골집을 도망쳐 대처(大處)로 나와 장사를 시작했다. 그 바람에 당시 소학교라 불렸던 초등학교를 겨우 마치고 중학교는 입학도 못 한 것이 정규 학교 교육의 전부였다. 당연히 영어는 몇 단어 흉내 내는 것 말고는 전혀 못 했다. 그래도 왜정 말에 배웠다는 일본어는 곧잘 하셨고, 소학교를 다니는 동안 천자문과 명심보감까지는 할아버지께 배운 탓에 한문을 읽고 한자는 잘 쓰셨다. 어쨌든 시장에서는 한문을 많이 읽은 식자(識者)로 통했고, 시골 장에서 사들인 그의 곡물들 가마니나 포대엔 항상 한자로 사(士)자가 찍혀 있었다. 그건 시장에서 동료 장사꾼들이 부르는 상인 호(號)이기도 했다. 그들이 아버지의 한문 실력을 인정하고 그렇게 불렀는지, 아버지가 그렇게 불러달라고 요구했는지는 모르겠으나, 당신은 그 호를 자랑스럽게 쓰셨다. 그 때문에 난 당시 국민학교 저학년부터 아버지가 가져온 천자문을 쓰고 읽는 괴로운 연습을 해야 했다.

어린 나이에 혼자 집을 뛰쳐나와, 도시 시장바닥에서 벌어 먹고 살았다는 아버지는 자신을 믿는 것 외에는 누구도 잘 믿지 않았다. 도시민의 대부분은 남을 등쳐먹는 사기꾼들이라고 했다. 그렇게 새벽부터 밤늦게까지 밥 한 끼만 먹고, 밤에는 막걸리 한 주전자로 힘든 하루를 마치며, 악착같이 노력해 재산도 제법 모았다.

아들은 서울로 대학을 다닌 이후, 그런 아버지보다 교육도 더 많이 받았고, 영어도 했고, 세상도 더 잘 알고 똑똑하다고 생각했다. 물론 아버지의 지원으로 서울에서 공부도 할 수 있었지만, 그건 아버지의 의무라고 여겼다. 그리고 아들이 대학원을 졸업하던

해 아버진 일찍 돌아가셨다. 아버지가 돌아가시자 아들은 아버지 생각은 거의 하지 않았다. 살길이 바빴고 아버지와도 원래 다르다고 생각했기 때문이다. 그 후 꽤 시간이 지난 어느 여름 이탈리아의 한 도시에서 우연히 아버지와 내가 크게 다르지 않다는 것을 깨닫기 전까지는.

6. 이탈리아

그 친구와는 서울의 광장시장에서 처음 만났다. 그는 광장시장의 중앙을 관통하고 있는 통로에 자리한 한 좌판 식당 앞에서 아주머니와 뭔가를 말하고 있었다. 아주머니는 전을 굽다 말고는, 두툼하게 구워 한쪽에 몇 장씩 쌓아 올려둔 빈대떡을 가리키며 외치고 있었다.

“빈대떡, 빈대떡이라고. 녹두빈대떡 몰라? 녹두를 갈아 만든 빈대떡, 코리안 케이크, 코리안 피자.” 아주머니는 결국 임기응변 영어까지 써가며 할 수 있는 한 설명했지만, 그 외국인은 알 수 없다는 듯이 고개를 갸우뚱하다 자꾸 영어로 뭔가를 물었다. 가까이 가서 들어보니 그의 질문은 대략 벌레인 빈대를 먹을 수 있느냐는 말 같았다. 녹두를 정확히 알고 있는지는 모르나 콩이라고 알려주니, 그건 알고 있다고 했다. 빈대는 벌레인 것도 알고 있었다. 그런데 녹두라는 콩과 빈대로 음식 이름을 만들었다는 것이 이해 가지 않는다며, 설마 녹두를 갈아서 빈대와 같이 굽는 것인지, 아니면 빈대 모양으로 굽는 것인지 물었다. 아마 그는 아시아인들은 온갖 벌레도 다 먹고, 시장엔 벌레로 만든 음식도 파는 걸로 생각해서 어쩌면 녹두빈대떡도 그 일종일 수 있겠다고 생각했는지 모르겠다. 하긴 중국이나 동남아 시장에 가면 다양한 벌레나 곤충을 길거리 음식으로 파는 걸 볼 수 있으니 그렇게 생각할 수도 있었다. 난 호기롭게 나서 영어와 한국어를 섞어 빈대는 벌레가 아니고, 무슨 이유인지는 잘 모르겠지만 아마 녹두전이 서민들이 잘 먹는 값싼 음식이라는 뜻으로 붙였던 이름이라고 간단히 설명했다. 사실 나도 잘 알지 못하는 설명이었다. 하지만 그는 의외로 내 설명에 곧 수긍하는 듯 고개를 끄덕였다. 그리고 우리는 그 자리에서 녹두빈대떡을 같이 사 먹었다. 식당 아주머니가 특별히 빈대떡 하나를 덤으로 더 준 기억이 난다.

그렇게 빈대떡을 먹는 동안 친해진 우리는 자리를 옮겨 막걸리를 먹으러 갔다. 2층으로 된 가게에는 벽에 붙인 메뉴판에 '마약김밥'이 있었다. 그 친구는 그것을 마약? 드러그? 드러그 김밥이냐고 물었다. 그건 실제 마약은 아니고 마약처럼 자꾸 먹는 중독성이 있어 그렇게 부른다고 설명하니, 한국말이 재미있다며 웃었다. 그리곤 '마약' 김밥엔 '코크'가 어울리겠다며 코카콜라를 한 병 시켰다.

그는 이탈리아 수학자였다. 수학 교수가 되고자 트리에스트 대학에서 박사 학위를 받고 독일에서 포스트닥터를 마쳤지만, 마땅한 자리가 없어 그곳 교수의 소개로 얼마 전 한국 KIAS에 연구원으로 왔다고 했다. 우리와 어울리는 비교적 작은 키에 안경을 쓰고, 턱 밑에서 뺨까지 짧게 수염을 기르고 있었다. 색이 선명한 오렌지색 상의와 짙은 갈색 캐주얼 바지를 입고 연한 연두색 운동화도 신고 있었다. 모두 잘 어울리고 좋아 보여, 역시 이탈리아 사람이라 그런가 해서 모두 이탈리아제냐고 물었더니, 상의의 안쪽 라벨을 보여주며 메이드 인 방글라데시라며 웃었다. 웃는 인상이 착해 보였다. 그는 영어를 잘했지만, 가끔 단어를 이탈리아식으로 발음해서 처음엔 못 알아듣고 아는 척만 하다 나중에 알아듣기도 했다. 자신의 직장을 키아스라고 할 때도 그랬다. 키아스? 내가 못 알아듣자, '가학…'이라고 떠듬거리며 우물우물 말했다. 가학(加虐)? 순간 가학이란 말만 정확히 들려, 가학이라니 무슨 학대를 당했다고? 한국 직장에서 학대를 당했단 말인가? 라는 생각이 순간 스쳤다. 하지만 다시, '꼬등가하권'이라고 한 글자씩 천천히 말하자 그제야 아는 척을 했다. 사실 그래도 한국의 고등과학원엔 관심이 없었고 잘 몰랐다. 대강 대수기하학 분야라고 말한 그의 전공도 마찬가지였다. 그 용어조차 새삼스러웠다. 그 후 그가 자신의 전공을 열심히 설명했지만, 건성으로 듣고 고개를 끄덕였다. 그렇지만 대학교수를 목표로 공부하고 외국까지 온 사람이라니 애틋한 관심이 갔다. 문득 동병상련의 감정이 나를 감쌌기 때문이다.

난 교수가 되고 싶어 인문대에 입학했다. 처음부터 아버지는 대학교수가 되려면 유학을 갔다 와야 하는데, 우리 집 형편이 그렇게 해줄 정도로 될지 모르겠다며 반대했다. 하지만 그 말을 듣지 않았다. 사실 어릴 적부터 속으로는 종종 아버지의 의견을 무시하기도 했지만, 내심 자신도 있었다. 가장 좋다는 대학에서 열심히 공부하면 그 정도는 쉽게 할 수 있으리라 생각했다. 그리고 졸업 후 아버지의 반대를 무릅쓰고 대학원을 진학했다. 하지만 대학원을 졸업할 때쯤 아버지가 돌아가셨고, 당신의 우려는 현실이 되었다. 집의 지원을 받을 수 없는 터라 유학 갈 수 있는 형편이 아니었다. 주변을 돌아볼 여유도 없이 여기저기 입시학원의 강사를 하며 몇 년간 돈을 모았다. 그리고 박사과정에 잠시 들어갔다 간신히 독일 유학길로 떠날 수 있었다. 당시 어떤 선배들은 박사과정에 들어가거나 심지어 석사만 하고도 지방대에 전임강사로 취직했고, 교수에 뜻이 있는 동기들이나 후배들은 이미 유학을 떠났거나 거의 귀국할 시점이었다. 그나마 다행이라면 독일에서 지도교수가 내 나이를 생각했는지 많이 호의적으로 도와주었고, 썩 어렵지 않게 박사 논문을 쓸 수 있었다.

문제는 귀국 후였다. 박사가 됐다고 얻은 건 모교의 강사 자리 하나였다. 한 강좌 36만 원의 돈을 받고 강의를 했다. 그사이 결혼도 해서 가장이 되었던지라 여기저기 강사 자리를 구걸하다시피 해서 거의 전국의 대학을 다니며 생활비를 벌었다. 처가에서는 사위가 독일에서 학위만 받아 오면 곧 교수로 취직할 것이라 믿었지만, 이삼 년 시간이 흐르자 걱정이 태산이었다. 사촌 형님 댁에서는 내가 아무런 줄도 대지 않고 돈도 쓰지 않아서 그렇다고 여겼다. 명절 때면 사촌 형수가 아내에게 "교수가 될라카마 공부만 해서 안 되고, 줄도 대고 돈도 써야 한다카던데. 여유 있는 니 친정에 잘 말해 보거래이"라는 말을 하곤 했다. 아내도 평소 교수가 되려면 그렇게 해야 한다고 느꼈다며 내게 그 말을 전했다. 난 불같이 화를 내며 사촌 형수를 욕했다. "우리 학교 교수들은 그렇지 않고, 내가 아는 대부분의 학교도 그렇지 않아." 그 기세에 눌려 아내는 아무 말도 안 했지만, 미심쩍어하는 표정을 감추진 않았다.

그 와중에 마침 서울 시내 모 대학에 교수로 있는 나이 많은 대학 선배 한 분이 자신의 대학에 지원할 것을 권유했다. 드디어 기회가 왔다고 여기고 열심히 준비해 지원했다. 그동안 전공 학회들에서 누구보다도 많이 논문 발표를 했고, 연구 실적은 누구에게도 지지 않을 정도로 쌓았던 까닭에 자신도 있었다. 서류와 논문 심사를 거쳐 최종 3배수 면접을 보게 되었다. 그리고 면접을 본다는 다른 두 사람에 대한 소문도 들려왔다. 그 학교 출신 한 사람과 우리 학과 후배가 그들이었다. 둘 다 아는 사람들로, 특히 후배는 나를 잘 따르던 친구였다. 모두 학위를 받고 들어온 지 얼마 되지 않아 박사 논문 외엔 내세울 변변한 논문과 실적이 없었다. 하지만 개인적으로 그 후배 녀석에겐 화가 났다. 당시 그는 전혀 학교에 지원할 상황이 아니라 했고, 또한 그때까지 내가 얼마나 노력하고 있었는지 잘 알고 있었을 터라, 내가 지원한 것을 알고 있는 그 대학에 지원할 거라곤 꿈에도 생각지 않았다. 그런데 면접까지 올라온 것이다. 그놈이 한편 어이없고 화도 났지만, 결국 내가 1순위로 되고 녀석은 어림없을 거란 예상을 하고 면접을 보러 갔다. 하지만 면접장의 분위기는 기대했던 것과는 전혀 달랐다. 총장과 주요 보직 교수들이 앉아있었고, 먼저 대학원장이라는 사람이 말을 했다.

"학위를 하고 비교적 짧은 시간에 많은 실적을 쌓았네요. 하지만 많은 부분 우리가 원하는 분야가 아닌 것 같은데…"

순간 적잖이 당황했다. 학교에서 초빙 공고한 전공 분야였고, 내 논문이나 학회 발표는 모두 그 분야에 관한 것이었기 때문이다. 그럼 당신들이 진정 원하는 분야가 뭔지 묻고 싶은 황당한 심정이었다. 당황한 낯빛을 보이자 총장이 질문을 했다.

"우리 학교에 오면 학교의 발전을 위해 어떻게 기여할 건지 의견을 말해 보세요."

학과의 발전은 나름 이해할 수 있지만, 학교의 발전이란 말을 먼저 물으니 그것도 의외였다. 갓 임용된 신임 교수가 열심히 가르치고, 연구하고, 학회 등 학술 활동을 하는 것 외에 무슨 기여가 있을 수 있는지 그 이상 떠오르지 않았다. 어쨌든 차분하게 그런 뜻을 전했다. 총장과 대학원장의 얼굴이 더욱 어두워졌고, 이제 질문은 다 했다는 표정이었다. 그 후 교무처장이란 사람이 눈치를 보더니, 내가 논문 실적이 좋고 열심히 했다는 의미 없는 인사성 말을 했다. 그리고 끝이었다. 허탈하고 아쉬운 마음에 혹시 점수에 영향을 줄까 봐 일어나서도, 그리고 면접장을 나올 때도 다시 90도로 허리를 접으며 인사를 하고 나왔다. 그리고 얼마 후 떨어졌다는 메일 통보를 받았다.

통보를 받기 전날, 그 선배 교수가 내게 전화를 해서 걱정을 하며, 자신도 놀랍게도 후배가 됐을 것 같다는 청천벽력 같은 소식을 전했다. 그리고 면접장의 분위기도 다시 물었다. 면접에서는 특별히 한 말은 없었고 실수한 것도 없었다고 답했다. 그 교수는 그런데 소문에 후배가 면접을 잘 봤다는 말을 들었다고 했다. 게다가 붙이는 말이, 그 후배의 장인이 이름 있는 서울의 사립학교 교장 출신이자 누구나 알만한 서울 대형 교회에서 장로로 있는 인물인데, 아마 그 사람이면 그 대학의 총장이나 재단 이사들까지 잘 알 수 있을 거라 했다. "우리 대학이 주인 없는 기독교 재단의 학교라 총장이나 이사들이 모두 교회에 줄이 있어, 대형 교회의 인맥은 무시할 수 없을 거예요."

지원 결과에 대한 소문이 즉각 모교에도 퍼졌다. 당시 모교의 학과장실은 강사들도 오면 사용할 수 있는 강사 대기실처럼 이용됐다. 학과의 교수 몇 분을 우연히 그곳에서 만나니, 그들은 대충 안 됐다는 말과 그 결과를 이해할 수 없다는 말을 간단히 하며 지나갔다. 지나가며 원래 사립대학이 그런 곳이란 말을 위로의 말인 듯 무심히 내뱉고 가는 사람도 있었다. 그중 자신이 대단해서 독일에서 오자마자 바로 서울 시내 사립대학으로 갔고, 그 후 곧 실력을 인정받아 최고 대학인 모교로 뽑혀 직장을 옮겼다고 떠들 정도로 알량한 착각으로 살고 있던 모 교수는 "아마, 그 친구 연구 실적은 당신보다 떨어져도 허우대가 멀쩡해서 뽑아준 걸 거요. 그 친구 외모가 괜찮지. 교수 채용에 설마 비리야 있겠어?"라는 위로인지, 조롱인지 모르는 말을 하며 미소를 지으며 지나갔다.

그날부터 나는 후배 놈과 그 대학의 비리를 알리는 것을 목표로 살고 싶었다. 하지만 주변의 사람들은 만류했다. 대부분, 그래 봐야 대학 특히 사학의 비리는 캘 수 없고 나만 찍힐 것이니 차라리 다음 기회를 보라고 했다. 독일 유학 직전 잠시 지도교수를 맡아준, 학과의 P교수는 내 소식을 듣고 기가 찬다면서도, 내가 가만히 있지 않겠단 말에, 그 학교보다 좋은 대학이 서울에 많이 있으니 그 일에 너무 상심 말고 잊으라고 했다. 그러면서 자신이 신경을 쓰고 있으니 모교에도 기회가 있을 수 있단 말도 흘렸다.

원래부터 모교의 학과 인사에는 학과 내 유력 교수들이 미는 사람들이 된다는 얘기가 공공연히 회자 되었다. 독일어권에서 학위를 했지만 쉴러를 '실라' 라고 발음하는 교수, 한국에서 보면 어설픈 동양적 주제로 독일 박사를 하고는 자신의 실력이 대단하다고 착각하는 교수, 모교에서 박사를 한 국내파 박사였지만, 모교 취직에 유리하게 느꼈는지 어느 날 갑자기 박사에서 전공했던 현대작가와 전혀 다른 시대의 작가를 전공한다면서, 이해할 수 없는 독일어로 에세이 같은 논문을 발표하던 교수 등이 모두 모교로 올 때 그랬다. 그들은 호시절 일찍 다른 대학에서 전임강사나 조교수로 취직했다가 모교 학과 내 유력 교수들과 끈끈한 관계를 통해 모교로 옮겨 왔지만, 하나같이 대외적으로는 자신들의 학문적 역량이 뛰어나 인정을 받은 까닭에 옮긴 것이라 떠드는 사람들이었다. 물론 나와 가깝다고 느낀 P교수도 예외는 아니었다. 그의 애기를 들어보면 대학 본고사가 있을 때 서울대 합격을 많이 시켜 유명했던 명문 고등학교에서 전교 일 등을 놓치지 않았다는 설(說)을 평생 훈장처럼 자랑스럽게 가슴에 품고 있었다. 그뿐이랴. 입학 당시 법대도 충분히 갈 수 있었지만, 우리 과로 왔다는 무용담에 이어, 대학의 서열이 없는 독일에서 단기간에 박사 학위를 따자마자 서울의 유명 사립대학에 간 것을, 그리고 결국 늘 대한민국 최고 대학이라고 생각했던 모교로 학교를 옮긴 것에 대한 자부심 등등도 여러 번 드러냈다.

학과 인사에 관한 그런 소문을 들은 이후에 몇 번의 공채가 있었고 그때마다 '이번엔 어떤 유력 교수가 미는 누구다' 라는 말들이 돌았는데, 결과를 보면 그것은 사실이었다. 내가 독일에서 귀국하기 직전에 들어갔던 K 선배가 그랬고, 그 비슷한 시기에 나와 같은 동기, 그리고 그 후 후배들이 채용될 때도 그랬다. 모두 자신을 밀어주는 유력 교수의 줄을 잡았다. 귀국하고 모교에서 시간강사로 일을 하기 시작할 때, 이미 학과에서 강사로 있었던 선후배 대부분은 교수들을 부지런히 찾아다닌단 말을 들었다. 특히 명절 때 그들은 집단으로 혹은 단독으로 교수들 집을 돌아다니며 인사를 한다는 얘기도 들렸다. 그 얘기에 자극을 받아 나 역시 두세 교수들에게 몇 차례 인사를 다니며 그들에게 강사의 답답한 심정을 토로하기도 했다. 그러면 그들은 한결같이, 우리 학과는 공정한 인사를 하니 줄 같은 건 없고, 그런 데 신경 쓰지 말고 열심히 하라고만 했다. 하지만 모교에서 몇 번의 인사 결과를 지켜보던 아내는 어느 날 비꼬듯 말했다. 아내는 사립대학을 나와 자신의 모교에서 석사를 하면서 그곳 학과 조교를 한 경험도 있었다.

"난 교수 인사가 대부분 줄이라는 걸 익히 많이 들었고, 실제 그랬다고 믿어. 하지만 과거에 당신 말을 듣고 그 대학은 다르다고 생각했는데, 인제 보니 그곳은 더욱 인맥과 줄이 작용하는 곳이네. 학과 내 몇 유력 교수들 카르텔이 줄이야. 그건 더 웃기는 거지. 사립대학은 본부나 재단의 눈치라도 보지만, 그 대학은 학과가 결정하면 끝이니 말이야. 당신도 제발 논문은 대강 쓰고 아부를 해봐. 아무도 알아주지 않는데 혼자 고고한 척, 잘난 척, 하지 말고." 비난과 조롱 섞인 아내의 말에 난 아니라고 소리 지르고 집 밖으로 나갔다. 그러다 결정적으로 아내의 말을 인정하고 학교에 들어가는 걸 포기하는 일이 발생했다.

그때까지 모교에 인사가 있을 때는 예의 P교수를 찾아 지원할지 물어보면서, 답답한 속마음을 털어놓고 은근히 도와줄 것을 간청하곤 했다. 어느덧 학과의 원로 교수이자 가장 힘 있는 교수가 된 그는 항상 비슷하게 대답했었다. "당연히 지원해야지. 그리고 내가 심사를 하면 자네를 살피겠네. 하지만 내가 심사를 맡을지 그건 모르겠어. 우리 과는 자네도 알겠지만, 심사를 공정하게 하네. 그렇더라도 어쨌든 내가 심사를 못 맡으면, 과 내에 자네 말은 해두겠네." 하지만 한 번도 학과 내 최종 심사 명단, 즉 시강(試講)자에 내 이름은 없었다.

그렇게 알 수 없는 인고의 시간이 흘러, 마침내 모교에서 마지막 기회라고 여긴 교수 초빙공고가 나왔다. 난 이미 오랫동안 교육 경력과 연구 실적을 쌓은 학과 내 고참 강사에 속했다. 그즈음 마침 독일에서 갓 들어와 논문 실적도 없는 가장 나이 어린 후배가 교수들 연구실을 자주 드나들며 인사를 하고 다녔다. 그리고 그 부친이 고위 공무원 출신이라는 말이 돌았다. 고위직 아버지를 업고 아부하는 녀석을 설마 학과 교수들, 그것도 국내 최고 대학의 교수, 교수 중의 교수라는 무근본 자부심으로 그 타이틀을 코에 걸고 다니던 그들이 뽑아준다고? 그렇게 믿고 싶지 않았다. 더구나 항상 공정하다고 떠들던 그들이 부모의 배경에 좌우되지 않을 터였다. 하지만 마음 한편엔 알 수 없는 불안과 분노 역시 끓어오르고 있었다.

설사 다른 교수가 그렇더라도, P교수는 그렇지 않으리라. 불안한 순간에도 무엇보다 그에 대한 신뢰는 아직 버리고 싶지 않았다. 그래서 공고가 나자 다시 그에게 지원할지 떠보았고, 이번에야말로 당연히 지원하라는 말에 마지막으로 알 수 없는 희망을 품고 지원했다. 마음 졸이며 시간을 보낸 후 일차 서류 전형에서 내 이름은 또다시 없었고, 그 어린 후배와 함께 몇 사람이 시강 명단에 들어 있었다. 그리고 얼마 후 가장 예상하기 싫었던 최종 결과가 나왔다. 그 새까만 후배가 된 것이다. 너무 억울하고 참담했다. 애초부터 탈락한 것도 억울했지만, 더 화가 난 건 그 녀석이 된 것이었다. 당시 그 말고 누구라도 됐다면 차라리 이해했을 것이다.

황망한 심정으로 P교수를 찾아 그 결과에 대해 원망스럽게 물었다. 하지만 그의 답변은 역시 기계처럼 비슷했다. "나도 자세한 상황은 모르겠는데, 내가 심사를 맡지 않아서…. 그리고 심사한 사람들이 내 말을 잘 듣지 않네…." 담담하게 말하는 그를 보며 느낀 그 날의 심정은 이젠 자세히 떠오르지 않는다. 다만 지금도 분명히 기억하는 건, 나중에 들은, 심사에 참여한 K 선배의 말이다. "무슨 소리. P교수가 사고를 쳤지. 우리야 그의 뜻을 따를 수 밖에."

지금은 학과의 유력 교수로 있는 그 선배는 학과에서 석사를 마친 후, 당시 운동권 지식인들과 같이 활동하며 잠시 학교와 전공을 떠났다가, 동기와 후배들이 독일로 가서 공부할 때 어느 날 갑자기 모교 박사과정에 들어와 박사를 하고는, 모교의 박사 학위로 모교에 무사히 취직한 인물이다. 취직하기 전 학과 교수들, 특히 P교수를 만나면 90도 인사를 하곤 했던 그였다. 하지만 취직 이후 어느 순간 자신에게 유리하게 전개된 국내 정치 지형도의 변화 덕인지 알 수 없지만, 이제 학교에서도 학술상까지 받은 중진 교수로 인정받고 있다.

그가 교수로 취직한 몇 년 후 나는 예의 사립대학 공채에 떨어졌고, 그 직후 그에게 전화한 적이 있었다. 당시 나의 억울함을 알리는 한편, 학과 교수인 그에게 후일 지원을 받을 수 있게 일말의 동정심을 사고 싶었다. 그는 술 한잔 사주겠다며 자기 집 근처로 오라고 했다. 저녁 늦은 시간에 택시를 타고 서초동 빌라 동네를 찾아갔고 근방 한 호프집에서 그를 만났다. 그는 하소연을 열심히 들으며 술을 마셨지만, 내가 듣고 싶었던 동정의 말은 한마디도 하지 않더니, 어느 순간 "셀라비"하며 실실 노회(老獪)한 웃음을 흘렸다. 그리고 집에 가자며 자리에서 일어났다. 순간 값싼 동정을 갈구한 내 꼴이 우습게 보였나 하는 생각이 들어 소름이 돋았다. 그런 그가 이번에는 P교수와 정반대의 말을 한 것이다.

지금도 둘 중 누구 말이 사실인지 알지 못한다. 다만 그 일 이후 학교에 대한 더 이상의 미련을 버리고, 지인으로 알고 지냈던 지금의 김 사장이 하는 오퍼상 일에 동업하게 되었다는 것만은 사실이다.

이탈리아에서 온 그 친구의 순진한 모습을 보며 그는 내가 겪은 개고생 없이, 교수들로부터 위선의 배신도 당하지 않고, 썩어 빠진 학교의 채용 비리에 걸려들지도 말고, 이탈리아에서, 독일에서, 유럽에서 원하는 교수 자리를 얻기를 바랬다. 어쨌든 우리는 그날 막걸리 3병과 녹두빈대떡, 김밥으로 배를 채우고 친구가 되었다.

그해 여름 그는 이탈리아 자신의 집으로 4주 휴가를 떠났다. 그 전에 내게 몇 번이나 자신이 고향에 휴가를 갈 건데 그에 맞춰 이탈리아로 여행을 오라고 했다. 자기 고향은 조용한 작은 도시지만, 슬로베니아 국경과 가까워 한국에 알려지지 않은 슬로베니아 지역을 볼 수 있다고도 했다. 그의 말을 들으니 3년 전부터 유럽 물품을 수입해서 파는 오퍼상 일을 하면서도 주로 독일이나 출장을 갔지, 유럽의 근본 이탈리아도 가보지 않은 것이 새삼 상기되었고, 그럼 이참에 한번 가보자는 마음이 들어 무엇에 이끌린 듯 무작정 이탈리아 출장을 결심했다. 말이 출장이지 그건 집에 둘러대는 핑계였고, 오랜만에 혼자만의 유럽 여행을 경험하고 싶었다. 그렇게 정말 그의 고향 우디네로 갔던 것이다.

우디네역에 도착하니 그가 기다리고 있었다. 그의 차를 타고 예약해둔 호텔로 갔다. 호텔은 가까이에 있었다. 로비에서 체크인하는 걸 도와준 후, 그는 대뜸 다음날부터 이틀 동안 피렌체를 다녀와야 한다는 말을 꺼냈다.

"내일 시내를 보여주고 싶었는데, 미안하군. 갑자기 피렌체로 다녀올 일이 생겨서 말이야."

피렌체 대학에서 안정적 조건의 연구원 자리가 나서 알아보고 온다는 것이다. 그사이 시내와 도심 주변 교외를 보거나 가까운 베니스를 다녀와도 좋을 것이라고 추천했다.

"지금 이탈리아에선 일자리를 구하기가 어렵고, 특히 나이 많은 수학자들에겐 더욱 그래. 한국에선 계속 있을 수 없고, 피렌체에서 일자리를 구하면 좋겠어." 물론 좋은 일자리가 나면 이탈리아 아니라 유럽 어디라도 가야 한다는 설명까지 덧붙였다.

취직이 어렵단 말은 한국에서도 그 친구에게 들었던 말이지만, 막상 그를 믿고 여행 온 시점에 혼자 다녀야 한다니 은근 화가 났다. 이 친구의 말이 사실일까? 서양 친구들은 믿지 못하는 사람들인가? 아시아인이 서양인과 친구 되기가 어려운 걸까? 아니면 이들은 원래 자기들끼리도 이런 걸까? 이런저런 생각이 뇌리를 스쳤다. 하지만 대학에서 자리를 얻는 것이 어렵고 힘들다는 것을 누구보다도 잘 아는 난 그 말을 믿기로 했다. 그날 저녁 그는 나를 시내의 한 광장으로 데리고 가서 간단한 식사를 하며 어둠이 내리는 시내를 조금 보여주었다. 다음날 혼자서도 쉽게 시내를 다시 찾을 수 있을 것이라며. 여기저기 불빛이 켜지는 광장은 여름 정원의 작은 반딧불 덤불 같았다.

다음 날 호텔에서 아침을 간단히 먹고 조금 일찍 나섰다. 그 친구가 피렌체로 떠나기 전에 시내까지는 차로 나를 데려다준다며 새벽같이 호텔 주차장에 도착해 있었기 때문이다. 그런 호의는 부담스러웠지만, 물리칠 용기도 없어 이른 아침에 시내로 실려 왔다. 그는 재미있게 보내라는 말을 남기고 급히 차를 몰고 가버렸다. 혼자 남겨지자 호텔에서 얻은 시내 지도를 봤다. 그것이 유일한 안내자였다. 여행 올 때 잠시 차단한 스마트폰을 다시 켤 생각은 없었다. 이탈리아의 작은 도시에서 홀가분하게 익명의 아날로그 인코그니토 여행을 하는 것도 어쩌면 재미있는 일이라 결심한 터였다.

시내는 작고 한산했다. 한 편으로 보이는 아담한 언덕엔 지금 박물관으로 쓰이는 제법 큰 성이 있었고, 두오모 돔과 크고 작은 성당들도 곳곳에 보였다. 유럽 도시들이 그렇듯 광장들도 있다. 하지만 이탈리아는 특히 광장이 작다. 작은 공간도 삐아짜, 즉 광장이라 하고 그 주변으로 성당이나 몇 개의 건물들이 있고 좁은 골목길이 나 있다. 골목으로 들어서면 길이 좁고 구불구불 계속 연결돼있어 어디로 가는지 방향을 잃기가 십상이다. 그러다 어느 순간 다시 작은 공간이 나타난다. 다른 광장이다. 중세의 도시 모습이 이랬을 거다. 골목이 미로다. 적에 대한 방어로 이런 모양을 하고 있다. 하지만 내겐 인생처럼 보였다. 미로 같은 삶. 여기도 그랬다.

성과 시청 광장, 작은 쇼핑 거리를 돌아보니 시내는 다 돈 것만 같다. 점심을 먹어야지 생각하며 그 친구가 추천한 식당을 찾아봤다. 지도에 표시한 작은 광장 입구의 한 골목에 있다는 식당은, 그러나 광장 주변으로 나 있는 비슷비슷한 골목들에 둘러싸여 도무지 찾을 수 없다. 그 친구가 말한 광장이 아닌가 해서 주변을 둘러 다녀보니 엇비슷한 광장도 여러 개여서 어느 쪽으로 들어가야 하는지조차도 알 수 없었다. 그러다 보니 그나마 기억에 있던, 그와 저녁을 먹은 광장을 찾기도 힘들다. 혼자 먹는 점심인데 아무 식당이면 어떠하랴 생각도 했지만, 그를 만나면 식당을 쉽게 찾아 잘 먹었다고 말하고 싶었다. 그렇게 몇 번을 돌다 보니 다시 시청 앞 광장이 나왔고, 그 부근에 물이 흐르는 작은 개천을 따라 늘어선 식당과 가게들 옆으로 난 골목길을 따라 들어가면, 다시 작은 광장이 나타났다. 미로 같은 광장.

낮이 되자 기온이 점점 더 올랐다. 어느새 다시 돌아온 시청 광장 구석에 아이스크림 가게가 눈에 띄었다. 사람들이 젤라또를 사 먹고 있다. 그래, 이탈리아에 왔는데 이탈리안 젤라또는 먹어야지 하는 생각에 그곳으로 가는데, 갑자기 팔과 손등에 뜨끈한 액체가 떨어졌다. 그리고 비둘기들이 머리 위로 후드득 날아가는 것이 보였다. 놈들의 분비물이었다. 그것은 내 상의 가슴팍에도 푸르죽죽하게 묻어있었다. "하고많은 사람 중에 왜 하필 내게 와서 똥을 싸." 어이없어 우리 말로 혼자 소리를 질렀다. 주변에서 아이와 함께 아이스크림을 먹던 아주머니가 힐끗 쳐다보더니 얼른 외면한다. 그 얼굴엔 약간의 경멸이 묻어있었다. 영문도 모르고 똥을 맞았지만 창피했다. 광장의 사람들이 나만 보는 것 같다. 그들은 똥싼 그들의 비둘기를 탓하지 않고, 칠칠치 못하게 똥 맞은 외국인을 한심하게 보는 눈빛이었다. 젤라또고 뭐고 얼른 분비물을 씻어야 했다. 광장 분수대가 보였고 그곳으로 달려갔다. 팔과 손을 씻고 상의의 가슴팍도 여러 번 물로 헹궜다. 다행히 분비물은 쉽게 지워졌다. 난 그곳을 도망치듯 벗어났다.

시청 광장을 벗어나면 가장 큰 광장이 성 앞 광장이다. 그곳에는 제법 넓은 카페가 있었다. 결국 녀석이 알려준 식당의 점심은 포기하고, 카페에서 간단히 샌드위치로 요기를 하고는 카푸치노를 한 잔 마셨다. 그 친구에게는 알려준 식당의 음식이 상당히 맛있었다고 해야지. 바깥에는 행인들이 오후의 강렬한 햇빛을 맞으며 느릿느릿 거리를 오가고, 카페엔 태양을 피해 들어온 지친 사람들이 여기저기 앉아있다. 그렇게 한참이나 혼자 우두커니 있다 보니 불현듯 호텔로 돌아갈 길이 걱정됐다. 자칫 날이 저물면 호텔을 찾아가는 것도 힘들 것 같았다. 그래, 차라리 빨리 호텔로 가서 그 근방에서 이른 저녁을 먹자. 호텔을 향해 카페를 나섰다. 지도를 보니 카페의 옆으로 난 길을 따라가다 보면 넓은 광장이 나오고, 광장 맞은편 큰 교회를 옆으로 끼고 있는 길을 따라 계속 가면 호텔이 있었다.

제법 넓은 길을 따라가다 보니 옆 골목으로 광장이 보였다. 그래 이 광장이다. 좁은 골목으로 들어가 보니 전날 그 친구와 같이 저녁을 먹었던 곳이었다. 오전에 그렇게 찾았던 광장이 이렇게 가까이 있을 줄이야. 맞아, 녀석이 이곳이 주요 광장이랬지. 노동절 광장이라고. 지도에도 이탈리아어로 어쩌면 그렇게 적힌 것 같았다. 광장 주변으로 식당들이 있고 많은 사람이 테라스 자리에 앉아있다. 그곳에서 뭘 먹을까도 잠시 생각했다. 아니야, 그러면 일어나기 싫을 거고 날이 어둑해질지도 몰라. 길을 재촉하려 교회를 찾았다. 교회가 보이긴 했다. 생각보다 작은 교회. 지도에 있는 이탈리아 이름과도 조금 달랐다. 그래도 그 교회 옆의 골목길을 들어갔다. 좁은 골목길을 따라가니 작은 개천이 보인다. 낮에 몇 번이나 지났던 개천이다. 그 옆으로도 제법 괜찮아 보이는 식당들이 있어 그곳에서 점심 먹는 사람들이 부러워 보였던 곳이다. 위로 올라가면 시청 광장, 그다음 블록엔 성 광장 그리고 내가 들렀던 카페. 그럼 아직 시내 한복판도 벗어나지 못했나? 의아해서 다시 교회와 광장으로 나와 다른 골목길로 들어갔다. 그 골목을 따라가니 술집, 식당, 신발가게, 옷가게들이 구불구불 연이어 있고, 또 교회도 보인다. 길을 더 가면 원래 광장은 물론, 아예 길을 잃어버릴 것만 같았다. 겁이 났다. 다시 돌아 처음의 노동절 광장으로 갔다. 지도를 보고 다시 다른 길도 찾아 들어가니, 이번에도 돌고 돌아 다시 광장이 나왔다. 화가 났다. 이제 한 길을 정해 끝까지 가보자고 생각했다. 그리고 끈기 있게 골목길을 따라갔다. 차들이 다니는 큰 길이 나오니 지도의 길만 같았다. 이 길을 따라 쭉 가면 호텔이 나올 거야. 일단 도로가 커브를 도는 곳에 큰 건물도 보였다. 저기까지만 가면 뭔가 시야가 확보되고 쉬울 것 같아. 그 쪽으로 갔다. 그런데 놀랍게도 그곳은 성 앞 광장이었다. 내가 출발했던 그곳. 한 시간도 넘게 시내를 뱅뱅 돌다, 결국 처음의 위치에 온 것이다. 짧은 절망감이 몰려왔다. 미로 같은 광장. 그래도 도중에 그만둘 수는 없었다. 다시 시작하자.

도롯가 작은 바에 들어가 바텐더로 보이는 젊은 남자에게 지도를 보여주며 길을 물었다. 그는 친절하게 지도에 손가락으로 현재의 위치를 가리키며 설명했다. 지도의 큰 광장은 이 근방 아니냐고 물으니, 그건 한참 가면 나오는 큰 광장이란다. 그럼 내가 출발한 광장은 애초에 노동절 광장이 아니었다. 그러고도 골목길을 들어갈 때마다 몇 번을 물어 드디어 넓은 광장에 도착했다. 푯말을 보니 그곳이 노동절 광장 같았다. 그제야 전날 그 친구와 의사소통이 잘못됐음을 직감했다. 그 친구가 도시의 가장 큰 광장이 노동절 광장이라고 한 걸, 난 저녁을 먹은 그 광장을 말하는 것으로 잘못 기억한 것이다. 노동절 광장엔 덩그러니 주차장만 있을 뿐 식당도 사람들도 없다. 마침 보이는 관광안내소에 들러 다시 물으니, 맞은편에 큰 교회가 있고 그 옆 도로로 쭉 가란다. 예상한 바였다.

호텔이 보인다. 2시간가량 헤매다 겨우 도착한 호텔. 그래도 안심이 된다. 인생의 목적지에 도착한 사람처럼 작은 안도의 숨을 내쉬었다. 아직 늦은 오후다. 이른 저녁을 먹으려고 주변에 식당을 찾아봤다. 시내엔 그 흔하던 식당이 잘 보이지 않는다. 그리고 호텔에서 얼마 떨어지지 않은 한적한 도로 가장자리에 작은 스낵 식당이 눈에 띄었다.

먹을 데라곤 저기밖에 없군. 서서히 그곳으로 걸음을 옮겼다. 그곳엔 주인인 듯 아시아인 청년이 바깥의 길가 자리에 뭔가를 서빙하고 있다. 바깥에 설치된 조잡한 음식 사진 메뉴판. 빵과 면 종류 몇 가지밖에 보이지 않는다. 그래도 아시아인을 보니 통할 것 같고 마음도 놓여 그곳으로 들어갔다. 안에는 청년의 어머니인 듯한 아주머니도 창가 자리에 앉아 있었다. 때마침 서빙을 마치고 들어온 청년에게 영어로 바깥의 메뉴에 있는 게 다냐고 물었다. 통통하게 살찐 그 아시아 청년은 갑자기 무슨 말인지 알아듣지 못하는 이탈리아어로 빠르고 쌀쌀맞게 말한다. 당황한 난 얼떨결에 파니니를 달라고 주문했다. 바깥 메뉴판에서 본 기억이 있는 단어다. 청년은 이번엔 파니니가 들어가는 여러 단어를 빠르게 떠들어댄다. 갑자기 화가 났다. 이런 나쁜 놈이 있나. 외국 손님이 영어로 물으면 영어로 대답하는 게 주인의 태도 아닌가. 일부러 이탈리아어로 말하나, 아니면 간단한 영어도 못 하나. 외국에서 식당을 하는 아시아 놈 주제에 같은 아시아인끼리 더 친절하지는 못할망정 자기 말만 하고 있다니.

이때 나이 지긋한 노인 한 분이 다가와서는 영어를 한마디 던지더니, 뜻밖에 독일어를 하냐고 묻는다. 반가운 마음에 얼른 그렇다고 하니, 더듬거리는 독일어로 파니니 종류가 여럿 있는데 어떤 것을 원하는지 다시 묻는다. 그리곤 친절하게 바깥으로 나를 데리고 나와 메뉴 사진을 보여준다. 결국 간단한 살라미 파니니와 이탈리아 현지 맥주를 주문하고 바깥 자리에 앉았다. 노인은 임무가 끝났다는 듯 흐뭇해하며 유유히 식당을 떠나 사라졌다. 지금도 그 노인이 누군지 궁금하다. 독일어를 조금 아는 동네 어르신인지, 아니면 독일에서 고향으로 휴가 온 이탈리아 노인인지. 내겐 방황하는 이방인에게 한 끼를 해결할 수 있게 도와준 착한 사마리아인이었다.

바깥엔 정수리 머리가 숭숭한 중년 남자가 나이 차이가 꽤 있어 보이는 젊은 여자와 이탈리아어로 뭔가를 심각하게 얘기하고 있었다. 남자가 열심히 설득하고 있는 듯 보인다. 그러더니 여자가 쌀쌀하게 일어나서 뒤도 안 돌아보고 차를 타고 가버린다. 벌겋게 취한 얼굴의 남자는 잠시 멍하니 앉아있다. 이윽고 주문받던 그놈이 와서 남자에게 말을 건네며 가볍게 위로하는 듯하다. 중년은 동네 사람인 모양이다. 그가 계산했다. 그리곤 천천히 일어나 여자와는 반대 방향으로 걸어갔다.

청년이 파니니와 맥주를 무심하게 던져주고 간다. 맥주는 독일 맥주고, 살라미 파니니는 냉동 제품을 전자레인지에 돌린 듯했다. 전혀 이탈리아 맛이 나지 않았다. 맥주를 한 모금 마시고 파니니를 한 입 물으니 목에 걸려 넘어가지 않는다. 시내 그 많은 현지 식당을 놔두고 길을 잃고 헤매다, 겨우 매점 같은 곳에서 냉동 음식을 먹고 있는 내가 한심했다.

문득 하늘을 보니 파란 하늘엔 구름 한 점 없다. 그때 아버지 얼굴이 떠올랐다. 대학 입학식 날 신림동 언덕 위에 아들 하숙집을 구하고 바로 내려와 신림동 시장 식당을 찾았던 아버지. 그때 아버지가 왜 시장의 허름한 식당을 찾았는지 이제야 조금 알 것 같다. 아버지는 서울이 낯설었던 게다. 그나마 신림동 시장의 허름한 식당은 아버지가 장사하는 시장의 그것과 비슷했는지 모른다. 또 하숙집 밑의 시장보다 더 먼 곳으로 가면 하숙집으로 돌아가는 아들이 낯선 곳에서 길을 잃지 않을까 걱정이 됐을지도 모른다. 아버지처럼 나도 이곳이 낯설어 시내를 팽개치고 매점 같은 식당을 찾았던 것 아닌가. 반주(飯酒)로 금복주를 찾으니, 서울엔 진로밖에 없다며 쌀쌀맞게 말한 식당 주인을 두고두고 욕하시던 아버지. 내가 저 청년이 이탈리아 말로 쌀쌀맞게 말한 것에 화가 난 것과 무슨 차이가 있으랴. 아버지가 서울에서 기대했던 금복주 대신 원치 않은 진로 소주를 마셨듯, 난 이탈리아에서 기대했던 이탈리아 맥주 대신 원치 않은 독일 맥주를 마셨다.

7. 바이마르

쉴러가 베를린을 다녀왔다는 소문은 바이마르에 작은 소동을 몰고 왔다. 베를린을 다녀온다는 말도 하지 않고 떠난 것이어서 더욱 그랬을 것이다. 어쨌든 쉴러가 도착하고 난 후 사람들은 여기저기서 수군거렸다. 작은 도시에서는 소문이 빨리 퍼진다. 바이마르 시장의 허름한 목로주점에도.

작센이 아니고 베를린이라고? 왕 부부도 만났다는데. 베를린극장에선 사람들이 난리 났었다는군. 베를린 국립극장 감독이 될 거라는데. 그래, 이플란트가 왕에게 밉보여 곧 프로이센을 떠날 거라는군, 그래서 쉴러를 부른 거래. 아냐, 곧 새로운 왕립극장을 짓는데 쉴러가 그걸 맡는다는데. 그 사람은 이제 프로이센 사람이 되는군. 프로이센 궁정에서 왕자의 교육을 맡기로 했데. 맞아, 프로이센 신하가 되고 싶다고 먼저 왕에게 간청했다지. 그렇겠지, 프로이센 궁정 신하가 되면 돈도 많이 받을걸. 그럼, 연 수천 탈러에 집 한 채도 공짜로 받고 마차와 시종도 주는 조건이래. 그 사람 복 터졌어. 아냐, 그가 쉽게 여길 떠날 사람이 아니야. 무슨 소리, 그 조건에 감동해서 눈물까지 흘렸다니까. 괴테는 쉴러가 베를린으로 간 걸 모르고 있었나? 글쎄, 모를 수도 있지. 무슨 말이야, 최근 괴테와 사이가 나빠져 바이마르를 떠날 생각이었다는데. 그래서 베를린으로 갔나? 그럴 수도. 허튼소리, 사실은 공작과 사이가 나빠져 바이마르를 떠나고 싶다고 했다는군. 괴테는 그가 떠난다면 어떻게 생각할까? 당연히 싫어하겠지. 아니, 좋아할 수도 있지. 둘이 누구보다 친하다는 건 세상이 다 알고 있는데 무슨 소리. 모르는 소리, 둘은 어차피 그렇게 친한 사이도 아냐. 하긴 겉으로 볼 때와 속마음은 다를 수 있지. 그래, 원래 괴테와 쉴러는 안 맞아. 뭐가 안 맞아? 급이 다르다는 말이야. 그래서 난 쉴러가 더 좋아, 괴테는 너무 고상한 척하고 귀족티를 내. 이 친구, 그 사람도 원래는 귀족이 아니었어, 몰랐나? 그래? 난 항상 폰 괴테로만 알았지. 이런 젠장, 폰 괴테는 무슨 얼어 죽을. 그럼 그냥 괴테였구나. 야, 쉴러도 폰 쉴러야, 그도 귀족이란 말이야. 그렇지, 그도 귀족이 됐지. 가난한 귀족. 가난하긴, 우리보다 훨씬 잘살고 있어. 무슨 말이야, 괴테나 그렇지 쉴러는 그렇지 않아. 모르는 소리, 궁정고문 쉴러야, 그 자리도 공작 주머니 돈을 받는 자리야. 얼마나? 그거야 자세히 모르지. 아마 꽤 받을걸. 그래 모르긴 해도 연 수백 탈러는 될걸. 이런 병신들, 수백 탈러가 우리에게나 많은 거지 그런 사람들에겐 돈도 아냐. 그럼 천 탈러는 족히 되겠네. 그럴지도 모르지. 괴테는 더 많이 받을걸. 그렇지. 우리의 폰 게테는 연 수천 탈러는 받을걸. 설마. 병신, 그래서 폰 게테라니까, 귀족이라고. 우리 같은 서민들이야 십 년 넘게 한 푼도 안 쓰고 뼈 빠지게 모아도 그런 돈을 모을까. 칫, 그런 사람들에겐 일 년 수입이지. 염병할, 이 친구 또 모르는 소리 하고 있네. 뭐가? 그건 높으신 우리 공작님이 하사하신 일 년 녹봉이고, 거기다 글 쓰고 책 내서 출판사에서 받는 돈이 얼만데. 얼마? 모르긴 해도 많을걸. 천 탈러도 넘을까? 그럴지도. 염병, 그것도 수천 탈러가 될지도 몰라. 나도 그럴 거면 시나 쓰고 연극이나 만들고 책을 낼걸. 염병할, 그걸 누가 읽어 주기나 할까. 괴테는 그렇잖아, 그 어렵고 재미없는 글을 어떻게 읽어. 자넨 괴테 소설을 읽어나 봤나? 아니, 연극은 한 번 봤지, 무지 비싸더만. 어떻게 봤데, 먹고 살 만한 모양이군. 난 쉴러 연극은 두 번 봤어. 나도 『빌헬름 텔』은 봤지. 그래 쉴러 연극은 재밌어, 볼만해. 여편네들이나 젊은 애들이 더 좋아해. 그 사람도 연극 써서 돈을 많이 벌었을까? 그랬겠지. 그럼 천 탈러도 넘게? 모르지. 괴테가 천 탈러라면 그 양반은 더 받아야지, 더 인기가 있으니. 그래도 괴테가 더 받을걸. 왜? 이 친구, 원고료는 인기 외에도 지위나 권력에 따라 주는 거야. 출판사도 독일 각지에서 장사 하려면 권력을 끼고 해야 해. 그게 보험이지. 그래 그럴지도 몰라. 그러니 귀족 게테지. 맞아, 그러니 대궐 같은 저택에 살지. 그 집도 우리의 높으신 공작님이 선물로 하사한 거야. 그래? 염병, 우리가 그런 걸 어떻게 알아. 아무튼 귀족 게테는 달라. 내 말이, 급이 다르다니까. 부럽다. 우리 같은 사람들은 평생을 일해 모아도 그런 집을 살 수 없을걸. 염병할, 넌 그런 집을 살 생각이라도 하냐? 그 집은 지금 많이 올랐을걸. 엄청 올랐지. 부자는 더 부자가 되고 가난한 사람은 더 가난하게 되는 게 지금이야. 귀족은 더 귀족이 되겠네. 썩을, 더 귀족이 어딨어. 무슨 소리, 귀족도 돈 없으면 개털이야. 그럼 쉴러도 개털이군. 병신, 넌 얘기할 때 졸고 있었냐? 맥주 마시고 있었지, 이 집 맥주가 맛이 좋아. 주인 여자가 더 좋지 않고? 그래, 특히 집구석 마누라가 사나울 땐 여기 주인이 더 이뻐 보이지. 쉴러도 부자라고 했잖아, 집도 있고. 그래, 집도 샀지. 그 집도 괜찮아. 아마 제법 올랐을걸. 빚내 산 건 아니고? 빚을, 누구에게? 공작에게. 지랄하고 자빠졌네, 높으신 공작님이 쉴러에게 돈 빌려주겠어. 귀한 폰 게테에겐 집도 선물로 줬다며. 그러니 급이

다르지. 염병할 공작님. 염병할 귀족 게테 나리. 어쨌든 쉴러는 정말 베를린으로 갈까?

괴테는 쉴러를 만났다. 공작의 지시였다. 공작은 이미 쉴러의 베를린 일정을 다 알고 있었다. 쉴러가 베를린의 일정을 마칠 무렵에 공작도 프로이센 군대 시찰을 위해 베를린에 있었기 때문이다. 당연히 쉴러가 베를린에서 보낸 일정은 그에게 소상히 보고됐다. 그가 베를린에 있다는 점을 쉴러에게는 비밀에 붙여줄 것을 프로이센 궁정에 특별히 부탁했다. 그리고 괴테에게도 자신의 베를린 체류를 쉴러에게 알리지 말라는 급신(急信)을 보냈다.

쉴러를 만나자 먼저 이플란트와 베를린의 국립극장은 어떤지 물었다. 쉴러는 이플란트는 잘 지내고 있고, 그가 자신의 작품들도 특별 공연 스케줄에 넣었다고 은근 자랑했다. 다만 공연이 작품의 연극적 핵심을 보여주기보다는 프랑스 연극처럼 너무 볼거리에 치중한 점은 아쉽다는 말도 덧붙였다. "그래도 배우들의 연기는 수준이 있게 훌륭했어요. 아마 이플란트가 혼자서 많이 노력한 것 같더군요. 만약 내가 연출을 해준다면 그에게도 도움이 될 것도 같은데…." 그렇게 쉴러는 베를린에서 자신이 할 수 있는 역할이 충분히 있음을 암시한다. 그리고 베를린 국립극장은 실용적으로 설계되고 객석이 많아 연극 공연에 좋은 곳이고, 바이마르 극장과 교류를 한다면 서로에게 좋겠단 말을 하며 어색하게 웃는다.

그 틈을 타서 괴테는 그에게 베를린으로 옮길 거냐고 묻는다. 잠시 뜸을 들이며 복잡미묘한 표정을 짓는 쉴러. 그걸 보면 아직 완전히 마음을 정하지는 못하고 있는 듯하다. 이윽고 다시 은근 자신감을 보이는 얼굴을 한다. 마음은 이미 콩밭에 있는 것 같기도 해서 좀체 알 수 없다. 프로이센 궁정에서 사탕발림을 많이 한 모양이다. 하긴 루이제 왕후가 전에 바이마르에 왔을 때 그를 존경하듯 대했어. 왕후가 궁정 대신들을 설득한 걸까? 그래도 프로이센 관료들은 만만치 않을 건데.

괴테는 잠시 생각하다 넌지시, 베를린으로 가면 왕과 궁정에 많은 의무를 지게 될 거란 얘기를 한다. 바이마르에서야 공작이 요구하는 것이 거의 없다며, 가끔 공작과 궁정을 도와줘야 하는 일이 있어도 그건 베를린 궁정과는 비교할 수 없다고. 독일에서 조그만 나라가 좋은 것은 그런 이유 때문이라는 지론도 말한다. 게다가 베를린의 물가는 바이마르보다 훨씬 비싸다는 것도 얘기한다. "아마 생활비가 두 배 이상은 들 겁니다." 이 말에 쉴러는 머리를 끄덕인다.

소문이 빨리 퍼지는 바이마르에 떠버리 얘기꾼들이 다시 시장의 후미진 곳에 자리한 목로주점의 슈탐티쉬에 모였다.

그 양반이 베를린으로 가려는 걸 괴테가 말렸다는군. 왜 말려, 괴테는 쉴러가 없으면 아쉬운가? 둘은 친구잖아. 괴테가 쉴러의 친구라고? 자넨 아직 그렇게 믿고 있나? 그럼 쉴러가 괴테의 친군가? 흐흐, 그럴지도 모르지. 젠장, 둘이 각각 다른 친구로 있군. 염병, 말리기는, 막은 거지. 무슨 명분으로 막지? 이런 멍청한 친구, 자넨 어제 바이마르에 이사 왔어? 명분이 어딨어, 높으신 공작님이 허락해야 가든지 말든지 하지. 그럼, 주군의 허락도 없이 어떻게 나라를 옮겨. 공작이 허락하지 않는다고, 왜? 쉴러가 필요하니까 그러겠지. 얼어 죽을, 공작이 쉴러가 왜 필요해. 그야 극장에서 그 양반 연극이 필요하니까. 그래, 쉴러 연극이 없으면 바이마르 극장은 무용지물이야. 염병할, 극장 걱정하기는. 연극은 사치야. 그래, 연극을 보느니 그 돈으로 맥주 마시겠다. 그럼, 매일 맥주라도 원 없이 마셨음 좋겠다. 흐흐, 왜 요즘 마누라가 바가질 긁냐? 임마, 넌 바가지 긁을 마누라도 없는 주제에 말이 많아. 쳇, 그깐 연극 하나 때문에 막는다고? 맞아, 극장은 괴테가 있잖아. 암, 추밀고문관 괴테 나리가 맡고 있지. 그럼 공작이 왜? 바보들, 그가 베를린으로 가면 공작 체면이 뭐가 돼? 우리의 공작님은 독일 전역에서 계몽된 군주라는 명성을 듣는데, 쉴러를 프로이센에 뺏기면 어떻게 되겠나. 따귀 한 방 먹는 거지. 염병할, 공작에게게 엿 먹이는 거라 하면 될 걸 복잡하게 설명하기는. 그래서 공작의 충복

(忠僕) 괴테가 설득한다는군. 충복이라니, 이 사람 누가 들을라. 근데 추밀고문관 나리야 쉴러가 간다고 나쁠 거야 없을 텐데, 경쟁자가 없어지는 거니까. 맞아, 사람들이 쉴러 연극을 더 좋아하긴 해. 그래도 쉴러가 괴테에게 도움이 될걸. 그럼, 쉴러가 있는 게 그 양반에게도 낫지. 그래, 쉴러가 곁에 있는 게 그 사람 명성에도 도움이 될걸. 당연하지, 둘이 둘도 없는 친구라고, 대단한 천재들이 서로 친구라서 우리도 자랑스러워하잖아. 바이마르가 다 그렇게 느끼지. 썩을 놈들 니들은 그렇게 생각하냐? 난 한 번도 그렇게 생각한 적 없어. 맞아, 등신들이나 그렇게 생각하지, 누구도 그렇게 느끼지 않아. 하긴, 먹고 살기도 힘든 우리 같은 것들이야 그러면 어떻고 아니면 어때, 아무 상관 없어. 그저 맥주와 소시지나 걱정 없이 사 먹을 수 있음 좋겠다. 연극이 밥 먹여줘? 괴테가 밥 먹여줘? 아님, 공작이 밥 먹여줬어? 쉿! 그런 소리 마, 다른 사람이 듣겠다. 암, 잡혀가지. 그래, 공작이 없음 그나마 맥주도 못 마실 놈들이 말은. 맞아, 공작이 주문해야 우리 같은 치들은 물건도 만들고 납품도 하지. 공작 편에 서는 게 좋아. 공작님과 잘 지내는 게 좋지. 그래, 우리 높으신 공작님 만세! 계몽 군주 만세! 이것들이 낮술에 미쳤군.

쉴러는 공작에게 편지를 썼다. 괴테를 만난 이후였다. 베를린 여행에 관한 보고를 하며 자연스럽게 프로이센 궁정의 제안도 알렸다. 더불어 공작에 대한 감사와 충성심도 함께. 보고이자 협상이었다. 공작은 쉴러에게 원하는 액수를 솔직히 말하라는 답신을 보낸다. 쉴러는 괴테에게 편지를 보내 자신이 원하는 돈의 액수를 말한다. 연 1,000탈러의 녹봉. 약관의 괴테가 20대 후반에 바이마르에서 처음 받은 녹봉 수준이다. 그것이 당장 힘들다면 현재의 녹봉을 2배로 해서 800탈러를 먼저 만들어 주고, 몇 년 후에 1,000탈러를 만들어달라고. 괴테는 즉시 편지를 공작에게 전하고, 공작은 추밀고문관 폭트에게 쉴러의 녹봉을 두 배로 올려주라 지시한다. 1,000탈러를 못 채워줘서 그런지, 베를린에 몇 달 있어도 된다는 뜻도 괴테를 통해 전한다. 모자라는 돈은 은밀히 프로이센 궁정과 협상을 해도 된다는 말 같다.

쉴러는 바로 바이마르에 남겠단 편지를 공작에게 보낸다. 그리고 열흘 후 프로이센 왕의 측근 바이메에게 바이마르를 떠날 수는 없지만, 베를린에 연중 몇 달은 있을 수 있다고 다시 제안한다. 2,000탈러만 준다면. 과욕을 부린 것일까? 그 제안에 답은 없었다.

시골 도시엔 비밀이 없다. 그들이 은밀히 한 소통은 대부분 며칠 가지 않아 시장과 저잣거리에 알려진다. 저잣거리 귀퉁이 식당에서도 사람들은 쑥덕거린다.

그 양반이 여기 있기로 했다네. 공작이 허락을 안 하니 못가지. 공작이 녹을 두 배로 올려줬다네. 그래? 아냐, 천 탈러를 만들어 준다고 했다던데. 그건 나중이고 당장은 팔백 탈러에 맞춰줬다는군. 자넨 그런 정보를 어디서 듣나? 항상 궁정 일을 잘 알고 있으니 말이야. 저 친구 저래 봬도 귀족이잖아, 귀족들도 많이 알고. 요즘도 궁정 모임에 참석하나? 그럼 당연하지, 그건 귀족이면 해야 하는 사교야. 어이구 귀족 나리, 부럽수다. 그럼 뭐해, 돈 없는 귀족인데. 개털 귀족, 흐흐. 썩어 빠질 놈들, 난 돈만 없지, 푸른 피의 귀족이야, 네놈들과 달라, 이러니 저잣거리 시민놈들과 친하면 안 돼. 그래 네놈 성에 폰(von) 자 붙어 좋겠다. 흐흐, 귀족 나리가 우리와 놀아주는 게 고맙지 뭐. 폰 자 붙이자고 조상님이 돈도 많이 썼을걸. 무식한 놈, 돈이면 누구나 귀족이 되는 줄 알아, 네놈은 돈을 써도 안 될걸. 그래, 저 친군 조상이 훌륭해서 귀족이 됐으니 좋겠어. 그래도 돈 없는 귀족은 돈 있는 시민보다 못하지. 그건 그래. 네놈은 돈이 있어 그런 소리냐? 멍청한 놈. 맞아, 저놈은 쥐뿔도 없어. 모르지, 우린 모르지만 공작에게 따로 돈을 받을지. 미친놈, 공작이 아무나 돈을 주나. 저 친구 공무원이잖아, 공무원 월급이 공작 돈이지. 그렇군, 그럼 저 친구도 녹(祿)을 받지. 개뿔, 녹은 무슨, 궁정에서 쥐꼬리 납품 대금을 받지. 궁정 돈이나 공작님 돈이나 그게 그거지. 그래, 무슨 차이가 있어.

그럼, 궁정에 물건을 납품하고 받는 돈은 공작 돈이 아닌가. 그렇지만 요즘은 궁정에서 주문도 없어 이대로 가단 굶어 죽겠어. 굶어 죽을 놈이 맨날 맥주는 어떻게 마시냐? 맥주땜에 산다 이놈아. 그런데 그 양반 말이야, 베를린으로 가면 돈을 더 받을 수 있을 텐데 왜 여기 눌러앉는다고 했을까? 공작이 허락을 안 하니까. 공작이 허락을 안 할까? 밉보였나? 그럴 수도 있지. 쉴러는 공작의 말을 잘 안 듣는 사람일 거야. 그래, 그 양반은 귀족을 싫어해. 암, 그의 연극을 보면 알 수 있지. 저런 바보 같은 놈들, 그럼 그 양반이 왜 귀족이 됐겠냐? 맞아, 그치도 귀족이지. 그것도 공작이 만들어 준 거야. 그런데 여길 뜬다니 공작이 화가 난 건가? 멍청한 놈들, 그건 여기 귀족 나리께 물어봐야지. 맞아, 귀족님이 있었지. 글쎄, 베를린으로 가면 돈이야 더 받겠지만 공작이 그를 원했단 말도 있고, 아님, 뭐 다른 이유가 있을 수도 있고…. 다른 이유라니, 뭐? 글쎄…. 흐흐, 귀족 나리도 잘 모르는 것 같군. 그럼, 넌 납품비 받으러 궁정에 가서 들은 건 없냐? 그러니까 내가 듣기로는 공작이 오히려 그에게 베를린으로 몇 달을 가 있어도 괜찮다고 했다는데. 그래? 그럼 쉴러가 그렇게 안 한 건가? 그게 말이야, 이건 함부로 얘기하면 안 돼서…. 이 친구, 우리가 어디 소문낼 사람들인가, 걱정은 붙들어 매고 살짝 귀띔해줘. 그러니까 그게, 쉴러도 베를린에 그렇게 연락한 걸로 들었어. 그러면 그 기간만큼 베를린에서 돈을 받을 수 있겠네? 당연하지. 베를린에서는 어떤 답이 왔다는가? 그건 못 들었어. 아마 두고 보면 알겠지. 그 양반이 누구에게 연락했는지에 달려 있지. 그건 모르지. 프로이센 궁정을 믿을 수 있을까? 모르긴 해도 만만치 않을걸. 여기도 만만치 않아. 썩을 놈, 아는 척하기는, 네가 그걸 어떻게 알아. 저 귀족 친구는 알겠지. 쉴러가 베를린으로 왔다 갔다 할 수도 있겠네? 글쎄, 그럴 수도 있겠지. 그가 얼마를 요구했는지 아나? 그거야 모르지. 쉴러가 베를린으로 옮겨가면 얼마나 받는지는 들었나? 한 삼천 탈러 정도. 대단하군. 베를린에서는 다른 사람들도 비슷한 수준이라는데, 이플란트도 후페란트도 그 정도 받는다고 하더군. 후페란트? 예나에서 의사로 있었던 사람 말인가? 아, 자연치료가 뭔가 해서 오래 살 수 있다고 떠들었던 그 교수 말이야? 맞아, 예나와 바이마르에서 사기꾼 같은 소리를 하던 그 의사? 뭔 소리, 그 사람이라면 괜찮은 의사지, 우리 마누라도 그 사람 치료를 받고 나은 적이 있어. 그래 어쨌든 그 사람이 베를린으로 가서 왕실 주치의로 일하고, 뭐라더라, 아, '샤리테'라는 큰 공공병원의 원장이 됐다는군. 돈을 벌겠군. 의사가 좋아. 그냥 의사가 아니라 프로이센 국왕 주치의라니까. 그 사람 출세했네. 아마 베를린에선 그 정도 돈은 있어야지, 여기보다 돈이 많이 든다니까. 맞아, 그곳엔 생활비가 비싸겠지. 연극이나 음악 공연도 비싸. 그딴 건 안 보면 그만이지, 난 맥주만 있음 돼. 등신, 넌 그곳에선 맥주도 못 마셔. 쉴러가 이플란트 대신 가는 게 아니군. 그럼, 그가 쉴러를 베를린으로 오라고 권한 사람인데. 둘이 연극을 같이 만들 수 있겠군. 그래 둘이 친구니까. 쉴러가 갈 마음이 없던 게 아닌가? 아냐, 그 양반이 베를린에서 연극 일 외에 왕자의 역사 교육도 맡을 수 있다고 했다는데. 꼭 가고 싶었던 모양이군. 베를린에는 왕자 역사 선생이 없었나 보지. 무슨, 뮐러라고 사람이 정해져 있었다는데, 쉴러는 그걸 모르고 있었던 모양이야. 베를린이 그렇게 좋을까? 이런 젠장, 넌 지금까지 졸고 있었냐? 돈을 많이 준다니까 그런 거지. 그래, 프로이센 왕도 그 수준에 맞춰 녹을 주겠다고 말했다는군. 왕은 쉴러가 온다고 생각했겠지. 왕보다 왕의 부인이 더 쉴러를 원했다는데. 그 프로이센 왕후가 언젠가 여기에 왔었지? 그래, 그것도 『빌헬름 텔』 공연을 보자고 일부러 온 거라니까. 맞아, 자네도 그 왕 부부를 봤다고 자랑했지. 그럼 봤지, 궁정 연회에서. 부럽다. 어쨌든, 나 같으면 여기서 팔백 받느니 그곳에서 삼천 받겠다, 생각할 게 뭐가 있어. 모르는 소리, 팔백을 받고 싶어 받았겠어? 그래? 그렇지 않으면 나중에 후환이 두려우니까. 공작도 그 돈을 주고 싶은 맘이 없었던 거 아닐까? 맞아, 체면상 할 수 없이 주는 시늉을 한 걸 수 있지. 하긴 공작이 허락하지 않으면 프로이센 왕도 어쩔 수 없어. 공작이 프로이센 왕에게나 프로이센 궁정에 손을 썼을 수도 있겠네. 그럴 수도 있지, 군주끼린 통하니까. 공작이 아마 프로이센 왕실과도 인척 관계일 걸. 그래, 원래부터 프로이센 왕실과는 가깝지. 공작은 쉴러를 원했던 게 아니고 괘씸했던 걸 수 있어. 역시나 밉보였군. 독일에선 군주에게 밉보이면 국물도 없어. 여기도 그래. 말조심해, 이 친구가 궁정을 드나드는 귀족이야. 그렇지 귀족 나리가 있는데 함부로 얘기하면 안 되지. 무슨, 이 친구가 우리에게 알려줬잖아. 그래도 귀족 친구, 지금까지 얘긴 못 들은 걸로 해줘.

8. 쉴러의 죽음

베를린으로 가는 데 실패한 그는 그해 자주 병에 시달린다. 7월 하순 그의 가족은 막내딸 에밀리에의 출산을 위해 아는 의사가 있는 예나로 갔다. 그런데 출산 전날 그가 갑자기 심한 복통으로 쓰러진다. 궁정 의사이자 예나대학 의학 교수인 슈타르크는 거의 희망이 없다는 말까지 했다. 하지만 그는 조금씩 기운을 차렸다. 강인한 정신력 덕분인지 모른다. 그 와중에 10월에는 뷔르츠부르크 신문이 그의 사망 소식을 알리기도 했다. 그래도 그를 끈질기게 따라다니며 괴롭힌 육체의 병은 오히려 그에게 현실의 근심과 고통을 잊게 하고 창작의 심지를 돋우는 에너지가 되었다. 그사이에도 일어날 힘만 있으면 글을 썼다. 그는 불사조였다.

그렇게 겨울까지 병석에 있던 그가 이듬해 봄이 되자 건강이 호전되는 듯했다. 잘 가지 않던 궁정의 연회나 모임에도 여러 번 참석했다. 4월 하순에는 친구에게 보낸 편지에서 좋은 계절이 와서 다시 기운을 차렸다고 전한다. 그리고 50세까지만 살 수 있기를 빌었다. 며칠 후 5월 1일 초저녁. 연극을 보러 바이마르 극장에 들른다.

그날 집을 나서던 쉴러는 문 앞에서 우연히 괴테를 만난다. 괴테도 최근 병에 시달렸다. 그들은 극장 앞까지 같이 가서 헤어진다. 극장에 들어서니 연극을 보러 온 사람들이 쉴러를 보고 인사를 한다. 건강을 묻는 사람도 있다. "괜찮습니다. 많이 나아졌어요."

연극배우들도 줄줄이 그에게 와서 반갑게 인사한다. 작년부터 괴테는 물론 그의 집도 자주 찾는 바이마르의 공국 학교 빌헬르미눔의 젊은 선생 포스가 그의 곁을 지키고 있다. 포스는 그가 존경하는 쉴러가 궁정이나 극장에 가면 보통 동반했다. 젊은 선생은 쉴러를 지정 관람석으로 들여보내고 아래층 일반 관람석으로 내려간다. 그 순간 쉴러는 정말 기력을 회복해 어느덧 삶의 마지막 바람이 돼 버린 쉰 고개를 넘을 수 있을 것만 같은 기분이 들었다.

쉰 살이라. 그러면 『데메트리우스』를 완성하겠지. 그리고 내 삶과 이 시대를 정리하는 자서전도 써야지. 달포 전에 괴테와 얘기한 제목인 〈연극과 진실〉이 어떨까? 괴테는 그렇다면 연극보다 시(詩)가 더 어울린다는 의견이었어. 하지만 삶의 근본적 진실을 드러내는 건 연극이야. 어쨌든 그렇게 되면 그건 선물이지. 사랑하는 아이들과 아내에게 넉넉진 못하겠지만, 유산도 남길 수 있을 거고. 신은 내게 마지막 선물을 허락하실까?

그사이 문틈으로 들어온 한 줄기 빛이 눈앞에서 남실댄다. 문득 집을 나설 때 우연히 만난 괴테가 생각났다. 수척한 얼굴. 무거운 발걸음. 그의 발은 어설프게 바닥에 끌리고 있었다. 그도 최근엔 무척 힘들어했다. 하긴, 지난겨울부터 몇 번씩이나 병석에 누워있었으니. 내겐 그런 병석의 생활이 이미 익숙한 일상이지만, 그에겐 여전히 힘든 모양이다. 집 밖 외출을 할 수 있게 된 것도 얼마 전의 일이라 했어. 역시 병마(病魔)와도 나름으로 교류하는 요령이 있어야 한다. 내가 젊어서부터 십수 년 동안 몸으로 체득한 병과의 동거 요령을 그는 아직도 터득하지 못한 것 같다. 그래도 어제 받은 편지에서, 최근 『라모의 조카』 번역을 마무리했다는 걸 보면, 이젠 거의 정상적인 기력을 찾은 것만 같았다. 그런데 오늘 직접 얼굴을 대하고 보니 의외로 그렇지 않았다. 윤기 없이 수척한 얼굴엔 수심이 깊었다.

그의 이마의 가로 주름들과 높은 코 좌우로 흘러내리는 두 갈래 주름의 골이 깊게 패 두드러져 보인다. 옆으로 더욱 초라해 보이는 덩그런 광대뼈. 그 위로 머리카락 몇 가닥이 비스듬히 걸려 있다. 희고 가는 머리카락은 바람에 바르르 떨고 있다. 극장 불빛의 광선이 문득 그 위에서 부서지고 순간 정적이 흐른다. 깊고 짧은 고요. 뒤이은 회상.

"쾌차하셨군요?"

둔탁한 음향으로 전해 오는 그의 인사. 끝음절의 둔중한 떨림. 병약해진 몸 때문일까? 평소의 발음과는 다른 울림이다. 그래도 그 속에 따뜻한 기운이 전해진다.

"아니, 아직 그렇진 못합니다. 겨우 숨돌리는 것뿐이죠. 추밀고문관께선 많이 건강해지신 모양입니다."

"그런 셈이죠. 나보다야 공께서 빨리 회복하셔야지."

의외로 그의 인사가 짧다. 하지만 끝마디의 울림이 사라지기 무섭게 이내 말을 잇는다.

"오늘이 5월이죠? 그래도 공기가 찹니다. 빨리 가십시다. 이런 찬 공긴 특히 폐에 좋지 않아요."

그는 서둘렀다. 아니 허둥댔다고 할까. 바닥에 끌리던 발의 움직임이 가볍게 엉켰다. 보폭은 불규칙하고 발걸음은 일그러져 뒤뚱댄다.

"아직 시간이 좀 있습니다. 너무 서두르시지 않아도 됩니다."

순간 그가 움찔한다.

"이런, 내가 실수했습니다. 공께선 아직 불편하실 텐데…."

그가 불현듯 내 손을 살짝 잡는다. 미안함의 표시였을까? 어색한 긴장. 그 얼굴에 겸연쩍은 미소가 스친다. 그 위로 5월의 석양이 비켜 갔다.

연극이 막 시작되고 있었다. 쉴러는 여전히 상념에 잠긴 듯 보인다. 그러고 보니 이 극장은 많은 것을 가져다준 곳이다. 20대의 혈기 왕성했던 그가 감행한 최초의 모험은 연극 「도적들」을 만하임 극장에서 공연하게 한 것이다. 그 성공으로 어쩌면 평생 가야 할 길은 이미 시작되었다. 바이마르는 그와 같은 탈영병이 독일이란 사회에서 합법적으로 정착할 수 있게 해준 곳이었고, 이 극장은 그것을 위한 훌륭한 수단이었다. 그뿐이랴. 이 극장에서 프로이센의 프리드리히 왕 내외를 알현하는 영광도 얻었다. 루이제 왕후와의 인연도 그때 시작됐다. 그날 베를린으로 초대를 받았고, 그 때문에 작년에 가족들을 이끌고 베를린으로 여행을 떠났다. 베를린! 작년 베를린으로 이주하지 않은 것이 과연 잘한 일이었을까? 지금도 그 점에선 자신이 없다. 그는 조용히 한숨을 내뱉었다.

이때 불쑥 누군가 그의 관람석으로 들어온다. 좀 전 극장 로비에서 인사를 나눈, 베를린에서 온 프로이센 궁정고문관이라는 사람이다. 로비에서 그의 이름을 들은 것만 같은데 기억이 나지 않는다. 그는 로비에서 쉴러를 발견하곤 다가와서 자신을 프로이센 궁정고문관이라고 소개하면서, 작년에 베를린에서 쉴러를 봤다고 인사했다. 바이마르에 있는 지인을 만나러 전날 바이마르에 도착했다며, 안부와 건강도 물었다. 쉴러는 어색한 웃음을 지으며 괜찮다고, 고맙다고 대답했었다.

그는 따뜻한 펀치 한 잔을 가지고 와서 쉴러에게 내민다. 공연 도중 마시면 몸의 한기를 몰아내고 기분을 상쾌하게 할 것이란 말을 담는다. 웃으며 건네는 그의 손이 무척 희다. 푸른 핏줄이 비친다. 유난히 눈부시게 살랑거리는 불빛. 그 속에 희고 가는 손가락이 가볍게 떨린다. 약한 바람.

"고맙습니다."

"별말씀을요. 바이마르로 오면서 선생님도 만날 수 있으면 했습니다. 이렇게 바이마르 극장에서 뵙다니 영광입니다."

그는 궁정에 드나드는 사람답지 않게 쉴러를 선생님이란 친근한 호칭으로 부른다. 바이마르에서도 공직에 있거나 궁정 주변의 인사는 쉴러를 의례 고문관이란 호칭으로 불렀다. 독일인들은 상대의 직함을 불러주는 것이 예의라고 느낀다. 궁정에서 받은 직함이라면 더욱 그렇게 여긴다. 듣는 사람도 그것을 더 좋아하고, 만약 그렇게 불리지 않으면 무시당했다고도 생각한다. 하지만 과거 탈영병의 처지에서 합법적으로 글을 쓸 수 있는 수단으로 직함이 필요했던 그였지 이제 직함 따윈 별 의미가 없다.

그에게 처음으로 공식적 직함, 그것도 궁정고문관이란 듣기 좋은 직함을 제안한 사람은 지금의 바이마르 공작이다. 비록 정식으로 녹(祿)을 받지 못하는, 이름뿐인 직함이었으나 당시 쉴러는 그 은혜에 감읍했다. 그때 바이마르 공작을 어쩌면 군주로 섬길 수도 있을 것이란 희망을 품었다. 하지만 그건 이미 지난 얘기일 뿐. 그래도 바이마르의 사람들은 그를 항상 궁정고문관으로 불렀고 궁정에 들어갈 때면 더욱 그랬다.

바이마르 궁정에 무도회나 행사가 있으면 그는 정장 예복을 입고 갔다. 온몸을 감싸는 그 옷을 입으면 마른 체구는 드러나지 않고 외려 훤칠한 키가 돋보여 마치 기골이 장대한 장군처럼 보였다. 궁정의 시종들도 그런 인사를 했다. 포도주를 잔뜩 마신 작은 키의 괴테는 놀리듯 빙그레 웃으며 장군님이라 불러대곤 했다. 괴테의 궁정 예복 역시 그랬지만, 쉴러가 입은 것은 우스운 모양이었다. 그럴 때면 무안하고 기분이 언짢았다. 한 번은 무도회 도중 거나하게 취하자 그는 키 작은 괴테를 보며, 키 큰 장군처럼 보이는 것은 자신이 아니라 괴테라고 큰 소리로 웃었다. 무슨 말씀을. 괴테는 불그레한 얼굴에 정색하며 말했다. 잠시 침묵이 흐르고, 쉴러가 피곤하다며 곧 자리를 뜨는 모습이 보였다. 그 후 한동안 무도회에서 쉴러의 모습은 보이지 않았다.

사실 궁정 무도회에 참석해도 쉴러는 개밥에 도토리였다. 참석 귀족들은 대부분 그에겐 처음 인사만 건넬 뿐 자신들끼리 어울렸다. 가끔 참석하는 공작은 더욱 그랬다. 참석한 귀족들이 기다리고 있으면 예정 시간보다 조금 늦게 도착하는 공작은 무도회장에 들어서면서 나이 많은 귀족들에겐 다가가서 말을 건네고, 측근들이나 익숙한 귀족들에겐 친근한 눈인사로 인사했지만, 그에겐 한 번도 직접 다가와서 안부를 묻거나 그 흔한 눈인사도 거의 건넨 적이 없었다. 항상 쉴러가 먼저 공작에게 다가가서 인사를 올리면 그제야 아는 척을 했다. 그러니 참석한 누구도 그에게 관심을 두지 않았다. 가끔 연극에 관심 있는 몇 사람들만, 그들도 대부분 부인이지만, 그에게 와서 인사를 건넸다. 다만 괴테가 오면 항상 그에게 와서 안부를 묻곤 했을 뿐이다. 그러니 그는 잊을만할 때가 돼서야 거의 의무적으로 귀족들의 무도회에 참석하곤 했다.

그런데 이제 선생님이라는 말을 들으니 새삼스러웠다. 마치 그 한 마디에 잃어버린 자신 모습을 발견한 듯한 느낌이 밀려왔다.

"왕후께서는 잘 지내시죠? 최근엔 문안을 드리지 못했습니다. 사실 작년까진 궁정의 연락을 기다렸는데, 그러다 보니 문안도 드리지 못했군요."

쉴러는 특히 자신에게 관심을 보여주었던 왕후의 안부를 묻는 것으로 개인적 인사를 건넨다.

"그러니까 그게…, 혹시 바이메의 연락을 기다리셨단 말씀이죠?"

그는 잠시 뜸을 들이다 쉴러를 쳐다보며 묻는다. 그 얼굴에 무언가를 알고 있는 듯한 묘한 표정이 스쳤다.

"그걸 어떻게…? 내 얘기를 알고 있나 보군요? 하긴 궁정에 계신다니 그럴 수도 있겠군요. 바이메 추밀고문관도 잘 아시는 모양이네요. 그분이 아직 궁정에 있죠?"

쉴러는 살짝 당황한 듯 상기된 얼굴을 하며 말을 잠시 더듬다가 화두를 찾았다.

"네, 물론이죠. 하지만 궁정에서보다는 내각에서 점점 더 많은 중책을 맡고 계십니다만…"

"아, 그런가요. 아마 그래서 나와 문통(文通)도 뜸해진 거군요. 그러니까 국무에 너무 바빠서… 그렇지 않아도 궁정에서 뭔가 일이 있는 게 아닌지 생각도 했습니다만. 어쨌든 그분이 중책으로 바쁘다니 알겠습니다."

쉴러가 다소 실망하는 듯한 투로 말을 가로채듯 대꾸하자, 상대는 순간 정색을 하며 말을 잇는다.

"아마 바이메 장관 외에도 궁정에서 정식으로 연락이 오긴 어려울 것 같습니다. 그래서 말씀인데," 그는 갑자기 상체를 쉴러에게 기울이면서 목소리를 낮춘다. "궁정에선 그사이 적지 않은 일이 있었고, 지금도 어수선합니다. 자세한 말씀은 드리지 못하지만, 궁정을 움직이는 실세들이 사실상 바뀌는 중이라 할 수 있죠. 그래도 왕후마마께서는 잘 계십니다. 국왕께서도 그렇고요."

"프로이센 궁정에도 실세들이 존재한다는 말이군요. 짐작은 했지만 조금 당혹스럽군요."

쉴러의 말에 그는 얼핏 의미심장한 미소를 지으며 대답한다.

"프로이센 궁정에는 뒤에서 궁정을 움직이는 실세들이 있다는 건 공공연한 비밀이지요. 특히 왕이 바뀌면 보통 실세들도 바뀌지만, 그렇다고 바뀐 실세들이 그대로 유지된다는 법은 없습니다. 왕의 재임 중에도 궁정의 권력 구도는 항상 바뀔 수 있지요. 이번 경우도 그런 상황입니다."

"대체 어떤 실세에서 어떤 실세로 바뀌었다는 말인가요?"

그는 바로 대답하지 않고 잠시 뜸을 들였다. 쉴러가 순간 후회하며 질문을 접고 다른 말을 하려는 찰나, 그가 말한다.

"사실은, 선생님이 작년 베를린을 다녀가기 얼마 전부터 궁정의 공기가 많이 달라지고 있었습니다. 왕 측근의 권력 지형도가 바뀌고 있었지요."

"바이메 장관도 왕을 지근(至近)에서 모시는 분이 아니던가요?"

"그게 말입니다, 물론 외부적으로 그는 여전히 왕의 측근으로 보입니다만, 이제 그분은 내각의 일에 집중하지 궁정에서는 크게 역할을 하고 있지 않습니다. 그 말인즉, 사실상 더는 왕의 측근이 아니라고 할 수 있죠. 그것은 권력 지형도의 미묘한 변화를 알려주는 징표라 할 수 있어요."

"허, 그래요? 그것도 모르고 한때 그의 편지를…, 그렇지만 그럴 형편이 아니었군요."

그는 다시 묘한 표정을 지으며 쉴러의 말을 낚아챘다.

"무슨 말씀인지 알고 있습니다. 그가 선생님께 편지를 줄 형편이나 위치에 있지 않았으니까 편지를 받지 못하신 거죠. 원래 바이메는 현왕이 선왕에게서 왕권을 물려받고 자신의 왕권에 대한 정당성을 세우는 데 공을 세운 공신 그룹에 속했습니다. 선왕은 살아 있을 땐 현왕인 왕태자에 관심이 없었고, 신임하지도 않았어요. 자유분방한 낭만주의자인 그는 정실(正室) 왕후 외에도 그가 사랑하는 애첩 혹은 소실(小室) 부인에게서도 자식들이 있었기에, 애정이 없는 왕후가 낳은 장남이니 차남이니 하는 자식들엔 별로 관심이 없었어요. 따라서 현왕은 당시 왕실의 법에 따른 적법한 왕위계승자였지만, 늘 불안에 떨었지요. 장남이 프로이센의 왕이 되기에는 남자답지 못하고 우유부단하다는 게 부왕의 의견이었지요. 하지만 사실은 그는 난봉꾼으로 소문이 나서 왕태자가 훨씬 국민에게 인기가 많았기 때문이었죠. 어쨌든, 부왕이 왕위를 다른 왕자에게 물려주고 싶어 한다는 풍문이 궁정에서 퍼졌어요. 그렇지만 바이메를 비롯한 왕태자의 측근 인사들은 왕실의 법과 정통성을 근거로 그를 적극적으로 옹호했습니다. 그러다 부왕이 갑작스럽게 병을 얻는 바람에 왕태자는 왕의 직무를 대신했고, 왕의 죽음 이후에 무사히 왕권을 물려받았습니다. 만약 선왕이 건강해서 조금 더 살았더라면, 궁정의 일부 귀족들은 선왕의 의도를 내세우며 장남의 등극을 반대하고 어쩜 애첩 아니 소실 부인의 아들을 왕으로 추대하려고 했을 겁니다. 결국 현왕은 무사히 권좌에 올랐고, 자연스럽게 바이메 그룹은 왕의 측근으로 궁정을 장악했습니다. 물론 반대파들은 궁정에서 축출됐고요."

"그런데, 대체 그 축출된 반대파들은 누군가요?"

"그게 말이죠…. 선왕의 측근 총신(寵臣)들이 그들입니다. 물론 그들 중 핵심은, 들어보셨는지 모르지만, 궁정에 들어온 심령술 목사나 정치군인 같은 사람이었죠."

"심령술 목사와 군인이요?"

"그러니까, 혹시 들어보셨는지, 아마 이름은 아실 수도 있을 겁니다. 뵐너와 비숍베르더라고…"

쉴러는 그제야 미간을 약간 찌푸리더니 고개를 끄덕이며 말한다.

"아…, 들어본 것 같습니다. 뵐너는. 목사 출신의 개혁적 정치인이라고…."

"글쎄요, 개혁이라기보다는, 기껏해야 간교한 이상주의라고 할까요. 아니, 사실상 그 둘은 자신들의 이상을 달성하기 위해 교묘히 심령술 조직과 종교를 사용해 왕에게 영향력을 행사한 간교한 인물들 이상도 이하도 아니라고 할 수 있죠."

"그런가요…. 어쨌든, 그러면 왕이 그들을 내친 것은 현명한 일이군요. 그리고 왕은 바이메 추밀고문관의 공을 인정하지 않을 수 없겠네요."

"바이메 장관만이 공신은 아닙니다. 사실상 그것에 더 중요한 역할을 한 공신들이 있습니다."

"그래요? 그들이 누군가요?"

"멩켄 장관을 중심으로 한 궁정 신하 그룹입니다. 말하자면 재무장관 슈트루엔제와 법무장관 레케 등도 그 그룹의 핵심 멤버라 할 수 있습니다. 그리고 멩켄을 지원한 사적인 지인들도 있어요. 일종의 궁정 안팎의 간접 공신이라 할 수 있는 인사들이죠. 그러니까 멩켄의 오랜 친우로 알려진 신학자 헹케와 왕의 두 왕자와 공주의 교육을 맡은 델브뤽 등이 그들이죠."

"아, 멩켄은 들어봤습니다. 그런데 슈트루엔제 장관은 덴마크의 그 슈트루엔제와 같은 집안인가요?"

쉴러는 지인으로 알고 있는 출판사 사장 웅어로부터 멩켄의 이름을 들었던 기억이 났다. 웅어는 쉴러와도 문통이 있었는데, 한번은 멩켄을 훌륭한 정치지도자로 인정하면서 그를 개혁적 계몽주의자로 신뢰한다는 말을 한 적이 있었다. 그러면서 한때 덴마크를 사실상 통치하다 덴마크 귀족들의 쿠데타를 통해 실각한 저 유명한 슈트루엔제를 언급하며, 그가 덴마크의 반(反)계몽주의자들 음모에 걸려들어 참수당했다고 개탄하기도 했다.

"네, 맞습니다. 덴마크에서 불행하게 참수당한 독일인 통치자 슈트루엔제가 그의 친동생입니다."

"아하, 그렇군요. 그 안타까운 덴마크의 독일인. 멩켄이나 슈트루엔제의 이름만 들어도 그들은 계몽 개혁을 믿는 인사들 같군요. 그들이라면 어느 정도 신뢰할 수 있겠네요. 그들을 측근으로 둘 수 있는 것은 현왕이 명민하다는 말이지요."

쉴러의 의견에 상대는 또 한 번 묘한 표정을 지으며 잠깐 머뭇거리다, 미리 준비한 듯 계속 말을 이어간다.

"그럴 수 있지요. 그런데 그게 꼭 그렇지만은 아닌 게…, 그사이 왕은 그 공신들을 멀리하거나 사실상 내치려고 했습니다. 바이메도 비슷하지만 내치지는 않고, 더는 가까이 두지 않으려고 내각으로 보낸 겁니다."

"네? 그게 무슨 말인지, 자신의 공신을 내친다고요?"

"어쩜 믿기 힘드시겠지만, 제 판단은 그렇습니다. 변심한 거죠. 폐하가 왕위에 오른 후 멩켄을 비롯한 공신 그룹은 궁정의 요직을 차지해서 권력을 누렸어요. 왕은 처음에 그들과 일일이 국정을 의논해서 결정했어요. 근데 그들의 정치적 성향이 같지는 않았어요.

대체로 계몽주의자들이라고 할 수 있으나, 진보적 계몽주의자들과 보수적 계몽주의 인사들로 성향이 달랐다고 할 수 있어요. 물론 그들의 공통점은 모두 프로이센의 역사와 그 우월성을 강조하는 원칙적으로 국가주의자들이라는 점은 있죠. 프로이센이 독일에서 가장 우수한 정치와 법, 군대와 문화를 가진 나라로 자부했거나 그렇게 만들려고 했어요. 보수적 인사들은 선왕의 백부 프리드리히 대왕의 치세를 모범으로 삼았죠. 당연히 국정의 기조는 프리드리히 대왕 때처럼 강력한 프로이센을 만드는 것이었고, '프로이센을 다시 위대하게 만들자'가 그들의 구호였어요. 하지만 진보적 그룹의 인사들은 프리드리히 대왕의 프로이센이 목표가 아니라 프로이센을 근본적으로 개혁하는 걸 목표로 했어요…"

갑자기 그가 잠시 말을 끊는가 싶더니 다시 목소리를 줄이면서 은밀한 톤으로 말을 했다.

"그들은 프랑스혁명을 공개적으로 찬성하고 지지하지는 않았지만, 그 혁명에 부정적이지 않은, 아니, 긍정적으로 동조하는 인사들이라 할 수 있습니다. 프랑스의 혁명적 변화를 다소 낮추어서 제도적으로, 법적으로 독일에서도 적용하는 것을 개혁이라고 생각하는 사람들이라는 게 사실입니다. 그래서 사람들이 그들을 야코비너라고 의심하는 것도 무리가 아닙니다. 선생님은 프랑스혁명을 어떻게 생각하실지 모르겠지만…. 아, 물론 혁명을 지지하지는 않으시겠지만, 프랑스에선 선생님을 그들 마음대로 생각하니까요…, 아, 그렇다고 제가 뭘 잘 알아서 하는 얘긴 아닙니다. 그저 그런 소문이 있다는 것이지요."

"네? 대체 무슨 소문을 말씀하시는지?…"

쉴러가 놀라며 영문을 모르겠다는 듯 반문했다. 상대는 그 반응에 살짝 당황하며 말을 얼버무리듯 반응한다.

"아닙니다, 무슨 특별한 소문이 있다는 게 아니라, 저잣거리 호사가들이 이말 저말 하는 걸 말씀드린 겁니다. 프랑스에서 주요 인사들, 아마 그들 중에는 혁명을 주도했던 인사들도 있겠죠, 선생님을 프랑스로 모시고 싶어 한다는…. 그렇더라도 그건 순전히 그들만의 생각이겠죠? 흐흐."

이때 그는 쉴러의 눈치를 슬쩍 살핀다. 하지만 상대가 아무 반응을 하지 않자 계속 말을 잇는다.

"아마 작년 베를린에서 선생님을 프로이센으로 모시려 했던 것도, 물론 선생님을 존경하는 왕후께서도 추천했지만, 당시 왕의 진보적 측근들이 결정했다고 할 수 있습니다. 그들은 선생님을 프리드리히 대왕의 볼테르로 생각했던 것 같아요. 어쨌든 국왕께서도 처음에는 그들의 의견에 충실히 따르는 듯했습니다. 문제는 이런 상황에서 늘어나는 건 왕의 권력이 아니라 측근들의 권력이었다는 점입니다. 모르긴 해도 점차 왕은 그들의 권력이 커지는 것에 두려움을 느꼈을 겁니다. 그들의 조언은 왕에 대한 간섭으로, 왕권에 대한 무시로 느껴졌겠죠. 이 틈에 궁정에서 축출됐던 신하들이 다시 등장했죠. 왕이 그들을…."

"그러니까 그들이 실세가 됐군요. 구체적으로 어떤 사람들인가요?" 쉴러가 급하게 상대의 말을 끊고 묻는다.

"원래 왕의 측근들은 교회와는 거리를 둔 계몽주의자들이었습니다. 그런데 왕이 종교심이 강하다 보니 교회를 중심으로 한 세력들을 가까이 두기 시작했어요. 대체로 그들은 폐쇄적인 교조주의자들이 핵심인데, 급진적 원리주의 집단도 가담했어요. 그리고 무엇보다 그들 중에는 선왕의 측근 세력 중에 속했던, 이를테면 로젠크로이처라고 들어보셨는지요? 그 로젠크로이처 집단에 속한 사람들도 있습니다. 그들은 프로이센이 교회를 중심으로 한 강력한 국가가 되기를 바라죠. 아마 그것에 걸림돌이 되는 사람들이 있다면 그 누구라도 가차 없이 제거해버릴 겁니다."

이 말에 쉴러의 표정이 굳어졌다. 그리고 혼잣말처럼 내뱉었다.

"로젠크로이처라, 그래, 로젠크로이처. 급진적 원리주의자들…."

"아, 선생님 그렇게까지 염려할 필요는 없습니다. 그들은 겉으로는 자신들을 급진적 교조주의자라기보다는, 진보적 계몽주의자라고 말하니까요. 물론 제가 보기엔 교회를 거점으로 진보와 계몽을 이용해 권력을 좇는 선동 집단일 뿐입니다만…."

그는 갑자기 주변을 살피며 말을 끊었다. 그러자 쉴러가 안달이 나는 듯 다시 묻는다.

"진보와 계몽을 이용한 선동 집단이요? 선동이란 뭘 말씀하시는지?"

상대는 잠시 뜸을 두다 정색하며 말한다.

"선생님께서는 자신을 진보주의자라고 생각하시나요?" 의외의 질문에 적잖이 당황한 쉴러.

"글쎄요. 나 자신을 진보주의자라고 생각지 않습니다…." 그리곤 말을 끊으며 무대를 잠시 내려 본다. 이어 고개를 가로저으며 말한다.

"그래요. 난 지금까지 나를 넓은 의미의 계몽주의자로 생각했지, 한 번도 진보주의자로 생각해 본 적이 없어요."

"하지만 독일 전역의 많은 사람 그리고 프랑스 사람들조차 선생님을 진보주의자, 그것도 대표적인 진보적 인사로 여기고 있습니다. 저 자신도 그렇게 생각하고 있습니다만. 사실 선생님의 명성은 바로 그 진보성에서 나온다고 생각합니다. 선생님의 연극을 아는 사람은 더욱 그럴 겁니다. 그래서 좋아하는 사람들이 대부분일 거구요. 아마 이곳 바이마르 시민들도 그럴걸요? 혹시 바이마르 궁정에서는 어떻게 생각할지 모르지만요…."

그는 말을 끊으며 다시 상대의 눈치를 잠시 살폈다. 쉴러는 이에 개의치 않고 그 틈을 타 대답한다.

"그래요? 그럴지도 모르지요. 하지만 그렇담 날 정확하게 알지 못하는 겁니다. 난 진보주의자도 그렇다고 보수주의자도 아닌 본원적 의미의 계몽주의자일 뿐입니다. 그게 답입니다."

"본원적 계몽이라, 그럼 계몽과 진보는 다른가요? 제 눈에는 같은 것으로 보입니다만."

"아닙니다. 그건 다른 거예요. 지금의 독일은 더욱 그렇지요. 어쩌면 혁명 전, 아니 혁명 직후 프랑스는 같았는지 모르겠으나, 지금 그곳은 아닙니다. 안타까운 일이죠."

"글쎄요, 둘이 어떤 점에서 다른지요? 그리고 혁명 직후 프랑스라…, 모르는 사람이 들으면 오해할 수 있겠습니다. 의외의 말씀을 들으니 자꾸 물을 수밖에 없어 죄송합니다만."

하지만 쉴러는 상관없다는 듯이 거침없이 대답한다. 순간 그의 눈이 예리하게 빛났다.

"그건 간단히 말씀드릴 수 있어요. 원래 계몽이란 인간의 이성과 감성의 힘과 그 조화 가능성을 믿는 것이고, 진보란 인간의 오성과 감성의 힘을 수단으로 이용하는 것이지요. 전자는 인간을, 인간의 본성을 믿고 인간 자체가 목적이라면, 후자는 자신의 목적이 더 중요하죠. 때론 인간의 오성과 감정도 그 목적을 위한 수단일 뿐이죠."

"그럼 진보주의자는 목적이 뚜렷한 사람이겠군요. 보수주의자는 그렇지 않고요?"

"상대적으로 그렇습니다. 보수는 인간보다는 경험과 전통을, 그리고 전통이 만든 질서를 더 신뢰하죠. 인간의 오성과 감성도 경험과 전통의 산물이라 생각하니까요. 보수의 목표는 경험의 힘과 전통의 질서가 유지되는 것입니다. 그것을 믿는 사람이 보수주의자라고 할 수 있습니다. 만약 사회에서 경험에 따른 전통의 질서가 유지되지 않는다면, 그 질서를 만드는 것을 개혁으로 생각합니다. 개혁적 보수주의는 이렇게 탄생합니다. 그런데 그 질서가 유지된다고 생각하면, 그들에게 더는 목적도, 공동의 목표도 없습니다. 그 순간부터 그저 개인으로 흩어져 지낼 뿐입니다. 하지만 진보주의자들은 다릅니다. 그들은 항상 무언가 목적이 있으며, 새로운 목표를 찾습니다. 그래서 그 목표를 위해 잘 뭉칩니다. 뭉칠 명분을 찾아 그것을 이성적이라고, 합리적이라고 선전하고 실제로 그렇게 믿기도 합니다. 하지만 그건 목표를 위한 도구일 뿐입니다. 자신의 목적을 이루기 위해 사용하는 수단이죠."

"묘한 얘기군요. 그럼 지금 독일의 진보주의자들도 그런가요? 그들은 어떤 목표를 가지고 있습니까?"

"글쎄요, 이 자리에서 그걸 말하는 것이 적당한지 모르겠습니다. 다만 내가 이런 인식을 얻게 된 건 독일의 진보주의자들을 경험한 덕택이라고 고백하겠습니다. 그래서 내가 진보가 아닌 계몽주의자인 걸 깨닫게 됐지요."

"계몽주의자는 다른 모양이죠?"

"말했듯이, 계몽주의자는 인간을 수단으로 삼지 않습니다. 아니, 삼지 않아야 합니다. 인간을, 그리고 인간의 이성과 감성의 힘과 그 조화의 힘을 믿는 것이 목적일 뿐입니다. 엄밀히 그 믿음이 바로 이성이라 할 수 있습니다. 그 외에는 아무것도 믿지 않고 어떤 목표도 없습니다. 그러니 진보주의자도 보수주의자도 아니죠. 또 때에 따라 보수주의자도 진보주의자도 될 수 있습니다."

쉴러의 말에 상대는 가벼운 한숨을 쉬며 말한다.

"어려운 애기 같습니다. 어쨌든 지금 프로이센의 궁정은 교조주의자들, 아니 선생님의 말씀을 듣고 보니 교조적 진보주의자들이 어쩌면 더 적당한 표현일까요? 어쨌든 그런 인사들이 점령한 것이네요. 특히 왕의 측근은 더욱 그렇겠군요. 지금 그들의 목표는 뚜렷하니까요."

그러자 쉴러가 관심을 보이며 묻는다.

"어떤 목표를 가지고 있단 말씀입니까?"

"그건 여기서 말씀드리긴 애매합니다. 제가 말씀드릴 수 있는 건, 그들은 새로운 프로이센을, 아니 새로운 질서를 바란다는 것이죠. 지금까지와는 다른 새로운 권력, 새로운 궁정, 새로운 교회 그리고…. (목소리를 낮추며) 선생님께만 말이지만, 새로운 왕도 바라지요…."

충분히 암시를 주는 대답이었다. 쉴러는 더 묻지 않는 게 좋을 듯해 대꾸를 못 하고 있었다. 이때 그가 다시 말을 던진다.

"어쨌든, 이제 프로이센의 궁정은 프로이센 전역에서 새로운 질서와 전통을 만들려고 합니다. 왕의 새로운 측근들이 중심이 되어서요. 하나, 그들은 주요 대신들은 아닙니다."

"주요 대신들이 아니라고요?"

"그들 집단은 정치에 직접 나서지는 않고 뒤에서 조정할 뿐입니다. 궁정 대신은 물론, 내무, 외무, 국방까지 주요 대신들은 모두 그들의 조정을 받는 게 사실입니다. 모두 그들의 눈치를 보고 있죠. 그렇습니다. 그들은 사실상 허수아비죠. 만약 그들의 심기를 거스르면 그 자리를 유지할 수가 없으니까 누군들 그들의 눈치를 보지 않겠어요? 그들은 왕도 움직입니다."

"설마, 프로이센의 왕께서 그렇게 휘둘릴까요?"

"아닙니다, 지금은 왕이 달라졌어요. 그 세력들에게 둘러싸여, 아니 포위되어 있으니까요. 어쩌면 왕은 이제 그 집단 외엔 의지할 세력도 없는 것 같습니다."

"정말 그렇담, 왕이 측은하군요…."

"확실한 건, 지금 그들은 베를린 궁정에서 무소불위의 권력을 휘두르고 있다는 겁니다."

그리고 다시 목소리를 낮추어 속삭이듯 말한다.

"선생님, 그들의 궁극적 최종 목표가 뭔지 아십니까?"

"새로운 프로이센 외에 또 있다는 말입니까?"

그는 의미 있는 미소를 던지며 대답한다.

"그건 간단합니다. 그들의 궁극적인 목표는 왕은 죽어도 50년, 아니 100년 이상 계속되는 권력 집단을 이루는 겁니다. 그것을 실현하는 것이 그들의 원래 목표입니다. 간단하지요."

"하긴, 권력을 누려본 사람은 그 맛을 잊을 수 없지요. 권력의 맛이란 꿀과 같은 거니까요. 하지만 권력은 예리한 양날의 검과도 같습니다. 권력의 꿀을 핥는 사람은 언제라도 입이 베일 준비가 돼 있어야 합니다. 다모클레스처럼 항상 머리 위로 그 칼이 꽂히는 두려움에 떨면서요."

쉴러의 말에 그는 고개를 끄덕인다.

"안타까운 건, 그들도 원래는 그렇지 않았다는 겁니다. 그들은 진보를 역사의 힘으로 믿는다고 공언했습니다. 그러나 권력의 달콤한 맛은 그들을 그 노예로 만들었죠. 이제 그들은 자신들 권력에 방해되는 건 뭐든 진보의 적이라고 공격합니다. 바로 수구세력이자 국가의 적이라고 규정하니까요. 그들에게 진보와 정의는 참 편리한 도구가 됐습니다, 허허. 그건 그렇고, 바이마르 궁정은 평화롭겠지요?"

너무 솔직한 말을 한 것처럼 느껴졌는지 그는 겸연쩍게 웃으며 화제를 돌리려 했다.

"글쎄, 난 원래 바이마르 궁정의 구성원도 아니고, 궁정도 잘 모르니까 뭐라 말할 수 없습니다. 하지만 조그만 궁정이라도 궁정이란 항상 복잡하고 때론 소란스러운 법이죠. 그래서 궁정을 좋아하진 않습니다. 어쩜 고문관께서 말씀하신 권력이 원래 그런 것이겠죠."

이 말에 프로이센의 고문관은 은근한 톤으로 묻는다.

"궁정엔 자주 가시지 않는 모양이군요?"

"그렇습니다. 최근엔 건강이 좋지 않아 더욱 궁정 출입은 할 수 없었어요."

"아, 사실이군요. 그렇지 않아도 지인과 서신을 주고받던 중 선생님의 건강 소문을 들은 것 같습니다. 바이마르 궁정도 선생님을 많이 걱정하는 걸로 알고 있습니다만. 공작께서도 걱정하시고, 괴테 추밀고문관께서도 역시 많이 걱정하시더군요."

"그런가요? 그렇지 않아도 추밀고문관은 좀 전 집을 나서다 만나 극장 앞까지 함께 걸으면서 잠시 안부를 나누긴 했습니다…. 물론, 그도 병석에 있다가 겨우 회복한 터라 경황이 없어 보였어요."

"그런가요? 제가 알기론, 추밀고문관께선 진작에 회복해서 최근엔 건강에 별문제가 없으시다 들었습니다. 적어도 베를린 궁정에선 그렇게 알려졌어요."

"아, 그런…? 베를린 궁정에서 나도 모르는 괴테 공의 건강까지 알고 있다니 놀랍습니다."

"추밀고문관은 사실 베를린 궁정과는 자주 연락을 주고받는 사이입니다. 모르긴 해도 궁정 대신은 물론 왕의 측근들과도 문통이 닿아 있다고 듣고 있습니다. 그뿐 아니라 아우구스트 공작 역시 궁정 대신이나 수상과 거의 정기적으로 연락하고 있는 걸로 알고 있습니다. 어쩌면 중요한 일이 있으면 왕께 직접 보고도 할 겁니다."

"공작이라면 당연히 그럴 수 있겠죠…."

"사실 최근엔 공작을 통해 선생님의 근황도 보고됐다는 말을 들었습니만…. 저도 전해 들은 거라 확실친 않습니다."

"네? 무슨 보고를요?" 뜻밖의 말에 놀라는 쉴러.

"그게 말입니다, 제가 말할 처지가 되는지 모르지만…."

그리곤 그는 깊고 길게 한숨을 쉬었다가 작심한 듯 말을 잇는다.

"공작이 선생님을 잘 감시하고 있다는…. 아, 물론 선생님을 보호하기 위해서겠죠. 그렇지만 선생님은 늘 공국의 안위에 위험한 인물로 분류되어 있다는 말도 들리더군요. 베를린 궁정도 같은 의견이라고 하고요. 현재 왕의 측근들이 그렇게 생각한다는 말이지요. 사실상 그들이 문제죠. 왕의 마음을 움직이니까요. 그래서 지금의 왕은 작년의 그 왕이 아닐 겁니다. 그렇지만 추밀고문관 괴테께서도 지금까지 그 상황을 잘 알고 있었고, 선생님을 옹호하시니 별일이야 있겠습니까?… 사실 제가 오늘 온 것은 선생님께 이런 상황을 귀띔이라도 해드리고, 항상 조심하시라는 말씀을 드리고자 해섭니다…. 이런, 이제 연극이 시작될 시간이군요. 잠깐 안부를 여쭈려고 왔는데, 이렇게 오래 선생님을 붙들고 시간을 뺏었네요. 미안합니다. 그럼, 편안하고 즐거운 시간 보내십시오."

그가 황급히 사라졌다. 쉴러는 놀란 가슴을 진정시키려는 듯 갑자기 펀치를 들이킨다. 그리곤 가슴에 뭔가 콱 막히는 듯한 표정을 짓더니, 가슴을 잡고 부들부들 떨기 시작한다. 무대에서 들려오는 배우들 소리가 어지럽다.

포스는 연극이 끝날 때쯤 쉴러를 찾았다. 그때 그는 이미 거의 말을 못 하고 오한과 통증으로 몸을 떨고 있었다. 소스라치게 놀란 포스가 그를 부축해 집으로 왔다.

쉴러가 죽음으로 가는 짧은 여정은 그렇게 시작됐다. 집으로 와서 침대에 누운 그는 몸을 계속 떨었다. 급히 후쉬케를 불렀다. 쉴러 가족의 주치의 역할을 해온 바이마르 궁정의 슈타르크가 쉴러의 몸 상태를 잘 알고 있었지만, 마침 그는 예나에 가고 없었다. 슈타르크의 제자 후쉬케도 궁정 의사였다. 후쉬케가 도착했고, 환자는 오한과 가슴 통증을 호소했다. 그는 쉴러의 건강이 최근 호전됐고, 그날도 괜찮았던 점을 들어 늑막의 일시적 자극 때문일 것이라 진단한다. 강심제를 처방하고 기침으로 가래가 나오게 가슴에 반창고를 붙인다. 그리고 지켜보자고 했다. 그것이 전부였다.

하지만 그의 상태는 나아지지 않았고 하루하루 악화할 뿐이다. 간간이 손님이 찾아왔고, 모두 그의 모습을 보고 놀랐다. 그는 죽음을 맞이하는 체념의 모습을 보인다. 그리고 마지막으로 할 수 있는 일을 하려는 듯 행동한다. 갑자기 『데메트리우스』 비극의 독백을 적기도 했다. 그러나 점점 몸을 가누는 것도 힘들어지고 의식도 몽롱해지는 것 같다. 그와 말을 하기는 더욱 힘들다. 가끔 무슨 말을 했지만, 알아들을 수 없다. 좀 더 큰 소리로 얘기하라고 하면, 힘겨운 듯 입을 다물고 말라가는 눈만 껌벅거리곤 한다. 혼잣말하는지 입을 웅얼거릴 때도 있었다. 맥박은 약했고 호흡은 고르지 않았다. 그럴 땐 약초를 넣은 물로 목욕을 했다. 그리고 샴페인 한 모금. 그런 것이 처방이었다. 밤에는 꿈을 꾸는지, 환상을 보는지, 손을 저으며 무슨 소리를 내기도 한다.

마지막 날은 웅얼거리는 소리도 내지 않았다. 다시 목욕과 샴페인 한 모금. 의식은 왔다 갔다 한다. 환영과 환청을 경험하는지도 모른다. 그리고 오후엔 잠시 잠이 든 듯했다. 그러다 순간 눈을 뜨고 주변을 보는 것 같다. 이내 호흡이 가쁜지 목을 빼고 몸을 조금 뒤틀었다. 사람들이 모여들었다.

아내와 처형, 아이들이 보인다. 벌써 울고 있는 셋째. 덩달아 우는 막내. 장남 칼은 얼굴을 떨구고, 옆에 선 둘째는 눈물을 훔치고 있다. 진실, 분노, 무슨 말을 하고 싶다. 입술을 움직였지만 말을 듣지 않는다. 이제 시간이 없다. 그들에게 작별 인사라도 하고 싶다. 손을 조금 올렸다. 부인! 만나서 많은 시간 곁에 있어 줘서 고맙고 미안하오. 얘들아! 이 세상에 태어나 내게 와줘서 고맙다. 그리고 처형도 고맙소. 누군가 손을 잡았다. 아마 아내인 것 같다.

그리고 얼마의 시간이 흘렀을까? 그가 손을 떨구었다. 눈은 여전히 뜨고 있었다. 가고 싶지 않은 길을 가는 사람처럼 그렇게 머뭇거리다, 시간이 되자 뒤돌아보지 않고 홀연히 떠났다. 살아남은 사람들의 슬픔을 남겨둔 채. 1805년 5월 9일 늦은 오후였다.

9. 코바리드

차는 들판을 가르며 도로를 달렸다. 여기저기 소들이 풀을 뜯는 들판 사이로 옥수수밭도 많이 지나친다. 그는 차를 몰 때는 영락없는 이탈리아 사람이다. 좁은 도로도 거침없이 속도를 내며 위험하게 달린다. 신호등에 막히면 항상 독일어로 샤이세라 외친다. 앞차가 조금 늦게 가거나 화물차가 1차선 도로에서 길을 비켜주지 않으면, 바보 천치 같은 놈이라 몇 번이고 소리를 지른다. 급할 게 없다고 말해주고 싶었지만, 서로 불편할 것 같아 그냥 웃었다.

그는 어쩌면 이탈리아 사람 특유의 다혈질도 가지고 있겠지만, 속도를 진보로 이해하는 서양의 사고를 유전자 또는 밈으로 받았는지 모르겠다. 유럽 국가는 모두 속도를 즐긴다. 특히 잘 나간다는 국가는 더욱 그렇다. 그들의 머릿속엔 속도가 앞서는 것이라는 공식이 있다. 서양뿐이랴. 어느 사회든 잘 나간다는 사람들은 급하다. 그들에겐 천천히 움직이는 사람은 시간을 낭비하는 게으른 인간이다.

게으름이 인정을 받는 곳은 낭만주의밖에 없다. 독일 낭만주의가 그랬다. 19세기 벽두에 젊은 낭만주의자들이 게으름의 이념을 들고나온 이후, 게으른 사람과 그렇지 않은 사람은 서로를 불신했다. 후자의 사람들에겐 여전히 시간은 돈이요, 일찍 일어나는 새가 먹이를 얻는 것이다.

그는 피렌체에 다녀오던 날 저녁, 내게 메일을 했다. 다음 날 슬로베니아 쪽으로 가서 구경하자고. 경치도, 식당도, 특히 포도주가 좋다고 했다. 아침에 호텔로 픽업하러 오겠단다. 바로 연락이 와서 다행이었다. 그렇지 않아도 피렌체에 간 일이 어찌 됐는지 궁금했던 터였으니까. 호텔에서 아침을 먹고 로비에서 그 친구를 기다렸다. 그는 예상보다 조금 늦게 도착했다. 아침에 급히 처리해야 할 일이 있었다고. 그러면서 피렌체의 일은 생각보다 어려울 것 같다는 말을 먼저 꺼냈다.

"원하면 갈 수도 있지만, 생각만큼 좋은 조건이 아니라서 내키지 않아. 대신 내년쯤 독일로 갈까 생각 중이야."

내가 언젠가 물었던 것처럼 서울은 어떠냐고 했더니, 서울에서 일하는 것도 좋지만 경험상 안정된 자리가 아닐 확률이 높다며, 그 이상은 얘길 하지 않는다. 더 묻지 않았다. 셀라비! 인생은 알 수 없다. 그저 그가 뜻한 대로 잘되기를 바랐다.

이탈리아에서 슬로베니아로 넘어가는 국경 지대는 경치가 무척 아름답다. 문득 강원도의 오지 산간 같았다. 사진을 찍었으면 좋겠단 말을 하니 슬로베니아로 들어가면 더욱 아름다운 지역이 있으니 참으란다. 이윽고 조그만 시골 지역, 읍내 같은 곳에 도착했다. "이곳이야."

코바리드. 이탈리아 사람들은 이곳을 카포레토라 부른다. 그 친구의 말에 의하면 일차대전에 죽은 이탈리아 병사들의 유골이 있는 곳이다. 그들은 이탈리아에서 만든 납골당에 안치돼있다. 그곳으로 올라가면서 주변을 살피니, 파란 하늘에서 햇빛에 부딪히며 패러글라이딩을 하는 사람들이 보인다. 그날따라 유난히 맑고 푸른 하늘을 자유롭게 날고 있었다. 납골당은 산사(山寺)처럼 고즈넉했고 찾는 사람들도 드물었다. 이탈리아 병사들의 유골만 있냐니까, 그 친구는 옆의 산과 계곡을 가리키며 그곳에 이름 모를 병사들의 유골이 그득했다고 한다.

"산과 계곡에서 이탈리아 병사들의 유골을 모았다고 하지만, 그걸 누가 알겠어." 그리고 그게 무슨 의미가 있냐고 말한다.

카포레토 전투. 이곳 코바리드 혹은 카포레토에서 당시 이탈리아군은 오스트리아-헝가리제국과 독일제국의 동맹군대를 상대로 싸웠다. 카포레토 전투는 이탈리아 사람들이 이손초, 슬로베니아어로 소카라 불리는 이 일대를 흐르는 강을 중심으로 벌어진 12번의 이손초/소카 전투 중 가장 많은 사상자를 냈던 마지막 전투였다. 이탈리아왕국과 오스트리아-헝가리제국이 1915년 6월부터 이손초 전투를 시작했고, 1917년 10월 카포레토 전투에서는 오스트리아-헝가리제국 군대를 지원하기 위해 독일제국 군대가 새로 가담했다. 3개국의 병사들이 여기서 싸웠고 수만 명이 죽었지만, 이탈리아 병사들의 희생이 상대적으로 컸다. 방독면을 뚫는 독가스도 처음으로 투입됐다. 그 때문에 저 아래 협곡에 있던 수천 명의 이탈리아 병사들이 모두 즉사했다고 한다. 이탈리아 병사들만 죽었을까. 그해 여름의 11차 전투에서는 이질과 장티푸스로 양측 군대에서 수십만이 병에 걸리거나 죽었다. 그들에게 국적은 별 의미가 없었다. 그래도 카포레토는 이후 이탈리아 사람들에게 치명적 패배의 동의어로 사용됐다. 무솔리니도 이것을 이용했다. 카포레토를 병들고 허약한 당시 이탈리아의 상징으로 공격하고, 강한 이탈리아를 위해 파쇼 독재가 필요하다고 선전했다. 그럼 더 많은 병사가 죽어야 한다는 말이다. 대체 얼마가 더 죽어야 할까? 얼마나 더 많은 젊은 청춘들이 제대로 묻히지도 못하고 유골이 돼야 할까?

납골당을 보니 갑자기 서늘한 기운이 느껴졌다. 순간 참호 속에 병사들이 보인다. 그들은 고개를 숙이고 있다. 한 병사가 웅얼거리듯 낮은 소리로 노래를 부른다. 그 소리는 이질처럼, 장티푸스처럼 퍼진다. 그리고 젊은이들의 노랫소리가 들린다.

오, 카포레토, 내 청춘의 배신자.
오, 전쟁이여, 내 인생의 독재자.
청하지 않은 메피스토여!

나를 떠난 청춘,
나를 버린 청춘의 여인이여.
보내고 싶지 않았던 그대,
다시 만날 기약 없지만
그대 역시 저기 묻혀 있네.

내 다시 태어난다면
그댈 만날 수 있을까?
그댈 만나면 내 곁에 그댈 품고
다시는 놓지 않으리,
내 청춘의 꿈을.

그대, 장군이여, 내 청춘의 살인자.
그대, 사령관이여, 내 인생의 겁탈자.
오, 정치인이여, 청하지 않은 두목 칼잡이, 선동꾼 매키 메서!

그대들 죽을 자리도 마련했으니.
여기 내 무덤, 내 청춘의 양지
조금 떨어진 곳, 내가 보지 못한 내 아들 내 딸 자리.
그리고 저수지 건너 저 자리, 당신들의 무덤
안식 없는 안식처.

노, 캄포레토, 내 청춘의 배신자.
노, 전쟁이여, 내 인생의 독재자.
다신 널 보지 않으리!

노래는 합성처럼 점점 커진다. 그들이 고개를 들고 참호를 나오기 시작한다. 얼굴은 하나같이 창백하다. 그 얼굴을 자세히 알아볼 수 없었다. 그러나 눈동자만은 또렷하다. 그리움과 회한, 체념으로 응시하는 눈동자들. 아드리아의 바다처럼 깊고 푸른 눈. 참호 속에서 알프스를 쳐다보던 그 서늘한 눈동자. 고향 집을 향해, 부모님과 가족을 향해, 연인을 향해, 친구를 향해 그리움을 던지던 눈동자. 살아 돌아가면 대학의 마지막 학기 등록을 하리라 다짐하던 맑은 눈동자. 포연 속 벙커에서 작별 편지를 썼던 체념 어린 눈동자. 그리고 자신을 배신한 청춘을 한없이 응시하던 슬픈 눈동자들. 그 눈동자를 반짝이며 구멍 난 철모를 쓰고 있는 병사, 모자도 없이 머리에 붕대를 감고 있는 젊은이, 한 눈으로만 쳐다보는 병사. 그들이 다가온다.

한 눈 어이 이봐, 어디서 왔는가?

방문객 서울에서 왔어요.

한 눈 서울? 서울이 어디에 있는 곳이지? 중국에 있는 것 같기도 하고. (뒤를 돌아보며) 친구들 혹시 서울이 중국에 있는가?

방문객 아니 한국에 있습니다. 중국 옆에 있는 나라요.

한 눈 한국? 한국이란 나라가 있던가. 처음 들어보는데.

구멍 난 철모 중국이 아니면 그쪽으론 일본밖에 없는데. 우리가 있을 땐 그랬어.

(책을 손에 들고 안경을 낀 한 병사가 나선다)

안경 조선이라고 있었지. 그러다 일본에 합쳐진 식민지가 됐나 그랬어. 그 조선이 한국이던가?

방문객 아, 네 그렇습니다. 당시엔 그랬죠. 그러니까 일차세계대전이 있던 때는 말이죠. 그 후로 이차세계대전이 끝나고 독립해서 한국이 됐습니다. 참 남쪽만이요.

안경 이차세계대전? 전쟁이 또 있었단 말야?

한 눈 그럼 북쪽은 여전히 일본인가?

방문객 아니요. 북쪽은 공산 국가가 됐습니다. 남쪽은 자본주의 체제의 자유민주주의 국가고요. 그래서 조선이 남한과 북한 두 나라로 나뉘었습니다. 지금까지도 그렇죠. 남한의 명칭은 대한민국인데, 그냥 줄여서 한국이라 합니다.

머리 붕대 (책 든 안경을 향해) 오, 이 친구 책만 보더니 역시 달라. 그런 걸 알고 있고. 난 기억도 없어.

구멍 난 철모 기억이 없는 게 아니고 원래 모르는 거겠지. 우리야 대학도 가지 않았지만, 저 친군 대학생이었지. 마지막 학기를 남겨두고 빌어먹을 전쟁에 끌려왔지. 그렇지 않나?

안경 맞아. 근데 너네들은 지원해서 왔어? 다들 끌려왔잖아.

머리 붕대 아냐, 저 뒤에 있는 몇 친구들은 지원해서 왔어.

이때 안경 낀 병사가 책을 펼치고는 낭랑한 목소리로 뭔가를 읽기 시작한다. 그 소리가 마치 노래처럼 울린다.

"빼앗긴 청춘의 노래"

누가 빼앗긴 청춘에 대해 말하길 두려워하는가?
누가 그 이름에 얼굴을 붉히는가?
겁쟁이가 함부로 운명을 조롱할 때
부끄러워 머리를 숙이는 자는 또 누구인가?
그들은 모두 염치를 모르는 건달이거나 이념의 노예일 뿐.
누가 당신을 경멸하는가?
하지만 우리는 당신이 가진 진정한 청춘의 잔을
함께 채우겠어요.
당신과 함께 마시고
당신이 신실한 사람이자 뜨거운 가슴을 가졌음을 기억할 거예요.

불행한 청춘, 당신은 얼마나 많이 고통스러웠나요!
탐욕스런 도적들에게 정신이 빼앗기고
이념적 광신도들에 마음이 오도되어
어둡고 미친 계획에 끌려갔을 뿐.
위선적 애국의 거짓 빛에 유혹을 당하고

파벌과 음모의 구부러진 길을 가며

이기적인 아첨꾼의 독이 든 포도주에 취했었나요.

그러나 당신의 모든 슬픈 역사를 읽고

당신의 자녀들은 맑은 정신으로

운명을 재단하며 미래를 향해 갈 거예요.

마침내 운명의 친구가 되세요.

다가오는 시간에 당신의 자리가 있기 위해,

당신의 불행한 청춘을

당신의 자녀들이 아름다운 감성과 현명한 이성으로 기억하게 하세요.

그들은 분명 위대한 것을 알게 될 거예요.

낭송이 끝났다. 순간 정적. 천천히 그에게 다가가 친구가 되고 싶다고 말했다. 우리가 언제 알았다고 친구가 되려는지 묻는다. 이전에 만난 적은 없지만, 당신이 읽은 시가, 당신들 노래가 마음으로 들린다고, 친구의 노래처럼 들린다 했다. 그러자 누군가가 말한다. “나이가 많이 차이 나는데 친구가 될 수 있겠나?” 하긴 따지고 보면 그들은 나보다 훨씬 나이가 많다. 그래도 내 눈엔 여전히 20대 젊은이들이다.

"친구가 되는데 나이가 무슨 소용인가요? 그냥 친구는 친구죠."

내 말에 그들은 하얀 이를 드러내며 웃었다. 그리고 한 사람이 말한다.

"그래, 저기 오스트리아 친구, 그 옆 헝가리 친구, 그리고 저 독일 친구까지 우린 적이었지만 이젠 친구지."

옆의 청년이 말한다.

"살아선 적, 죽어 친구지."

그 뒤에서도 목소리들이 들린다.

"전쟁이 적도 만들고 친구도 만들어줬어. 빌어먹을 전쟁이었지만, 그건 좋네."

다시 앞에서 여럿이 합창하듯 말한다.

"적도 친구가 되는데 나이가 무슨 소용. 친구면 친구지."

그리고 한 젊은이가 물끄러미 나를 쳐다보더니 불쑥 손을 내민다. 벙커 속에서 씻지 못한, 흙과 기름에 찌든 시커먼 손. 그 손은 그러나 따뜻했다. 그렇게 우린 친구가 됐다.

문득 그의 눈동자에서 생전 병상의 아버지가 스쳤다. 아버지는 암으로 투병 중이었다. 일 년 전 고향의 대학병원에서 후두암 말기 진단을 받았지만, 내가 우겨 서울대병원으로 모셔와 다시 검사를 받았다. 진단은 그대로였다. 당시 담당 교수는 후두암에 항암

치료가 효과가 있다는 보고가 있다며 항암치료를 권했다. 그리고 몇 차례 항암치료를 받았다. 결과는 아무런 성과가 없었다. 그러자 그 의사는 지극히 사무적 말투로 말했다. "방사선 치료밖엔 방법이 없어요. 그건 통원 치료를 하면 됩니다." 그 말을 듣자 아버지는 그곳 통원 치료는 거부하고 바로 퇴원해 집으로 다시 내려가셨다.

퇴원하던 날, 아버진 의외로 기분이 나빠 보이지 않았다. 일단 병원을 벗어난다는 생각에 그랬는지, 건강보험도 안 되던 당시에 비싼 병원비를 내지 않는단 생각에 안도해서 그랬는지 그건 모르겠다. 어쩌면 둘 다였을 것이다. 무거운 짐까지 직접 챙겨 들고 걸어서 병원 후문을 나서던 아버지가 문득 그 옆의 장례식장을 보면서 한마디 하셨다.

"저 들어가마, 고마 인생은 끝이제."

집으로 내려와 시내 대학병원으로 통원하며 받은 방사선 치료도 효과가 없었다. 의사는 지켜보자 했다. 나중에 생각하니 그 말은 죽음을 지켜보자는 말이었다. 그래도 장사를 그만둘 수 없다며, 숱이 빠져 숭숭한 머리를 가리려 골무 모양의 비니 모자를 쓰고 서문시장 고방(庫房)으로 나가시던 아버지의 상태는 나날이 악화했다. 후두암은 암으로 죽는 것이 아니었다. 식사가 무른 밥에서 죽으로 바뀌면서, 아버진 장사를 나가지 못하고 누워계셨다.

죽이 다시 미음으로 바뀌었다. 그리고 얼마 되지 않아 음식을 거의 삼키지 못했다. 다급한 마음에 다시 대학병원 응급실에 갔다. 응급실에선 수액과 링거만 줬다. 그리고 의사는 얘기했다. "집에서도 링거는 맞을 수 있으니 굳이 응급실에 안 와도 됩니다."

며칠 후 아버지가 안방으로 날 부르셨다. 누워있는 아버지의 깡마른 팔뚝엔 여전히 링거가 꽂혀있었다. 수많은 바늘 자국으로 검고 푸르죽죽하게 변한 팔뚝. 아버진 팔을 조금 움직여 TV를 올려놓은 받침대를 가리켰다. 그 위엔 종이에 꽁꽁 싸둔 뭔가가 있었다.

"그거 내 금니다. 뒷집 사람 치과에서 했던 기다."

아버지는 오래전, 우리 뒷집에 살고 있던 치과 의사에게서 어금니를 때우고 씌운 적이 있었다. 이웃이라 싸게 금니를 끼웠다. 그 금니가 빠진 모양인데, 아버진 비싼 금니라고 보관하고 있었다.

"그걸 치과에 가져가마, 얼마 돈을 받을 수 있을 끼다. 내가 이제 그걸 쓸 일이 있겠나. 그 돈은 니가 필요할 때 써라."

그리고 무슨 말을 더하려는 듯 순간 나를 잠시 쳐다본 것 같다. 하지만 이윽고 아무 말 없이 시선을 돌려 멍하니 천장을 보셨다. 눈썹 밑으로 움푹 꺼진 마른 아버지의 눈. 원래 아버진 눈썹이 특히 진하고 많았다. 돌아가실 때도 눈썹은 여전히 짙은 상태를 유지했던 것 같다. 그 짙은 눈썹 아래 눈은 힘없이 숨어있었다. 내가 아버지의 눈을 자세히 본 건 그때가 처음이자 마지막이다. 꺼칠한 그 눈 안에는 갈색 눈동자가 희미하게 자리 잡고 있었고, 한없는 회한이 묻어났다. 마른 눈을 타고 천천히 흘러내려 침침한 불빛에 반짝이던 회한.

아버지의 금니를 본 의사는 봉투에 돈을 넣어 주며 조용히 말했다. 금니의 금은 다시 쓸 수 없고 보통 폐기물로 처리해서 돈으로 주지는 않지만, 부친이 많이 편찮다니 그리고 내가 아직 어리니 형편을 봐서 얼마의 돈을 주는 거라고. 아버진 내가 돈을 받았단 말을 듣고 아무 말 없이 고개만 끄덕였다.

그리고 며칠 후 아버진 돌아가셨다. 언제부턴가 말보다는 주로 손동작으로 의사소통을 했던 아버지가 전날 밤새 가슴이 답답하다는 손짓을 자주 했다. 아침에 구급차를 불러 대학병원 응급실을 찾았지만, 의사들은 인공호흡기를 대주는 것 외에 아무 일도 하지 않았다. 그냥 집에서 돌아가시게 하지 왜 데리고 왔냐는 표정이었다. 그렇게 답답한 얼마의 시간이 가고 내가 잠시 커피를 뽑으러 휴게실로 나왔을 때 갑자기 동생이 달려왔다.

"형, 아부지가 이상하네, 빨리 와라." 그리고 달려가서 본 모습이 아버지의 마지막 모습이었다. 그때 아버지는 한동안 사력을 다해 눈을 치켜뜨고 있었다. 그리고 조용히 떠나셨다. 그 눈을 누가 감겨드렸는지 기억이 나지 않는다.

아버지가 떠나시기 전 눈을 뜨고 있던 모습은 충격이었다. 한참 동안 그 모습이 맴돌았다. 눈을 뜨고 계셨던 건 무슨 의미일까? 우리에게 마지막으로 할 말이 있었던 걸까? 그럼 무슨 내용일까? 우리가 어떻게 살아야 한다는 당부의 말? 아니면 당신의 회한을 알려주고 싶었을까? 그리고 시간은 속절없이 흘렀다. 그 눈을 자세히 보면서 그 답을 찾지 못한 자신의 어리석음을 탓하면서.

어머니가 떠나실 때도 그랬다. 그때도 난 어머니의 눈을 제대로 보지 못했다. 내가 가끔 어머니의 눈을 본 건 통원 치료 날이었다. 병원에서 진료를 마치고 내가 약을 사러 병원 앞 외부 약국으로 갔다 오는 동안, 어머니는 왜소한 몸으로 병원 1층 로비에서 사람들 틈에 앉아 멍하니 나를 기다리셨다. 내가 다가가 아는 척을 하면 그제야 나를 물끄러미 보곤 했다.

의사의 말에 따라 다시 입원한 어느 햇살 좋은 날, 어머니를 휠체어에 태우고 잠시 병원 내 산책을 나왔다. 골다공증이 심해져서 햇볕을 쬐는 게 좋을 것 같아서였다. 차도, 사람들도 보였다. 꽃도 보여드렸다. 그때 어머니는 꽃을 보다 말고 마른 눈으로 다시 물끄러미 나를 쳐다봤다. 무슨 말씀을 하시려나 싶어, 왜 그러냐고 묻자, 잠시 후 대답했다. "인자 고마 가야제." 그것이 전부였다. 내가 엄마의 눈을 자세히 본 기억은 그때가 마지막이었던 것 같다.

그리고 투석이 가능한 서울 시내 요양병원으로 옮긴 다음 날, 홀연히 어머니는 떠나셨다. 일요일 아침에 다급하게 병원에서 전화가 왔다. 빨리 와야겠다는 간호사의 전화였다. "어머니께서 이상하니 빨리 오셔야 할 것 같아요."

아내와 집 앞 큰 도로에 달려 나가, 달리는 차들에 뛰어들다시피 해서 어떻게 택시 한 대를 세웠던 것 같다. 어머니가 병원을 옮긴 충격으로 위독해진 것만 같아 택시 안에서 수없이 머리를 쥐고 흔들며 내 잘못이라고 소리쳤다. 병실로 달려가니 어머닌 주무시는 듯 눈을 감고 계셨고, 간호사는 형식적으로 인공호흡기를 입에다 넣고 호흡을 시키고 있는 듯이 보였다. 어머니를 흔들어 깨웠다. 나를 한 번만 보라고 몇 번을 소리쳤다. 엄마, 미안해. 미안하니 한 번만 눈을 떠서 나를 봐요.

어느 순간 의사가 나타나서 환자를 살폈다. 그리고 임종을 알렸다. 떠나신 날짜와 시간도 함께. 다시 엄마를 흔들며 한 번만 눈을 떠서 나를 보라고, 나를 기다리지 않았느냐고, 아들 말을 듣고 있지 않냐고 묻고 물었다. 대답은 없었다. 어머닌 그렇게 아무 말 없이, 삶의 어떤 회한도 숨기려는 듯 무심히 떠나가셨다. 그렇지만 지금도 난 어머니가 내가 올 때까지 기다리고 있었다고 믿고 있다. 아니, 믿고 싶다. 마른 눈을 감고 나를 기다린 어머니는 이렇게 말하는 듯 보였다.

“야야, 잘 지내라. 난 인자 고마 가야겠다.”

장인어른도 그런 말을 한 것 같다. 우린 병실에 모여 있었다. 밤이 깊어 가고 장인은 숨을 가쁘게 내쉬셨다. 호흡기에 의존하고 있었지만, 계기판의 심장 박동은 점점 약해지고 불규칙적이었다. 아내는 벌써 울고 있었다. 처남과 처제도 울기 시작했다. 장모님만, 여보, 눈 좀 떠 봐요라는 말을 나직하게 반복했다. 간호사가 왔다. 의사는 이제 오지 않는다.

“맥박이 너무 약하긴 하네요, 이러다가 다시 돌아오기도 합니다만….”

간호사는 말을 흐렸다. 그 말은 오히려, 다시 맥박이 돌아오지 않을 거니 임종을 준비하라는 말로 들렸다. 아내가 마치 장인을 깨울 듯이 팔을 조금씩 흔들기 시작했다.

“아빠, 눈 떠 봐요, 제발 눈 한 번 떠봐요.”

아내는 울면서 재촉했다. 그 말에 장인은 움찔하는 듯도 같았지만, 내가 잘못 봤을 수도 있다. 아내가 그러자 처제도 따라 하며 장인을 흔들었다. 그래도 더는 움직임은 없었다. 잠시 그들이 다시 물러났을 때, 뒤에 좀 떨어져 있었던 내가 다가갔다. 장인을 지켜보다 손을 잡으려고 하는 순간, 장인이 손을 조금 들어 올리며 말을 했다.

"그래, 모두 잘 있거래이."

하지만 아내도, 장모님도, 처제도, 처남도 그 소리를 듣지 못했는지 가만히 있었다. 아주 짧은 순간이었지만, 난 그 말과 짧은 손짓을 똑똑히 기억한다. 그리고 계기판의 심장이 거의 일정하게 직선으로 움직였다. 누군가 뛰어나갔고, 간호사가 오고 뒤이어 의사도 왔다.

"빨리 안 가면 늦겠어." 친구가 재촉했다. 그렇지 않으면 식당에 갈 수가 없다는 말이었다. 그는 벌써 납골당 입구의 나무 그늘로 향했다. 오후의 하늘은 구름이 거의 보이지 않고 꽤 더운 날씨였다. 자리를 황급히 떠나는 게 그들에게 예의가 아닌 것 같았지만, 그래도 밖에서 재촉하는 친구를 외면할 수 없었다. 천천히 계단을 내려오니 뒤에서 그들이 인사를 하는 듯했다.

"친구, 다음에 또 오게. 그리고 필요하면 우릴 부르게, 우리가 도와주러 감세."

계단에서 다시 한번 뒤돌아보며, 그들을 위해 손을 모았다. 이윽고 차는 도브로브 지역을 향해 달렸다. 차를 몰면서 그 친구는 경치가 좋은 포도밭과 농장들이 있는 지역으로 간다고 했다. 정말 경치는 더 좋아지고 다니는 차들도 뜸해졌다. 차는 꾸불꾸불한 길을 오르고 내리기를 반복한다. 대관령을 오르거나 미시령 옛길을 가는 듯한 착각이 들었고, 그 길과 산장들이 그리워졌다. 대관령에 가면 도브로브로 가는 이 길이 그리워질까?

전망이 좋은 한 곳에 내려 사진을 찍었다. 포도밭들이 아래로 오밀조밀 펼쳐져 있다. 늦은 오후의 햇살이 부딪치는 먼 언덕에는 작은 마을도 보인다. 친구는 한참을 더 들어가 플레시보라는 포도농원 지역의 한 식당에 주차했다.

"이 식당이 이 인근에서 유명하지. 맛도 가격도 좋아."

그의 칭찬에 나 역시 기대감이 상승했다. 해는 아직 하늘에 걸쳐 있었지만, 어느덧 지평선을 향해 내려가고 있었다. 저녁을 먹으려는 사람들로 제법 큰 식당은 붐빈다. 가족들이 많이 눈에 띄었고, 친구들 혹은 연인들도 보인다. 2층의 제법 넓은 발코니에 자리를 잡으니 태양이 느릿느릿 주홍색을 띠며 지고 있는 모습이 잘 보인다. 건너편으로 포도밭들이 석양을 받으며 빛나고 있다. 그 뒤로 이미 땅거미가 진 언덕배기에 집들도 보인다. 한 집의 굴뚝에서 연기가 모락모락 올라가고 있다. 브레히트가 "부코 비가(悲歌)"에서 말했듯, 사람이 사는 모양이다. 이타카의 영웅인 양 마을을 굽어보며 주인공이 된 듯 짧은 상념에 빠졌다.

사람들은 저녁을 준비할까, 아니면 아직 밭에서 일할까? 일을 마치고 친구들을 만나 한잔하는 사람도 있을까, 아니면 가족들이 모여 저녁을 먹을 수도 있다. 저녁밥을 짓는 어머니의 모습이 떠오른다. 코끝을 간질이는 구수한 밥 냄새도 그립다. 저런 집에 살며 포도밭이나 가꾸며 유유자적 살면 어떨까? 자연과 함께 하는 포도밭 농부의 소박한 삶. 아니지, 포도 수확이 좋지 않아 이익이 없을 수도 있고, 거꾸로 수확이 너무 많으면 가격이 내려 힘들 수도 있지 않을까? 포도주 시장의 경기가 좋을지, 그렇지 못할지 알 수 있을까? 일군들을 쓴다면 임금은 어떻게 변화할지, 일군들을 잘 구할 수 없으면 어떻게 할까? 정부의 지원금은 받을 수 있을까? 다른 농가나 다른 지역과의 경쟁은 어떻게 할 수 있을까? 목가적 풍경 속의 숨겨진 일상은 알 수 없다.

밥 대신 타타르를 시켰다. 친구가 추천하는 메뉴였다. 따뜻한 밥과 구수한 밥 냄새를 생각하고 있었던 난 친구의 추천에 순간 당황했지만, 곧 동의했다. 빵과 치즈가 나오고 이어 양념과 함께 저민 소고기가 나왔다. 다행히 빵이 따뜻하다. 그는 더운 날씨에 따뜻한 빵이라 별로 반갑지 않은 얼굴이다. 그래도 따뜻한 빵에 버터를 얹으니 부드럽게 잘 녹아 스며들었고, 따뜻한 빵이 따뜻한 밥의 그리움을 좀 달래준다. 고기와 함께 먹으니 맛도 제법 괜찮다. 그리고 친구가 추천한 레드 와인을 마셨다. 와인은 향기롭고 혀를 달콤하게 자극했다.

다시 주변을 둘러봤다. 옆 테이블엔 중년의 연인이 있고, 뒤 테이블엔 가족들이 있다. 앞쪽으론 하루의 마지막 짙은 햇빛을 담기에 바쁜 포도송이들과 포도나무와 포도밭들이 펼쳐있다. 그 뒤로 땅거미가 진 언덕엔 사람들은 보이지 않지만, 집들이 보인다. 내 삶의 하루가 지는 것이 아쉽다. 죽음으로 운구되는 삶의 하루.

10. 운구—칼 레베레히트 슈바베의 수기에서

1805년 5월 11일 오후 3시에서 4시 사이. 바이마르 공무원 슈바베는 수일간의 출장을 마치고 바이마르로 돌아와서 부모님께 간단히 인사를 하고는 곧장 약혼녀 프리데리케의 집으로 발길을 돌렸다. 그녀의 집은 에스플라나데 가(街) 쉴러의 집 뒤편에 있었다. 누구도 마주치지 않고 자신의 약혼녀 집으로 들어간 그가 접한 첫 소식은 놀랍게도 쉴러가 이미 이틀 전에 죽었다는 얘기였다. 더 놀라운 것은 고인이 그날 밤 조용히 매장될 것이고, 관습에 따라 재단사나 목수들이 운구한다는 소문이었다.

슈바베는 지체하지 않고 쉴러 집으로 미망인을 만나러 간다. 부인은 만날 생각이 없다고 한다. 선생의 장례 문제로 긴급히 만날 것을 간청하니 하인 루돌프가 다시 전한다. 지금은 상심이 너무 커 말할 힘이 없다. 남편의 장례 문제는 모두 바이마르 교구장 권터가 맡아서 처리하기로 했으니 그와 상의하고, 그가 결정하는 것이 가족의 뜻과 같다고 여기라고.

다시 한걸음에 가까이 사는 권터의 집으로 간 슈바베는 그에게 다음의 요지로 쉴러의 장례식에 대해 요청한다.

'반 시간 전에 출장에서 돌아와서 쉴러 선생님의 죽음과 장례식 계획을 알고는 고인의 집에 들렀다 오는 길입니다. 그런데 소문으로 들리는 장례식 형태는 아주 부적절합니다. 선생께서 세상의 예술과 교양인들에게 끼친 영향이 심대하며, 이를 영원히 기억하고자 하는 사람들이 많을 것입니다. 그들은 선생께서 이승을 떠나는 길에 마지막 예를 바치는 장례에 참여하고 싶어 할 것입니다. 그러니 그의 장례를 공개적으로 해줄 것을 간청합니다.'

권터는 무미건조하게 대답했다. "이미 모든 것은 결정됐고, 상여꾼들도 조직됐어요." 슈바베가 상여꾼들의 비용은 자신이 대신 낼 수 있으며, 비공개 장례는 바이마르는 물론 독일 전체의 수치라고 역설하자, 그의 태도가 누그러지며 질문한다. "그러면 지금 와서 대체 누가 운구하겠소?" 슈바베는 아직 누구에게도 물어보지는 못했지만, 자신과 뜻을 같이하는 많은 친구가 있을 것이며 몇 시간 내에 그 명단을 제출할 수 있을 거라 한다. 그러자 권터는 상여꾼들은 취소할 것이지만, 그래도 유족의 강력한 뜻에 따라 아주 조용히 장례가 치러져야 한다는 점을 몇 번 반복했다.

곧장 슈바베는 시내를 돌아다니며 친구와 지인들의 집에 자신의 의사를 전달하고, 만나지 못한 사람들에게는 그날 밤에 모일 것을 부탁하는 글을 남긴다. 그 일은 저녁 7시경까지 계속됐다. 그가 남긴 글은 다음과 같은 회람이었다.

"아래 명단은 오늘 밤에 있을, 이제 고인이 된 위대한 우리 시인의 장례를 위해 이승에서 그의 육신을 묘지로 운구해줄 것을 직접 만나 청한 분들입니다. 또한 일부는 직접 만나지는 못했지만, 저의 초대에 기꺼이 응하시리라 확신하는 분들입니다. 제가 직접 뵙지 못한 분들은 아래 명단에 사인해주시면 참석하시는 것으로 알겠습니다.

그럼, 여러분 모두에게 오늘 밤 12시 반까지 리터가세에 있는 저의 집으로 모이실 것을 부탁드립니다. 저의 집을 정확히 모르시는 분들을 위해 창문에 등을 걸어 놓겠으니 골목길에서 등이 켜진 집을 보고 찾아오시면 되겠습니다.

오실 때는 모두 검은색 정장을 입고 오셔야 합니다. 장례 모자와 외투는 준비해 놓겠습니다.

1805년 5월 11일 바이마르

바이마르공국 행정위원회 비서

칼 슈바베 배상(拜上)

참여 희망 명단

1. 포스 교수

2. 행정변호사 트로이터

3. 의사 트로이터 박사

4. 리머 (괴테 추밀고문관의 집에 머물고 있어 참여하지 못한다고 이후 포스 교수가 구두로 전함)

5. 쉬츠 박사

6. 조각가 클라우어

7. 병참국 비서 헬비히

8. 행정위원 슈바베 (이미 참여 의사를 밝혔으나 심한 감기로 의사가 외출을 금지해 행정변호사 데텔트가 대리 참석)

9. 의사 슈바베 박사

10. 이어강

11. 브레머

12. 칸기서 박사 (참여한다고 포스 교수가 전함)

13. 행정변호사 데텔트."

이들 외에 후에 궁정고문관이자 재무국 비서가 된 룽어스하우젠과 화가이자 교수인 야게만, 역시 화가이자 후에 궁정고문관이 된 베스터마이어, 조각가 바이서, 동판조각가 슈타르크 등이 개인적으로 소식을 전해 듣고 집으로 직접 찾아왔다. 그밖에 서너 명이 더 왔는데 그들의 이름은 잘 기억나지 않는다. 회람에서 알 수 있는 것처럼 리머는 괴테의 집에 있었다.

괴테도 쉴러의 죽음과 장례식을 알고 있을 것이다. 아우구스트 공작은 바이마르 궁정의 중요한 일은 여전히 그와 의논한다. 궁정에서 오는 대부분 공문에는 괴테의 사인이 함께 있음을 관청에서 일하는 사람들은 다 알고 있다. 바이마르 주민들도 그를 궁정과 공국에서 명실상부한 2인자로 알고 있다. 더구나 그와 쉴러는 둘도 없이 막역한 사이로 알고 있고, 독일은 물론 유럽에 알려진 위대한 두 시인으로 자랑스러워한다. 그는 쉴러를 공국으로 불러들였고, 쉴러가 예나에서 바이마르로 이사한 것도 그와의 관계가 작용했을 것이다. 그런 그가 쉴러의 죽음과 장례식을 외면하고 있다고? 그것이 단순히 유족들의 뜻이라고? 선뜻 이해할 수가 없다. 설사 그가 죽음 공포증 환자라서 한 번도 장례식에 나타나거나 문상을 한 적이 없다고 하더라도. 최근 괴테 집에서 기거하고 있는 리머는 일단 오겠다는 뜻을 전했지만, 곧바로 무슨 일인지 못 오겠다고 포스 교수를 통해 알려왔다. 그는 쉴러와도 친하게 교류를 했던 인물이다. 괴테 때문일까?

우리는 그렇게 모였고, 자정이 지나 에스플라나데의 쉴러 집으로 작은 무리를 지어 조용히 움직였다. 달빛이 처연히 그의 집을 비추고 있었다. 3층 꼭대기에 있는 그의 방 창문으로 새어 나온 희미한 불빛이 달빛과 섞여 바람에 너울거리고 있다. 나와 몇 명만이 집으로 들어가고 그 외는 집 앞에서 기다리라고 했다. 계단을 오르니 구슬픈 울음소리와 흐느낌이 계단을 타고 흘러내린다. 하지만 미망인이나 다른 가족들의 얼굴은 보이지 않는다. 루돌프가 인도한 방에는 쉴러의 시신을 담은 관이 중앙에 덩그러니 놓여 있다. 한쪽으로 둔 책상 위에는 빨간 불꽃이 너울대는 등이 있고, 관 위에는 누가 보냈을까? 등불보다 더 붉은 장미꽃 다발이 조화(弔花)인 듯 조용히 얹혀 있다.

더는 묻지도 않고 조용히 그의 관을 들고 계단을 내려왔다. 현관문을 나서는 순간 어린 여자아이가 문득 잠에 깬 듯 아빠를 부르며 우는 소리가 들렸다. 막내인 모양이다. 우리는 문 앞에서 기다리고 있던 나머지 사람들과 함께 천천히 거리를 빠져나왔다. 거리엔 깊은 정적이 감돌고, 오직 머리 위로 남실남실 길을 비추는 달빛만이 우리를 지켜 보고 있다. 저 멀리 궁정극장이 보인다. 문득 그의 영혼이 우리의 행렬을 지켜보고 있는 듯 극장의 지붕이 하얀 달빛에 빛난다. 그는 결국 극장에서 연극을 보며 죽은 셈이다. 저 극장에서 연극 관람을 마치고 침상에 들어 결국 일어나지 못하고 운명한 것을 떠올리니, 그의 죽음이 어쩌면 그가 연출한 한 편의 마지막 연극이었나 하는 생각이 든다. 극장에 앉아 있는 그의 모습이 우리의 뒤를 한동안 따라왔다.

운구행렬은 에스플라나데를 빠져나와 시장을 지나고, 야콥 골목을 통과하여, 성야콥교회에 있는 오래된 묘지에 도착한다. 묘지 입구 바로 오른쪽에 카센게뷜베 건물이 있다. 그 건물의 지하는 오래전부터 관을 안치하는 건물로 사용되고 있다. 그도 이제 여기서 영면(永眠)을 할 것이다. 가족을 두고 떠나는 그가 회한이 왜 없을까, 추앙받는 시인이기 전에 어렵게 성공한 한 사람의 가장으로 어린 자식들을 두고 떠나는 길이 어찌 편하기만 할 것인가, 살아생전 말 못 할 고민과 두려움, 억울함은 또 없었을까?

운구한 관을 건물의 문 앞에 두자, 하늘에서 문득 구름에 가려 있던 달이 이윽고 얼굴을 드러내며 은은한 빛을 관에 뿌렸다. 그의 영혼이 잠시 쉬는 모양이다. 그는 그렇게 마지막 인사를 하고 주변의 나무들 사이로 휘익 바람 소리와 함께 다시 사라졌다. 내 입가에는 땀방울인지 눈물인지 모를 물기가 맺혀 달빛에 반짝이다 그가 사라지자 가슴으로 뜨겁게 흘러내렸다.

묘지 관리인이 문을 열자 컴컴한 건물의 내부가 보이고, 칠흑같이 어두운 지하실이 기다렸다는 듯이 달려든다. 그는 세 명의 조수와 함께 무표정한 얼굴로 익숙하게 밧줄로 관을 묶었다. 밧줄에 묶인 관은 서서히 끝을 알 수 없는 심연으로 떨어진다. 하데스의 조용한 거주자들은 미동도 하지 않았고, 어둠만이 아귀처럼 소리를 지르고 있었다.

영혼을 떠나보내는 어떤 노래도, 성직자들의 입에서 흘러나오는 그 흔한 추도사도 없었다. 그저 그를 떠나보내는 이들이 마음속 깊숙한 곳에서 허공으로 전하는 인사뿐. 그리고 우리는 약속이나 한 것처럼 유령처럼 묵묵히 각자의 집으로 총총 흩어졌다.

이튿날 오후 야콥 교회. 공식적 쉴러 추도예배가 있었지만 실망스러웠다. 겉으론 간밤의 숨죽인 고요와는 정반대로 뜨거웠다. 예정된 오후 3시보다 훨씬 전에 이미 교회는 꽉 차 발 디딜 틈도 없었다. 추도식이 시작되고도 사람들이 찾아와 교회 건물 안으로 들어오지 못한 많은 사람이 문밖에서 예배를 보거나 구경했다. 하지만 괴테의 모습은 그 어디에도 보이지 않는다. 맨 앞의 아우구스트 공작의 자리도 비어 있다. 바이마르 유력 인사들을 위해 마련된 앞줄에도 빈자리가 많이 눈에 띈다. 공작의 모친 안나 아말리아와 아말리아의 최측근으로 괴테와 쉴러 모두에게 맏형의 역할을 한 빌란트도 마치 약속이나 한 것처럼 불참했다. 헤르더가 죽은 후 공국의 교구총감독을 겸직하고 있는 추밀고문관 폭트가 추도사를 맡았고, 모차르트의 레퀴엠이 시작과 끝을 어색하게 알렸다. 사람들은 아무 일도 없었다는 듯이 다시 우르르 몰려나갔다.

"허탈하신 모양이군요."

누군가 뒤에 와서 말을 건넸다. 순간 돌아보니 포스 교수다.

"교수님이셨군요. 간밤엔 댁에 잘 들어가셨나요?"

"예, 그렇지만 잠을 쉽게 청할 수 없어 몇 시간 멍하니 앉아 있었습니다. 그래서 그런지 지금도 머리가 개운하지 않고 피곤하네요."

"저 역시 그렇습니다. 하지만 지금 추도예배를 보니 마음이 조금 더 무거워집니다…."

"아닌 게 아니라, 추도예배가 너무 형식적인 것 같군요. 그리고 주요 인사들도 불참하고…, 괴테 추밀고문관님도 보이지 않더군요."

"그래요, 저도 좀 의외라 생각했습니다. 아무리 교회에 잘 오시지 않더라도, 오늘은 동고동락한 쉴러 고문관님의 추도식인데 말입니다. 하지만 병환으로 댁에 계신다면 어쩔 수도 없겠지요."

"그런가요? 근데 방금 마주친 그 집 하인의 얘기로는, 며칠 전부터 건강이 호전되어 오늘은 잘 움직이시고 외출도 했다던데."

"그래요? 아마 잘못 들으신 게죠. 설마 그렇다면 이 자리에 불참하셨겠어요?"

"모르죠. 솔직히 쉴러 선생님의 장례식을 보면서 두 분 사이에 대해 회의가 들기도 해요. 진정 서로 염려하고, 허물없이 의논하는 사이였는지…."

괴테와 쉴러 두 사람을 똑같이 따랐던 젊은이 포스는 실망감이 역력한 표정을 지어 보이며 대답했다. 난 이 사건 이후 그가 받은 충격이 대단했음을 알고 있다. 그가 이후 학교에 병가를 내고 예나로 가서 칩거한 것이나, 이후 결국 그의 양친이 계시는 하이델베르크로 이주한 것 모두, 이렇게 급조해서 치러진 쉴러 장례식과 괴테의 무관심을 접한 충격으로 믿고 있다. 물론 바이마르의 어린 학생들이나 그를 아는 사람들은 그가 하이델베르크 대학교에서 교수직을 얻어 영전했다고 칭찬하는 말을 하지만, 만약 쉴러가 살아 있었다면 아니면 괴테가 쉴러의 장례식에 진정한 관심을 보였다면 그는 결코 바이마르를 떠나지 않았을 것으로 확신한다.

그리고 얼마 지나서 「미네르바」의 기사가 등장한다. 바이마르에도 잘 알려진 언론인 아르헨홀츠가 발행하는 시사 정치와 역사 등을 다루는 잡지인 「미네르바」에 갑자기 쉴러의 장례식을 문제 삼는 글이 실렸는데, 아르헨홀츠가 직접 쓴 글이었다. 사실상 그는 쉴러의 장례식을 무심히 내 버려둔 바이마르의 궁정과 유력 인사들을 조롱하고 있었다.

"그의 죽음이 바이마르에서는 아무렇지도 않은 사건이란 말인가? 쉴러의 보기 드문 천재성과 독일 민족에 그 많은 영예를 가져다주었던 재능, 그리고 그 재능이 제공해준 품격 높은 즐거움이 그곳에서 하루아침에 완전히 잊어질 수 있단 말인가? 적어도 바이마르에서는 그런 일은 불가능하리라. 너무나도 저명한 인사들이 모여 있고, 예술 및 문화, 번성한 산업으로 해서 사람들이 그렇게나 자주, 그것도 정당하게 문예 도시라는 영예로운 별칭을 부여한 그 도시에서 말이다. 왕도(王都)들도 부러워했고, 파리와 런던도 가늠할 수 없었던 행운을 가졌던 도시. 같은 시기에 빌란트, 헤르더, 괴테, 쉴러를 독차지하고 있었고, 지금도 여전히 너무나 이름난 대단한 인사들이 살고 있을 뿐 아니라, 그들보다는 덜하나 그래도 공적이 많기로 이름난 인사들의 숫자는 훨씬 더 많은 도시. 바이마르의 영광을 창조한 올림피아[안나 아말리아]가 더는 통치는 하지 않아도 여전히 영(令)을 내릴 수 있는 그 도시. 쉴러의 오랜 친구인 괴테가 장관인 곳. 그런 곳에서는 쉴러와 같은 특별한 사람의 죽음이란 당연히 최고의 주목을 끄는 사건임이 틀림없었을 것이다. 우리는 그 같은 관심을 몇 개월 전 라이프치히에서 있었던, 뛰어난 한 인사의 미덕과 재능을 기리는 장례식에서는 볼 수 있었다. 그 도시는 공식적 장례식을 통해 그를 기렸고, 많은 수의 시민들은 그 장례식에 참여했다.

그와 같은 일이 바이마르에서 일어났던가? 몇 개의 공공 신문들을 보면 장례식에 대해서는 침묵하면서, 그곳의 일반적인 애도의 분위기나 유족들을 최상으로 대접했다는 등에 대해서 보도했다. 누구나 쉴러의 장례식을 아주 자연스럽게 받아들여 특별히 주의하지 않았다는 말이다. 하지만 바이마르에 들렀던 몇 사람들이 그 장례식에 대해 전하는 전혀 다른 말을 들으면 그 보도를 무례한 거짓으로 여길 것이다. 그런 감정에서 「엘레간테 벨트」 신문의 1805년 5월 21일 자 61호가 전하는 아래 익명의 '바이마르의 편지'를 읽으면 자신의 감각을 거의 믿지 못할 지경이리라. 원래 그 글은 라이프치히에서 인쇄됐는데, 그 도시가 바이마르에서 멀리 떨어지지 않은 점과 두 도시 사이에 활발한 교류가 있는 점을 참작해서, 위 신문 편집장이 그에 따른 현명한 정치적 고려 끝에 필자를 익명으로 처리해서 다음과 같이 게재했다.

'(쉴러가 죽은 이틀 후인) 5월 11일에서 12일로 넘어가는 밤에 그가 묻혔다. 그것도 아주 조용히. 원래 수공업 용역 일군들이 그의 관을 운구할 예정이었지만, 그의 친구들과 그를 존경하는 사람들이 그날 저녁 급히 모여 그들에게 주어진 영예와 의무를 지기로 했다. 그들은 몇몇 문인들(포스 교수, 칸기서 박사, 쉬체 씨 등)과 관청 비서와 서기들이었다. 그들 일행은 자정이 지난 시간에 도시를 통과하여 야콥 교회로 갔다. 천천히 그리고 힘겹게 (운구하는 인원이 그렇게 많지는 않았다). 아무런 소리도, 지켜보는 이도, 따르는 행렬도 없이. 여태껏 지상의 어떤 사람도 여기 그 유명한 쉴러처럼 이렇게 조용히 매장되지는 않았을 것이리라. 달빛이 훤히 비치는 밤이었고, 사방은 깊은 잠에 빠져있었다. 어떤 탄식의 소리도, 어떤 슬픔의 소리도 없이 오직 교회의 지붕에 부딪혀 울고 있는 바람 소리만이 죽은 이들이 잠들어 있는 묘지 입구로 들어갈 때 멀리서 유일하게 들려오는 섬뜩한 소리였다. 그의 관이 작은 지하 묘소의 옆쪽 문을 통해 안으로 내려졌을 때, 달은 다시 어두운 구름 뒤로 숨어들었다.'

이 모든 것이 글자 그대로 사실이라면 정말 끔찍한 일이다. 이렇게 황급히 치른 장례가 더운 날씨 때문에 필요했던 것은 결코 아니다! 극도의 조용함! 마치 페스트로 죽은 사람을 매장하는 것처럼 자정이 지난 한밤중에! 따르는 어떤 행렬도 없이 외로이 운구되는 관! 쉴러의 시신을 묘지로 옮기는 일을 애초에 바이마르의 용역 수공업자들에 맡기기로 했다면, 정말 누가 그렇게 계획했는지 이 부분에선 해명이 필요할 것이다.

이튿날인 일요일에 시립악단이 교회에서 추모곡을 연주하는 가운데 교구총감독 폭트가 추도 연설을 했다고 해서 쉴러의 장례 문제가 달라지지는 않으며, 그 잘못을 해결할 수도 없다. 쉴러 장례식의 경우는 우리 민족의 일로 봤을 때 어떤 변명도 필요 없는 수치스러운 행위였다.

위대한 쉴러의 장례가 용역 일군 대신 위의 방식으로나마 행해진 것이 그를 존경하는 사람들에게는 그나마 위안을 주었다는 것도 사실일 수 있다. 하지만 그건 다른 의미에서다. 클롭슈톡이 세상을 떠났을 때 함부르크에서는 전혀 다르게 반응했다. 그 위대한 시인의 장례식에는 어떤 사항도 빠지지 않았으며, 그 자체를 특별한 행사로 만들었다."

11. 바이마르 단골 술집

바이마르 시내 근처 한 술집. 바이마르 시민들이 저녁에 자주 찾는 단골 술집이다. 바이마르와 인근 아폴다 맥주로 인기가 있다. 아직 초저녁이라 사람들은 그렇게 많아 보이지 않는다. 이때 한 사람이 술집에 들어선다.

"아니, 그 양반 장례를 지난밤에 그렇게 마친 거야?"

말끔한 그린 색 재킷을 입고 희끗희끗한 금발의 40대 후반이나 50대 초로 보이는 신사가 술집으로 들어서며 한소릴 했다. 술집의 단골 석에 앉아 있는 사람들이 그에게 손짓하며 외친다.

"어이 친구, 어서 와! 잔소리 말고 한잔해. 우리야 저녁에 모여 한잔하는 게 낙이지, 다른 건 신경 쓸 게 있나."

식당 구석에 있는 단골 테이블에 세 명의 중년들이 보인다. 검은색, 감색, 짙은 회색 계통의 재킷을 입은 행색으로 봐서 농사꾼이나 수공 기술자 혹은 장사치 등은 아니고, 중하급 공무원이나 그 비슷한 일을 하는 사람들로 보인다. 한 사람은 머리숱이 적은 연한 금발, 한 사람은 벌써 반백의 갈색 머리, 또 다른 한 사람은 이마 위 앞머리부터 정수리와 그 주변까지는 머리숱이 없고 양쪽 귀 위쪽부터 뒷머리는 갈색의 머리가 남아 있는, 머리가 반은 벗어진 남자다. 그린 색 재킷 남자가 자리에 앉자마자 맥주를 한 모금 들이키고 다시 말을 한다.

"그런데 그 양반 장례에 궁정이 일부러 아무런 관심을 보이지 않았다던데, 그런 말은 들었나?"

맞은편에 있는 연한 금발의 남자가 대답한다.

"그런 말이 어제 오후부터 시장에 쫙 퍼지긴 했지. 자네도 듣지 않았나?"

그는 머리가 벗어진 옆 친구에게 말을 돌린다.

반 대머리 물론 나도 알지. 그렇지만 그건 확인 안 된 소문이니 그런 말에 신경 쓸 건 없어. 자칫 이런 말 저런 말 했다가 궁정에 걸리면 우리처럼 녹을 먹고 사는 사람들은 아주 난처하지. 자네도 아예 신경 꺼.

그린 재킷 그래도 그 양반 연극 보자고 독일 전역에서 얼마나 많은 사람이 극장을 찾고, 귀족, 유명인들도 심심치 않게 왔지 않았나.

갈색 머리 (얼굴에 취기가 약간 올라 홍조를 띠며) 맞아, 몇 년 전 프로이센 왕 부부도 왔었지. 젊은 왕후가 그 양반 연극을 좋아했던 것 같은데. 그때 『빌헬름 텔』 공연을 했지 아마.

반 대머리 저 친구, 기억력 좋아. 술 취한 것 같더니 아닌 모양이네. 나야 연극이고 뭐고 관심이 없지만, 그래도 그 양반이 유명했던 건 사실이야. 괴테도 공작도 그건 인정해야 할걸.

연한 금발 (고개를 약간 떨구고 시선을 쥐고 있는 맥주잔에 던지면서) 그야 그렇지. 그들도 그건 알지. 그래서 그 양반도 대우를 받았지.

갈색 머리 (약간 혀가 꼬이는 말투로 언성을 높이며) 대우는 무슨 대우. 대우를 받았다면 한밤중에 도둑 장례를 치렀겠나. 게다가 궁에선 아무도 나오지 않았다는데. 궁이 뭔가, 관리 한 놈도 나오지 않았지.

반 대머리 (좌우를 돌아보며) 쉿, 조용하게.

갈색 머리 사실 아닌가, 젠장. 자네는 국가 녹을 먹어서 안 나갔나? 나야 하급 관청 말단 공무원이라 연락도 받지 못했지만, 자네야 궁정 재무실 소속 공무원 아닌가. 그러니 연락을 받았을걸. 왜, 궁정에서 나가지 말라 하던가? 괴테 그 양반이 재무실도 관장하지 아마. 괴테 나리의 명령이라도 받았나?

반 대머리 말조심해, 이 친구야. 정말 술 취했네. 그리고 내가 무슨 힘이 있나. 공무원들이란 국가와 궁정의 명령을 받아서 일할 수밖에 없지. 사실 그 문제에 대해 우리가 흥분할 건 없네. 그건 우리와 상관없고, 또 원래 바이마르에선 장례가 밤에 치러지는 게 보통이잖아. 크게 문제가 될 건 없어.

갈색 머리 (갑자기 껄껄껄 웃으며) 자네, 말 잘했어. 스스로 답을 했구먼. 궁정의 명령을 받았단 말이지. 그럼 괴테의 명령도 받았다는 말이군. 그럼 그렇지, 내 말이 맞지. 그리고 밤에 치르는 장례가 보통이었다고? 그게 무슨 말인가. 자네가 말하는 건 어떤 밤인가? 자정부터 시작하는 게 밤인가? 난 그렇게 한밤에 치르는 장례는 최근에 들은 적이 없어. 보잘것없는 저잣거리 사람이 죽었으면 몰라도. 그렇지 않으면 그렇게 한밤에 하지는 않아. 물론 나도 그렇게 하진 않을 거네. 모르지, 마누라가 내 꼴 보기 싫다고 누구도 몰래 야밤에 끌어 묻을지. 뭐, 그럼 할 수 없고, 흐흐.

그린 재킷 그건 그래. 내 기억엔 2년 전 헤르더 그 양반이 죽었을 때는 아마 9시쯤에 장례를 치렀지. 그때는 많은 사람이 등을 들고 장례 행렬을 뒤따랐어. 그러니까 시내 사람들이 모두 볼 수 있게 장례를 치렀고, 나도 그래서 기억이 생생하네. 사실 귀족 나리들이나 밥술이나 먹고 사는 사람들은 거의 헤르더 그 양반처럼 장례를 치르지 않던가? 어쨌든 모두가 자는 한밤에 몰래 치르진 않아.

연한 금발 맞어. 그건 도둑 장례지. 쉴러 그 양반이 바이마르에서 도둑 장례를 치러야 할 이유야 없지.

그린 재킷 그래, 시민들이 다 볼 수 있고 동참할 수 있게 치렀어야지. 사실 그 양반이 바이마르에 얼마나 많은 명성과 즐거움을 가져다주었는가. 연극을 좋아하는 사람이든 아니든 상관없이 그를 다 좋아했지. 아마 독일 전역에서 괴테보다 더 유명할걸.

갈색 머리 (술이 깬 것처럼 눈을 크게 뜨며) 난 연극을 좋아하지만, 그래서 그 양반을 좋아하는 건 아냐. 베를린에 있는 내 친구의 말을 들어보면 프로이센에서 그 양반을 어떻게 생각하는지 짐작할 수 있네. 그야말로 영웅이지, 영웅. 작년에 그 양반이 베를린을 방문했을 때 사람들이 얼마나 열렬하게 환호했는지 다들 들었나? 난 친구를 통해 잘 들었어. 그런 양반을 우리도 모르게 한밤에 장례를 치르는 것이 무슨 경운지 모르겠어. 한마디로 공작과 괴테가 엿 먹인 거지. 쉴러 가족에게도 그렇고, 우리 같은 시민들에게도 말이야.

반 대머리 (재빨리 술 깬 남자의 입을 막고 말을 제지하며) 이봐, 이 친구 좀 데리고 나가게. 술이 너무 취했나, 말하는 게 심상치 않아.

연한 금발 뭐, 하긴 저 친구 말이야 맞지. 나도 그렇게 생각해. 공작이나 괴테 중 누구도 쉴러가 죽고 난 후 그의 집 앞에도 얼씬하지 않았다니 참 이해가 안 돼.

갈색 머리 우리의 공작님이 직접 문상 가는 것 봤나? 젠장. 그렇담 사람이라도 보내 대신 문상해야 하는 것 아닌감? 자네들 그랬단 소리 들어봤어? 어쨌든, 난 못 들었어.

연한 금발 글쎄 아말리아 마마도 안 왔지 아마. 쉴러 그 양반이 그분하고도 사이가 좋았을걸.

반 대머리 그야 모르지. 아말리아 마마는 독자적으로 사람을 보냈는지도….

그린 재킷 그랬다면 소문이라도 들렸겠지. 그런 얘긴 못 들었는데.

갈색 머리 공작이나 그 가족은 누구도 안 갔어. 그건 분명해. 사람도 보내지 않았고. 염병, 극장의 배우들은 공연을 안 하겠다고 하는데, 극장 감독인 괴테는 오히려 공연은 해야 한다고 했다며?

연한 금발 그건 무슨 말인가? 어제 극장에서도 애도 차원에서 연극 공연이 없다고 공고를 내지 않았나?

그린 재킷 그렇지. 배우들이 나서서 공연을 못 하겠다고 했다니, 그 사람들이 그나마 공작과 괴테의 체면을 세워준 거 아닌가? 그런데도 괴테가 공연해야 한다고 말했을 이유가 있을까?

반 대머리 그래, 괴테 그 양반이 그렇게 하지는 않았겠지.

갈색 머리 흥, 내가 들은 얘기가 있어. 극장의 배우에게 직접 들은 게 있단 말씀이야. 그 사람 말이, 배우들은 그가 죽었단 소식을 듣고 충격과 슬픔으로 어떤 연극 공연도 할 생각이 전혀 없었다는군. 그래서 쉴러 애도 기간을 선포하고 그동안은 계획된 공연을 쉬거나 쉴러 연극만 공연하자는 계획을 의논했다는데. 하지만, 누가 그것을 결정하겠나?

그린 재킷 괴테지. 극장 감독이니까.

갈색 머리 그럼, 당연하지. 그 양반의 권한이지. 그런데 배우들이 그런 의견을 괴테에게 잘 말할 수 있었을까? 쉴러가 죽고 나서 괴테 주변 사람들은 쉴러의 죽음을 알리려는 어떤 사람도 그 양반에게 접근할 수도 없게 했다는군. 쉴러의 죽음이 그 양반에게 충격을 준다나 뭐나. 해괴한 소리지. 가장 가깝단 친구가 죽었는데 주변 사람들은 그걸 알리지 못하게 한다? 오히려 제일 먼저 알려야 되지 않는가?

반 대머리 그거야 이유가 있지. 그때 괴테의 건강도 아주 안 좋았다고 하더군. 그래서 충격적 소식을 들으면 그 양반도 어떻게 될지도 모르니 그랬다는데. 또 그 양반이 원래 사람 죽는 소식은 듣고 싶어 하지 않고, 누구의 장례에도 참석하지 않았네. 그러니 그런 소식을 바로 알릴 필요가 없었던 거겠지.

연한 금발 하긴, 그 양반이 장례식엔 안 간다고 하더군. 문상도 그렇고.

그린 재킷 그 양반, 참. 그렇게 죽음이 두려운 건가?

갈색 머리 그렇겠지. 이기적 사람은 원래 죽음이 두려워. 특히 그 양반은 죽고 싶지 않겠지. 여기서 그야말로 올림피아의 신처럼 숭배받고 지내는데. 언제나 상찬으로 대접받고, 가장 좋고 고급인 걸 입고 먹고 마시잖아, 프랑스의 신처럼 말이야.

연한 금발 그렇지, 그는 바이마르의 제우스지. 그를 방문한 어떤 젊은 시인이 그렇게 얘기했다는데. 그 말이 맞어.

그린 재킷 그래도 바이마르에선 공작이 제우스지, 흐흐.

갈색 머리 공작이야 독일의 많은 군주 중 하나일 뿐이지만, 괴테는 외부에서 보면 올림피아의 제우스라 할 수 있어. 암. 그렇지만 작은 바이마르 궁정에 갇혀 고개도 들지 못하고 꼼짝할 수 없는 존재지, 흐흐. 고개를 들면 궁정도 부서지지만, 자신의 머리도 날아가겠지. 궁정에 갇힌 가련한 제우스. 아마 그는 죽기 전엔 머리를 다치고 싶어 하지 않을걸. 그냥 가만히 있는 것, 누구의 죽음에도 관심을 두지 않고 자신이 원하는 일만 하는 것, 그게 바이마르 제우스의 이기적 생존 전략이여, 흐흐. 웃기고 슬프군.

반 대머리 사람마다 독특한 성향이 있는 거지. 그건 인정해줘야 해.

그린 재킷 그럼, 배우들이 괴테에게 말을 못 해서 결국 공작에게 허락을 받은 건가?

갈색 머리 그렇지. 그때 배우들이 걱정하고 있으니, 그 여자 배우 있잖나, 야게만, 흐흐. 그 이가 공작에게 직접 얘기해서 급히 허락을 받았다는군. 공작이야 야게만의 청은 거절 못 하겠지. 공작의 특별한 배우니까, 흐흐….

그린 재킷과 연한 금발 그렇군. 야게만이면 그럴 수 있지, 흐흐.

갈색 머리 그런데 웃기는 건, 그때 공작이 바로 괴테에게 의견을 물었다는군. 이건 누구도 잘 모르는 얘기야. 자네들도 모른 척해, 흐흐. 하지만 난 직접 들었어. 괴테는 그때 이미 쉴러의 죽음을 알고 있었단 말씀이야. 그런데도 공작에게 관객들을 위해 계획된 공연을 계속했으면 좋겠단 생각을 말했다는군. 그래도 공작이 그 의견에 반대하자 할 수 없이 괴테가 양보한 거야. 야게만에게 공작의 체면을 세워준 거지, 흐흐.

그린 재킷 아니 그런 얘길 누가 자네에게 해줬어. 혹시 야게만인가? 아니면 그런 이야기를 어떻게 알아. 솔직히 말해봐. 우리 사이에 무슨 비밀이 있나. 우릴 믿고 말을 해.

연한 금발 그래, 우린 믿어도 돼. (반 대머리 남자를 가리키며)

저 친구는 몰라도, 흐흐.

갈색 머리 그건 비밀이야. 그냥 모른 척해. 하지만 내 말은 사실이야.

그린 재킷과 연한 금발 그럼 야게만이네. 그래.

반 대머리 무슨 소린가. 내 이 말을 안 하려다가 할 수 없네. 게나스트에게 들었는데, 오히려 괴테는 쉴러가 죽었으니 공연을 중지하는 건 당연한데도, 그것에 대해 배우들이 굳이 공작의 허락을 받아 공고까지 내는 건 말이 되지 않는다고 했다는데. 내가 게나스트에게 직접 들은 말이야. 이제 그런 얘긴 그만하세.

갈색 머리 (주변의 시선을 외면하고 술집 천장을 보며 딴청 하듯이) 그 게나스트야 괴테의 눈치만 보는 충견이지. 그래서 그 덕에 배우면서 연출도 하고 있잖아. 어쨌든 내 말은 사실일세. 괴테는 쉴러의 죽음을 이미 알고 있었고, 공연도 계속했으면 했다는군. 그게 그 양반의 본질이야.

그린 재킷 그렇담 정말 웃기는 거지. 그렇지 않아도 나도 나름대로 들은 말이 있어.

연한 금발 무슨 말을?

그린 재킷 괴테는 쉴러가 죽은 다음 날 아침 바로 그걸 알았다는 말이지. 그리고 별일 없이 오전엔 공원으로 산책도 하고, 오후에 바로 원기를 회복했다고 하던데. 그 모습을 본 사람이 몇이나 있어. 그뿐만 아니라 어제는 슈타인 부인 집으로도 갔다는데. 그리고 원래처럼 활기차게 얘기를 잘했다는구먼.

연한 금발 그래? 본 사람이 몇이나 있다면 그렇겠지. 그건 그렇다 치고, 슈타인 부인 집일을 자네가 어떻게 잘 알아? 설마 슈타인 부인에게서 직접 듣지는 않았을 거고, 호호.

그린 재킷 (연한 금발을 보며) 이 친구 날 무시하는구먼. 나도 다 정보통이 있어. 이 나이까지 공짜로 바이마르에서 공무원으로 굴러먹는 건 아니지. (국가 녹을 먹는다는 남자를 쳐다보며) 저 친구보단 못하지만 그래도 정보통은 있지.

갈색 머리 그건 슈타인 부인 집에서 일하는 사람 중에서 들었겠지. 설마 하녀를 통해서 듣지는 않았을 거고, 호호. 그래, 괴테 그 양반이 그렇다니까. 내 말이 맞을걸. (갑자기 소리를 지르며) 염병할, 그걸 다 인정하더라도 어젯밤 장례까지 그렇게 치르는 건 우리 바이마르의 수치야. (목소리를 낮추며) 근데 그 양반이 그렇게 갑자기 죽었던 거도 난 이해할 수가 없네. 그것도 뭔가가 있어. 이상하단 말씀이야. 공작도 괴테도….

반 대머리 (갑자기 일어서며) 무슨 말인가, 이 친구! 도대체 더는 들을 수가 없군. 난 그만 가겠네. (서둘러 술집을 나간다. 잠시 세 명의 남자는 떠나는 그를 바라보고 있다. 정적이 흐른다.)

갈색 머리 (정적을 깨며 동시에 정색하며 조용히 말한다.) 그 양반이 죽은 것에 대해서도 소문이 많더군. 그가 갑자기 죽은 게 이해가 되지 않는다고 말이야. 그를 마지막으로 본 사람들은 대부분 연극 공연에 온 사람이었지. 그때 쉴러는 건강하게 보였다는군. 그런데 공연이 끝날 때 가보니, 그가 몸을 떨고 제대로 일어나지도 못하고 있었다는 거야. 하니 무슨 일인지 모르겠어. 공연 도중에 그의 관람석에서 무슨 일이 있었던 것 같다고 사람들이 수군대는 것도 당연하지. 소문엔 그가 공연 도중에 누군가를 만났고, 그로부터 아주 충격적인 소식을 들었다고 말하는 사람도 있고, 공연 도중에 차를 마신 것이 원인이라는 소문도 있더군. 뭐가 사실인지는 모르지만, 뭔가 정상은 아닌 것 같어. 그날 공연 관람 이후 일어나지 못하고 결국 죽었으니. 그리고 장례도 서둘러 야밤에 몰래 치렀으니 뭔가 수상하지. 그러니까 그가 죽은 원인도 어쩌면 외부에 있을 거라고 수군대는 거야. 자네들은 그런 소문 듣지 않았나?

연한 금발 나도 그런 소문을 알고 있어. 근데 내가 들은 건 외국 궁정이 개입됐다는 소문이야. 비밀 요원이 그날 공연에 그를 찾아왔고, 그에게 충격적인 사실을 말했다고 하던데. 그 충격으로 그 양반이 쓰러졌다고.

갈색 머리 그래? 그건 나도 처음 듣는 말인데, 어느 궁정에서? 어느 궁정에서 비밀 요원을 보냈다는 건가?

그린 재킷 (가만히 고개를 숙이면서 다른 두 남자에게 가까이 오라는 손짓을 하더니, 주위를 둘러보며 조용히) 맞아, 내가 들은 얘기는… 바이마르도 알고 있는 강력한 나라의 궁정이 개입됐다는데.

갈색 머리 강력한 어느 나라? 프로이센? 오스트리아? 브라운슈바이크? 아님 작센 공국들? 아니지, 작센 공국들은 강력하지 않지. 브라운슈바이크도 그렇고. 혹 독일을 벗어난 강력한 국가를 말하나? 그렇다고 영국, 스웨덴을 말하는 건 아니겠지? 그럼, 설마 프랑스?

아냐, 그쪽은 혁명으로 뒤숭숭하다 나폴레옹이란 자가 황제가 됐다는데, 우리같이 조그만 나라에 비밀 요원까지 보내겠어? 대체 어느 나라말인가?

그린 재킷 (입을 가리면서 작은 목소리로) 그건 나도 모르지, 흐흐…. 하지만 소문에 프랑스는 그 양반을 좋아한다는데 비밀 요원을 보내 그 양반을 죽게 하겠어? 혹시 모르지, 그 양반이 죽어서 이젠 우릴 공격할지도. 세상일은 알 수 없어. 알 수 없는 인생처럼. 그렇지만 설마 그렇겠어? 흐흐.

12. 예나 1806년 겨울

1806년 일찍 추위가 찾아온 초겨울의 어느 날 저녁. 사람들이 뜸한 예나 시내의 대학 건물 근방에 있는 골목의 한 술집 〈추어로젠〉. 예나 대학생들이 자주 찾던 곳이다. 얼마 전 프랑스군이 약탈한 예나 시내는 여전히 곳곳에 불탄 건물과 부서진 집들이 보인다. 금발의 머리를 뒤로 묶고 대학생처럼 보이는 한 젊은이가 술집에 들어선다.

"어이 페터, 이게 얼마 만이야!"

술집에서 기다리고 있던 한 친구가 반갑게 손짓을 하며 자리에서 일어선다. 그는 갈색 더벅머리에 구레나룻도 길게 기르고 있다.

"너! 한스, 살아있었구나. 이런 반가울 때가!"

금발의 페터 역시 기다리던 친구를 알아보고 다가오더니, 둘은 반갑게 포옹을 하고 다시 얼굴을 보며 서로 등을 두드린다.

"페터, 반가워. 살아있었네? 이런, 내가 무슨 소릴, 당연히 별일이 없어야지. 그래 이 난리 통에 지금껏 어떻게 지냈어?"

"휴! 정말 이렇게 살아 너를 보니 실감이 안 난다. 그래 전쟁통에 살아남은 건 다행이지만, 몸만 성하지, 그 외엔 모두 없어졌어. 내가 묵었던 집은 불타고 내 방도 다 타버렸지. 책이며 서류, 개인 용품, 옷가지들도. 그날 몸만 겨우 빠져나와 부르가우 근처로 피신했다가, 바로 루돌슈타트로 도망갔어. 그래도 운이 좋았지. 프로이센 병사 한 명이 도망가기에 따라갔으니. 만약 그때 조금만 더 늦었더라도 난 어떻게 됐을지 몰라. 지금도 생각하면 아찔해."

그 말에 더벅머리가 대꾸한다.

"그랬군. 그래도 그만한 게 정말 다행이야. 암, 운이 좋은 거지. 너도 알다시피, 난 그나마 그 전에 프랑켄 지역 친척 집에 가서 다행히 그 난리는 면했지만, 예나에 있던 많은 친구가 화를 당했어. 다친 친구들은 많고, 심지어 죽은 친구도 있는데…."

"그래? 누가 죽었어?"

"왜, 헤겔 교수의 수업을 듣던 친구 있지. 깡마른 얼굴에 콧수염을 기르고 항상 두꺼운 외투를 입고 다니던 그 펠릭스 말이야."

"응, 그 친구 나도 알지. 신경이 좀 예민하고, 특히 말이 없었던 친구였지. 가끔 건강이 좀 안 좋단 말을 했지 아마. 그래도 칸트 철학에 관해선 공부를 많이 한 친구 같던데. 그 친구가 죽었던 말야? 대체 어떻게?"

"자세하겐 모르지만, 프랑스 병사들이 그의 방에 있는 책들을 뒤지자 그 친구가 그걸 막다 그렇게 됐다는 소문이더군."

"무슨 책인데 그놈들이 뒤져?"

"모르지. 소문엔 프랑스와 프랑스혁명을 비판하는 책이나 글이면 무조건 빼앗아 불을 질렀다는데, 아마 헤겔 교수의 강의록도 그랬을걸. 그 친구 헤겔 교수의 강의를 열심히 듣지 않았나. 놈들이 그 강의록조차 빼앗으려니 그걸 막다 그렇게 됐다는 말도 있고."

"나쁜 놈들. 강의록이 무슨 문제라고. 프랑스 놈들이 그렇게 무지몽매한 놈들인지 몰랐어. 프랑스혁명은 좋아했는데, 이번에 프랑스 군대를 보니 내가 잘못 생각한 것 같어. 근데 헤겔 교수가 강의에서 뭐라고 했는데?"

"강의에서 프랑스혁명은 자유를 요구했지만 결국 죽음을 줬다고 했다는군. 그것도 가장 값싼 죽음을 줬다고 말이야. 모두가 자유를 요구하니 누구도 자유를 얻을 수 없었고, 많은 사람이 자유를 얻기는커녕 기요틴의 희생물이 되었다고. 헤겔 교수는 그것이 증거라고 했다더군. 그리고 프랑스가 필요한 것은 단두대가 아니라 법치국가의 원칙이라고 했다는데. 흠, 법의 지배, 좋은 얘기지. 프랑스혁명 후의 상황에서는 사실 그렇지. 그래서 이제 프랑스에서는 만인의 만인에 대한 투쟁만이 있을 것이고, 현재의 프랑스 상황은 그것의 서막이라고 강의 시간에 여러 차례 말했다던데."

"사실 혁명 이후 자행된 정치를 보면 그 말을 부정할 수도 없지. 그래도 나폴레옹이 새로운 통치자가 됐을 땐 그에게 기대도 했는데…, 하지만 이번 예나에서 저지른 일을 보면 나폴레옹도 마찬가지야. 실망스러워. 어쨌든, 펠릭스 그 친구가 안 됐군. 워낙 고집스런 면이 있었지만, 그래도 정직하고 똑똑한 친구였는데 말야. 그런데 헤겔 교수는 어떻게 됐나? 소문엔 그의 집도 약탈을 당했다고 하던데."

"맞아, 그리고 헤겔 교수도 공격을 받았는데, 그래도 겨우 몸만 빠져 도망갔다는군. 소문엔 프로이센 장교의 도움을 받아 같이 베를린 쪽으로 갔다는데, 그 이상 자세한 건 모르겠어."

"소문이 맞는 모양이군. 기가 막히는 일이야. 하긴 프랑스를 욕하는 교수를 프랑스군이 가만히 둘리가 없지. 그런 걸 보면 프랑스군도 정보력이 대단해. 어떻게 헤겔 교수의 강의 내용까지 알게 됐을까."

"그거야 여기 예나대학에도 프랑스를 지지하는 교수들이 있지. 그들은 이전부터 프랑스와 통하고 있었을걸. 그들이 헤겔 교수를 좋은 눈으로 봤겠어? 그는 젊은데다 아직 정교수가 아니지만, 많은 학생은 물론, 괴테도 그를 지원했으니 일부 교수들이 얼마나 눈엣가시처럼 봤겠어. 헤겔 그 사람도 한 고집하는 사람 아닌가. 그러니 그를 싫어하는 교수들이 더욱 프랑스에 그 점을 일러바쳤겠지."

"나도 헤겔의 실력은 인정해. 너무 자기 생각이 강해서 강의를 듣기는 좀 부담스러웠지만. 어쨌든 그 사람도 별일이 없어야 하는데."

"이 친구, 지금 우리가 그런 걱정할 형편인가. 예나 시내가 온통 불타고 도시 전체가 야전병원처럼 아직도 부상자들이 득실대는데. 우리가 어떻게 지낼지 걱정이야."

"그야 그래. 남은 우리가 문제지."

이때 한 젊은이가 술집으로 들어온다. 그는 두꺼운 긴 외투를 입고 수염이 턱과 뺨까지 덥수룩하다. 연갈색의 머리는 이발을 한 지 오래된 듯, 더벅머리 한스보다 더 길고 덥수룩해서 머리통이 아주 크게 보인다. 한스가 그를 발견하고 소리친다.

"어이, 요한 아닌가! 여기, 이쪽으로 와. (요한이 다가온다.) 요한, 역시 여기서 만나네. 살아 있다는 말은 들었어. 마침 잘 왔군, 여기 페터도 왔어."

요한은 페터도 발견하고 반갑게 인사를 건넨다.

"어 반갑네! 오랜만이군, 그래, 어떻게들 지냈어?"

"반갑네. 어떻게 지내긴, 아직 살아있지. 그게 중요한 거지. 자네도 별일 없지?"

페터가 반갑게 대꾸하며 묻는다.

"응, 나야 별일이라면 살아있는 게 별일이지. 흐흐. 그래도 한스가 제일 마음 편한 모양이야. 얼굴은 그대로야. 구레나룻도 여전하고. 흐흐."

한스 역시 웃으며 대꾸한다.

"이 친구, 내 얼굴이 그대로라니. 얼마나 수척해졌는데."

"그건 얼굴이 수척해진 게 아니라, 머리가 더욱 더벅머리가 돼서 얼굴이 상대적으로 작아 보여서 그런 거야. 그렇지 않나, 페터?"

"글쎄, 그런 것 같기도 하고, 흐흐. 그래도 이렇게 만나서 웃으니 다행이다. 죽은 친구가 안 됐지…."

"누가? 우리 친구 중에 누가 죽었어?"

요한이 페터에게 물었다.

"그 펠릭스 말이야, 그 친구가 죽었다네. 그날 프랑스 병사들이 방에 와서 책을 약탈하는 걸 막으려다 그만 그렇게 됐다는군. 나도 한스에게 방금 들었어."

페터가 한스에게 눈길을 보내며 말했다. 그 말에 한스 역시 한

마디 한다.

“난 소문으로 들었어.”

그러자 요한이 정색하며 말한다.

“무슨 소리야, 그 친구 그때 목과 팔을 심하게 다치긴 했지만 죽지는 않았어. 그리고 다행히 바로 치료해서 큰일은 없었어. 아마 지금은 바덴의 부모님 댁으로 가 있을걸. 부모님 댁에서 몸도 돌보고 쉬었다가 온다고 내게도 말하고 갔는데?”

한스는 눈을 크게 뜨고 요한의 말을 듣고 있다가 페터를 보며 말한다.

“아, 그래? 그럼 정말 다행이네. 난 사람들이 그러기에 그 친구가 죽은 줄 알았지.”

그리고 요한을 보며 말한다.

“하긴, 그날 이후 워낙 흉흉한 소문들이 많이 돌아, 무슨 말이 사실인지 아닌지 알 수도 없었어.”

“아마 펠릭스가 갑자기 보이지 않아 그런 소문이 돈 모양이군. 그런데 소문하니 말인데, 너희들 혹시 괴테 소문은 들었어? 괴테가 그날 바이마르 집에서 프랑스 병사의 공격을 받아 죽을 뻔했다는데?”

요한이 한스와 페터를 보며 질문했다.

13. 바이마르 1806년 10월 14일, 괴테의 집

14일 새벽. 멀리 예나 방향에서 대포 소리가 났다. 전투가 치열해지는 모양이다. 아침이 되자 대포 소리는 마치 인근에서 소대 사격을 하는 것처럼 다발적으로 크게 들려왔다. 그런데 오전에 대포 소리는 점점 줄어들더니 점심을 지나자 완전히 사라졌다. 잠시 평온한 가을 오후의 일상이 찾아온 듯 보였다. 평소처럼 늦은 오후의 오찬이 차려졌다. 이윽고 식사하려는 순간 갑자기 대포 소리가 들렸다. 대포는 한발씩 터지더니 이내 쾅쾅쾅 하며 연달아 그것도 아주 가까이서 들려왔다. 서둘러 식탁을 치우고 정원으로 나가 살폈다. 포탄들이 휙휙 소리를 내며 집 위로 날아간다. 그중 하나는 극장 쪽으로 날아가더니 명중하는 것 같다. 폭음과 함께 건물이 부서지는 소리가 들린다. 급히 안채로 들어와 아래층으로 내려갔다.

시내에는 사람들이 동요하기 시작했고, 우리 집으로 뛰어와서 묻는 사람들도 있다. 크리스티아네가 그들을 진정시키는 것 같았다. 그리고 곧 내게 와서 이웃의 몇 사람들이 몰려왔음을 알리고, 내가 전투상황을 아는지 그리고 공작과 궁정으로부터 연락을 받은 게 있는지 물어본다.

전투상황도 모르겠고, 바이마르의 병사들을 이끌고 프로이센의 선두부대에 합류한 공작의 연락도 없다. 예나 근방에서 전투가 벌어진 모양인데, 대포 소리가 점점 가까이 들리고 포탄이 날아오는 것으로 봐서 나폴레옹 군대가 밀고 들어오는 것 같다.

나폴레옹은 전투 속도가 엄청 빠르다. 그는 전투에서 상황 판단이 빠르고 정확하며, 그의 군대는 잘 조직되고 일사불란하게 움직인다. 그에 비하면 프로이센 군대는 오합지졸이나 마찬가지다. 얼마 전 잠시 예나에 다니러 갔을 때 그곳에 있던 프로이센 군대의 지휘부와 자주 만나 식사를 했다. 그때도 불안함과 의구심이 들었지만, 바이마르로 돌아와서 아는 장교와 함께 근처 프로이센군 진지로 가보니 더욱 그랬다. 그곳은 혼란한 시장바닥이나 다름없었다. 진지 안에 병사들이 수많은 천막을 치고 먹고 마시고 있었다. 주변의 길가에서 나무들을 패오는 병사들, 큰 솥을 걸고 감자와 배추를 끓이는 이들, 진지 밖에서 소를 도살하는 병사들로 북적

댔다. 그들이 먹고 마시는 동안 진지 주변에는 연기가 기둥을 이루고 자욱하게 올라가고 있었다. 그 와중에 군대를 따라온 장사꾼들은 병사들의 천막으로 와서 화주(火酒)와 커피를 팔았다. 지휘부 장교들은 당연한 듯 그 광경을 보고 있었다. 그 병사들이 내 가르텐하우스에도 침입했었다. 시내 바이마르 궁성 옆으로 흐르는 일름 강변의 목초지에 있는, 예전에 내가 한때 기거했던 그 작은 집의 창문과 가구들을 부수어 땔감으로 가져갔다. 시내 빵집도 털렸다는 소문이 들렸다. 같이 온 장교에게 그 말을 했더니, 빵이 충분치 않았다고 말하며 무심히 웃는다. 그 모습을 보니 그들이 과연 전쟁을 잘 치를 수 있을까 하는 의구심으로 가슴이 답답했다. 14년 전 프랑스로 출정했을 때처럼.

당시 프랑스 출정에서도 아우구스트 공작은 프로이센 군대에 가담해서 참전했다. 나 역시 공작의 요구로 할 수 없이 그를 수행해서 전쟁에 참전했고, 전투란 걸 현장에서 직접 겪었다. 독일의 연합군은 지휘부부터 둘로 나뉘어서 일사불란함은 애초에 기대할 수도 없었다. 전투 경험이 많은 브라운슈바이크 공작이 총사령관을 맡았지만, 큰 군대를 이끌고 온 프로이센 왕은 자신의 군대를 따로 지휘했다. 그러니 병사들은 우왕좌왕했고 진군 상황을 제대로 알지도 못했다. 사실 병사들도 전쟁이 아니라 산책 나온 듯 놀면서 어슬렁거리고 진군했기 때문에 도무지 전쟁이라는 걸 하겠다는 건지 아닌지조차 알 수 없었다. 결국 파리까지 가지도 못하고 도중에 참패해서 독일로 돌아올 수밖에 없었다.

퇴로에서는 이질과 역병에 시달려 전투에서보다 더 많은 병사가 죽었다. 길거리 곳곳엔 병든 병사들이 버려져 죽어가고 있었다. 그 병사 중 한 명이 우리들의 마차로 다가온 적이 있다. 그가 손을 떨며 힘을 다해 쫓아오자, 마차에 같이 앉아 있던 프로이센 장교가 칼을 뽑아 들고 그에게 접근하지 말라고 위협했다. 그러자 그가 마차 앞으로 가서 무릎을 꿇고 두 손을 모으며 소리쳤다. 마차가 멈추자, 그의 더럽고 핏기없는 얼굴은 갑자기 어디서 그렇게 쏟아지는지 눈물로 뒤범벅이 되었다. 그리고 우리에게 자신의 청을 들어달라고 간청하며, 가슴에 간직하고 있던 쪽지 하나를 꺼내 보였다. 고향 마인츠에 있는 아내와 어린 아들에게 전하는 편지였다. 그걸 전해달라고. 장교가 편지를 받았다. 그러자 갑자기 병사는 다음 달 아들의 생일엔 프랑스에서 새 옷과 과자를 사 간다고 했는데 그 약속을 지킬 수 없게 됐다고 서럽게 울었다. 마차는 다시 서서히 움직였고, 그는 길바닥에 그대로 주저앉아 있었다. 다시 앉은 장교는 내게 잠시 소란을 경험하게 해서 미안하다고 말을 했지만, 그 말은 들리지 않고 병사의 모습은 내 가슴에 무거운 돌덩이처럼 박혔다. 그처럼 많은 병사가 고향에 돌아가지 못하고 길거리에서 죽음을 맞이했다.

마인츠로 가는 도중 저녁에 한 마을에 들렀다. 공작은 연합군 지휘부의 회의에 참석해서 나는 프로이센 병사 하나를 데리고 우선 인근의 식당을 찾았다. 그곳에서 글자 그대로 뜻하지 않은 소동을 직접 경험했다. 식당은 마을에서는 가장 큰 규모였지만 많은 사람으로 꽉 차 있어 앉을 자리를 찾을 수 없었다. 나와 함께 온 병사가 식당 주인에게 자리를 마련해 달라고 요청했다.

"여기 중요한 사람을 모시고 왔으니 자리를 마련해주시오."

"중요한 사람이요? 장군이신가? 장군이 여긴 왜?"

"프로이센의 동맹국인 바이마르 공국 추밀고문관 괴테 나리요."

"괴테? 난 그런 사람 몰라요. 전쟁통에 장군, 백작인지 남작인지 귀족들, 추밀고문관, 궁정고문관, 장교 나리들을 원 없이 봤소. 너무 많아 이젠 지겨워. 그들보다 내 식당 찾는 이곳의 단골손님들이 더 중요해요. 높은 양반들은 한 번 오고 말지만 그들은 달라요. 그들이 내게 안정적 수입을 가져다주는 사람들이요. 높은 양반들이 내게 빵을 줬어요, 우유를 줬어요, 고기를, 맥주를 줬어요? 아무것도 주지 않았고 전쟁만 줬지."

"아니, 이 인간 입 닥쳐! 전쟁통이라고 입을 함부로 놀려도 되는 줄 아나. 한갓 식당 주인이 누구를 조롱해."

병사가 단도를 빼려 했다. 난 그를 제지했다. 그리고 공손하게 말했다.

"자리가 없으면 다른 식당을 찾겠지만, 한번 찾아 봐주면 고맙겠소."

주인은 내 태도에 구석에 있는 자리를 보이며 그곳도 괜찮겠냐고 묻는다.

"물론이죠."

주인과 약간의 승강이를 벌이는 바람에 식당에 앉아 있는 사람들의 시선이 잠시 우리 쪽으로 몰렸다. 그 후 우리가 구석 자리에서 식사하고 있을 때 시민 복장의 나이 지긋한 노인이 우리 식탁으로 왔다.

"선생님이 그 괴테신가요, 유명한 '베르테르'를 쓴 … 아, 이제 바이마르 궁정의 추밀고문관님이시라고 했지요? … 그렇군요. 이거 영광입니다. 추밀고문관님의 작품을 읽었습니다. 시(詩)도 참 좋더군요. … 아뇨, 이전에 이곳 김나지움에서 어린 학생들에게 문학과 역사를 가르쳤지요. 이제는 은퇴해서 그저 사람을 만나고 책을 읽으며 시간을 보냅니다. 지금은 전쟁통이라 그것도 힘들지만요. 이 전쟁통에 많은 독일 병사들이 죽었지요…? … 그렇지요. 참 슬픈 일입니다. 전쟁이란 게 그런 것 같습니다. 나도 애국적 독일인이지만, 전쟁은 되도록 하지 않는 게 좋은 것이죠. 적이 공격하면 어쩔 수 없지만…. 추밀고문관께선 어떻게 생각하는지 모르지만, 독일 연합군 쪽에서도 많은 실수가 있었는지 모르겠습니다. … 아, 무슨 말인지 알겠습니다. 하늘에 두 개의 태양이, 두 개의 주피터가 있을 순 없죠. 사실 연합군의 문제는 독일의 문제이기도 합니다. 어쨌든 전쟁에 진 쪽엔 가혹한 시련이 기다리고 있는 것이 당연하죠. 내 생각엔 추밀고문관께서 전쟁의 참상과 부조리를 글로 잘 써주시면 지금의 독일 사람들은 물론, 우리 후손들도 좋은 교훈을 얻을 수 있을 것 같습니다."

이때 민병대 장교 비슷한 제복을 입고 기골이 장대한 중년의 사내가 우리 식탁으로 와서는 노인의 말을 자르듯이 낚아챘다.

"흥, 무슨 소리요. 이 사람이 괴테라면 그런 글을 쓸 것 같소?"

그는 맥주를 과하게 마신 건지 얼굴이 불콰하다. 하지만 거침없이 말했고, 발음은 술기운이 없이 또렷했다.

"난 말이요, 지금까지 몇 번 전쟁에 참여했지만, 이번처럼 엉터리로 전쟁을 하는 경우는 처음 봤소. 적과 싸움을 하려는 건지 장거리 마실 나온 건지 알 수가 없어. 며칠 동안 아무런 지휘도 받지 못하고 그냥 죽치고 진지에 있었던 적이 대부분이요. 사령관과 장군들은 전투가 어떻게 흘러가는지도 모르면서 지휘부 막사에서 회의만 하면 되는 거요? 우리는 프랑스군과 용병들을 만나 언제 죽을지 모르는 상황에서, 이젠 이질에 걸려 죽는 병사들이 더 많소. 장군들과 당신네 귀족들은 막사에서 따로 준비해주는 깨끗한 소시지와 고기, 수프를 먹으니 역병이 얼마나 심한지 알 수가 있겠소? 이러니 전쟁에 지는 건 당연하지. 내가 당신처럼 글을 잘 쓴다면, 이번 전쟁은 무능한 장군들과 얼빠진 귀족들 때문에 패한 것이라 상세히 적을 거요."

이 말을 듣고 있던 노인이 난처한 표정으로 그의 말을 막으면서 한마디 한다.

"여기 괴테 추밀고문관이 그 내용을 잘 쓰실 겁니다."

민병대 장교가 이 말에 갑자기 크게 웃으면서 말했다.

"내가 보기에 이 사람은 마땅히 써야 할 건 차마 쓰지 못할 것이고, 장군과 귀족들이 쓰라는 건 쓰지 않을지도 모르겠소."

그래, 바이마르 교외에서 본 프로이센 지휘부나 병사들은 14년 전 프랑스 출정 때와 같았다. 그때 일이 그대로 반복될 듯한 불안감이 밀려온다. 그러니 이번 전투의 결과도 예상할 수 있을 듯하다. 나폴레옹 군대가 승리하고 바이마르로 들어오는 것만 같다.

이제 피난하는 사람들도 눈에 띈다. 아말리아 모후(母后)께서도 거처로 사용했던 비툼스팔레를 떠나 어디론가 피신을 했다는 소문이다. 그 소문이 퍼진 탓인지 다른 곳에 거처가 있는 귀족들도 그들의 피난처로 서둘러 떠나고 있다. 4시경 프로이센 군대가 시내를 통과해 에어푸르트 쪽으로 후퇴했다. 그들이 요란하게 퇴각하는 소리가 들렸고, 정원 담 너머로 창과 무기들이 혼란스럽게 움직이는 것이 보였다. 그들은 후퇴하느라 정신이 없었고 수많은 부상병이 뒤를 따랐다. 이제 바이마르 사람들은 불안과 공포에 휩싸였다. 이윽고 어떤 사람들은 군대를 뒤따라가는지 에어푸르트 방향으로 피난을 떠나는 듯하고, 바이마르에서 떨어진 곳에 친지나 연고가 있는 시민들은 그곳으로 가는 것 같다. 그리고 순식간에 집 앞 작은 광장과 시내에는 개미 새끼 한 마리 보이지 않는 정적이 감돌았다. 남은 사람들은 숨을 죽이고 집안에서 웅크리고 있다.

무겁게 깔린 정적을 뚫고 5시 30분경 드디어 프랑스 군대가 시내로 진입했다. 전위(前衛)기병대처럼 보였다. 바이마르는 그들의 적국이나 마찬가지다. 바이마르 공국이 프로이센과 동맹을 한 까닭이다. 공작은 프로이센 선왕과 동서지간이었다. 그래서 늘 프로이센 궁정과 협력했고, 프로이센 군대의 장군으로 전장에 출정하는 걸 자랑스럽게 생각했다. 그에게 프로이센은 작은 공국의 생존을 위한 든든한 뒷배였다. 프로이센뿐이랴. 러시아 궁정과의 관계도 항상 그의 관심사였다. 그의 두 번째 프로이센은 러시아였으니까. 그런 그가 프랑스에는 관심이 없었고, 프랑스의 혁명 이후에는 적대시했다. 평소 내가 프랑스에 관심이 있다며 늘 못마땅해하던 그여서, 그곳의 혁명 이후에는 그의 비위를 맞추려 혁명에 확실히 거리를 두고 비판할 수밖에 없었다. 그래도 프랑스 출정의 뼈아픈 경험 이후 공작에게 더는 유럽의 전쟁 놀음과 열강들의 세력 정치에 휘말리지 말라고 여러 번 얘기했지만, 그는 이번에도 프로이센 동맹국의 공작으로 참전했다. 소국에서 열강과의 동맹 정치는 자신의 생존권을 스스로 키우기 위한 시간을 벌 수 있는 수단으로 유효할 뿐이다. 동맹을 생존의 안전장치로 생각하는 것은 국제 정치의 생리와 외교를 알지 못하는 어리석은 착각이다. 하지만 이제 그것을 탓한들 어찌하랴. 지금은 정복군인 프랑스 군대의 공격과 약탈을 피하는 것이 최우선 과제일 뿐. 그래, 약탈만은 무슨 일이 있더라고 막아야 한다.

서둘러 크리스티아네에게 좋은 포도주와 맥주를 준비하라고 했다. 그리고 아들놈과 얼마 전부터 아들의 가정교사로 내 집에 기거하고 있는 리머를 데리고 집 앞으로 나갔다. 일단의 프랑스 기병들이 우리를 향해 오고 있었다. 아들과 리머가 그들에게 먼저 다가가서 준비한 포도주와 맥주를 건넸다. 그들은 의심스러운 눈빛으로 쳐다보는 것 같았다. 영리한 리머가 프로이센 군대는 이미 이곳을 빠져나갔단 말을 하자, 경계를 풀고 포도주와 맥주를 받아 마시기 시작한다. 이어 그들에게 집을 숙소로 제공하겠다고 말했다. 그러자 한 기병 장교가 내게로 다가와서 인사를 하며, 자신이 쇠네만 부인의 아들이라고 소개했다. 릴리의 아들! 젊은 시절 한

때 사랑했던 정인(情人)의 아들이 프랑스 장교가 되어 만날 줄이야. 이제 릴리는 연인이 아니라 고향 친구나 다름없다. 그렇게 바이마르로 온 후에도 가끔 안부 편지를 주고받곤 했다. 뜻밖에 그녀의 아들이 점령군 장교가 되어 나타나다니, 이걸 불행 중 다행이라고 해야 하나 싶었다. 그 덕택에 프랑스 기병들의 태도는 호의적으로 바뀌었다. 릴리의 아들은 내가 무엇을 원하는지 바로 알았다. 집의 안전을 담보하고 싶은 마음에 프랑스 장군들에게 집을 숙소로 제공하고 싶단 말을 했더니, 그는 군 지휘부에 나를 소개해주겠다고 한다. 즉시 그와 함께 가까이 위치한 바이마르 궁성으로 갔다. 나폴레옹이 도착하면 그곳으로 올 것이고, 당연히 점령군의 지휘 본부도 그곳에 설치될 것이었다. 결국 그의 주선으로 사령관 네이가 도착하면 그 숙소로 집을 제공할 수 있게 됐다. 집으로 사람을 보내 사령관을 맞을 준비를 하라고 했다.

저녁이 되자 프랑스 용병들의 약탈과 방화가 본격적으로 시작되는 것 같았다. 여기저기서 불이 나고 내 집으로도 사람들이 피신을 와서 안채가 북적댄다. 하지만 정작 기다리는 네이 사령관은 아직 도착하지 않고 있다. 바깥채에 내가 공을 들여 꾸민 유노와 우르비노 방 그리고 황색의 홀 역시 사령관과 그의 기병 장교들이 잘 수 있게 새로 침대를 마련했다. 리머에게는 사령관이 오는지 망을 보며 기다리라고 지시했다. 안채 침실 옆 작업실에서 서성이며 불안한 심정으로 사령관이 도착했다는 전갈을 기다렸다. 집 바깥에는 프랑스 병사들이 외치는 소리와 사람들이 지르는 비명들이 뒤섞여 점점 더 큰 소리로 들려온다. 여기저기 연기도 올라가는 것이 보이고, 불에 타는 매캐한 냄새도 바람에 실려 온다. 그사이 내 집으로 피신을 온 사람도 더 늘어났고, 엘자스의 병사들도 몇 들어오는 바람에 안채가 꽉 차서 더는 사람을 수용할 공간이 없을 정도다. 그렇게 불안한 저녁이 지나가고 있었다.

얼마의 시간이 지났을까. 바깥은 밤중이다. 쉽게 잠이 들지 않아 잠옷을 입고 책상에 앉았다. 그때 갑자기 창문 너머 바깥이 순간 대낮처럼 훤하게 밝아졌다. 멀지 않은 곳에 한 집이 새롭게 불타는 모양인지, 불길과 연기가 마치 기둥처럼 솟아올라 주변을 환하게 밝혔다. 그와 동시에 대문을 세차게 두드리는 소리가 들렸다. 바깥채에 있는 리머가 무슨 말을 했는지 다시 조용해졌다. 곧바로 리머는 내게로 와서 방금 무장한 프랑스 병사 두 명이 와서 문을 열어달라고 소동을 부렸다고 한다. 두 병사에게 이미 안채는 다른 병사들과 사람들로 꽉 차 있고, 바깥채는 특히 네이 사령관 일행이 와서 묵을 예정이라 자리가 없다고 말해서 돌려보냈단다. 침착하게 잘 대응했다고 칭찬하며 사령관이 오는지 계속 망을 보고 있으라고 했다. 그리고 잠시 후 다시 대문을 두드리는 소리가 들렸다. 이번에는 대문이 부서지라 크게 두드리는 것 같다. 그 프랑스 병사들이 다시 온 것이다. 잠시 후 리머가 와서 어떻게 할지를 묻는다. 그들은 이번엔 문을 열어주지 않으면 문을 부수겠다고 위협한다고. 문을 열어주라 했다. 병사들이 들어왔다. 안마당이 소란스러워졌다. 안채에 있는 부엌에서 그들에게 먹을 것과 포도주를 내주는 모양이다. 그들은 큰 소리로 리머를 오라고 부르고, 프랑스 노래도 불러댄다.

한동안 소란이 계속되더니 리머가 다시 올라왔다. 병사들이 주인을 보자고 떠들어대서 잠시 나와서 보는 것이 어떻겠냐고 묻는다. 놈들은 점령군이고 시내를 약탈하고 집들을 방화하는 일에 참여했을지도 모른다. 이제 술까지 마셔 더욱 흥분했을 게다. 우선 비위를 맞춰서 진정시키는 것이 중요할 것 같다. 그렇지 않으면 더 큰 소동을 일으킬지도 모를 일. 서둘러 잠옷을 입은 채로 안채로 내려갔다.

두 병사는 이미 목구멍까지 취해있었다. 그들이 하는 말은 도무지 제대로 알아들을 수 없다. 특히 그중 키 큰 병사의 말은 더욱 그렇다. 그가 나서서 거친 악센트로 말을 했지만 알아듣지 못했다. 그러자 그보다 키가 작은 옆 병사가 그를 말린다. 그리고 갑자기 정중한 프랑스어로 내게 건배를 제안한다. 난 그들과 건배를 한 후, 뭐든 필요한 게 있으면 주라고 리머에게 부탁하고 침실로 왔다. 침대에 누워도 잠이 전혀 오지 않는다. 놈들은 무례했다. 마치

내 집이 약탈을 당하지 않고 잘 먹고 잘 지내고 있는 것이 이해되지 않는다는 태도였다. 내가 그들을 달래며 건배를 한 후 둘은 다소 공손해졌지만, 그래도 그들 눈빛은 경멸과 분노의 기운으로 가득했다.

얼마를 뒤척였을까. 계단에서 누군가가 올라오는 소리가 들리더니, 갑자기 침실 문이 휙 열리고 희미한 두 물체가 들어왔다. 얼른 불을 켜고 보니 그 두 놈들이다. 그들은 내게 가까이 다가와서 긴 창을 들이댄다. 정적.

약탈이 지나간 일주일 후 저녁, 바이마르 시내 근처 예의 술집. 이 술집은 그대로 남아 있다. 그렇지만 술집 안은 중앙엔 불도 켜져 있지 않고, 사람들로 북적대던 이전 분위기와는 달리 휑하고 을씨년스럽다. 유일하게 안쪽 구석 자리에 불이 켜져 있고 이전의 네 남자가 앉아있다. 그들은 전과 달리 한결같이 허름하고 어두운 색깔의 외투를 입고 얼굴에는 근심과 두려움의 빛이 가득하다. 전에 쉴러의 장례가 부당했다고, 술에 취해 울분을 터뜨렸던 갈색 머리의 남자는 짙은 회색의 조끼를 입고 있다. 그가 말한다.

"자네들이 모두 무사해서 다행이야. 집과 식구들도 별일 없다니 행운이고 잘 됐어. 그 덕에 이렇게 여기서 다시 만나니 말이야. 다시 친구들을 보니 사는 것 같군."

옆에 앉아있던, 이전 그린 재킷의 남자가 화답한다. 그의 금발에는 흰색이 더 많아 보인다.

"그래, 우린 다행이긴 하지만 시내의 성 옆 구역과 저 위쪽 극장 뒤편으로 불탄 집들과 약탈당한 집들이 곳곳에 있어. 이 근처에도 있지. 피셔 푸줏간 말이야. 왜, 피셔라고 얼굴이 붉고 뚱뚱한 그 사람. 그 집이 완전히 털렸어."

"나도 이 술집 주인에게 들었어."

맞은 편에 있는, 국가 녹을 먹는다는 반 대머리 사내가 말했다. 그의 머리는 그사이 더 넓어진 것 같다.

"그래도 피셔와 가족들은 무사하다고 하던데. 불행 중 다행이지."

"맞아, 그나마 그건 다행이여."

얼굴이 동그란 연한 금발의 남자가 반 대머리 사내의 말에 동의했다. 그리고 무거운 침묵이 흐른다.

갈색 머리 바이마르가 당한 건 그래도 양반이야. (목소리를 낮추며) 예나 시내는 거의 반이 불타고 약탈을 당했다는데.

그린 재킷 (작은 소리로) 바이마르도 많이 당했어. 시내에 불을 질러 대여섯 채가 불탔지, 그리고 옛날 극장은 대포를 맞아 부서졌고, 그 주변의 집들은 불타고 약탈을 당했다고. 그 외도 조금씩 약탈당한 집들은 아주 많아. 그날 바람이 없어 불이 번지지 않아서 다행이었지, 만약 바람이 조금만 불었어도 아마 불길이 시내 전체로 번졌을걸.

반 대머리 (입에 검지를 대며) 쉿 조용히 말해. 바깥엔 프랑스 군인들이 많이 순찰 중이야. 혹시 식당에도 없나? (일어나 식당을 둘러본다) 흠, 여긴 없군.

연한 금발 여긴 우리밖에 없어. 주인이 그랬어. 그래, 약탈당한 사람이 많아. 왜 미술학교 교장 있잖나. 그 집은 털리고 그 노인은 심하게 다쳐 누워있다는데. 상태가 안 좋아 곧 죽을 것 같다는군.

그린 재킷 그 화가 말인가? 저런 어떻게. 그 사람 양반인데. 집에 있는 걸 다 줘버리지. 그럴 땐 목숨 건지는 게 최고야.

연한 금발 재산을 지키려고 그런 게 아냐. 포도주랑 음식, 줄 건 다 줬지. 그래도 병사들이 귀중품을 찾아 집을 뒤졌고, 그 사람은 학교 수업에서 사용하는 소묘 작품이나 그림들을 지키려다 심하게 폭행을 당했다는군. 결국 소묘 작품이나 그림들, 귀중품들을 모두 털리고 그 양반은 근방의 집으로 겨우 피신했다고 하더군. 그래도 상처가 너무 커서 지금 봐선 일어나기 힘들 것 같어.

반 대머리 그거 들었나? 저기 극장 건너 불피우스 집 애기.

그린 재킷 불피우스? 도서관 사서로 있는 사람 말인가?

연한 금발 괴테 집에 있는 불피우스의 오빠 말이야. 괴테의 처남뻘이지.

갈색 머리 이 사람 처남뻘이 아니고 정식 처남이지.

연한 금발 정식 처남이라니? 괴테가 정식으로 결혼한 것도 아닌데.

갈색 머리 이 친구 소식이 늦군. 지난 일요일에 괴테가 불피우스와 정식 결혼을 한 것도 모르고 있어.

연한 금발 그래? 이야 쇼킹한 뉴스네. 이 난리 통에 결혼이라니. 그럼 진즉 하지, 왜 갑자기 지금이야?

반 대머리 (작은 소리로) 우선 내 말부터 들어봐. 그 사서 양반의 안사람이 아마 젊은 부인이지. 근데 그 젊은 부인이 병사들에게 당했다는데….

일동 뭐? 그게 무슨 소린가? 병사들이 몹쓸 짓을 했단 말이야?

반 대머리 (입을 손으로 가리면서 작은 소리로) 그래, 술 취한 병사들이 부인에게 달려드는 바람에 꼼짝없이 당했다는군…. 집이 불타고, 노인이 폭행을 당하고, 부녀자가 겁탈당하고. 전쟁통에 도시가 쑥대밭이야….

연한 금발 근데 괴테는 이런 난리통에 결혼을 했다고?

반 대머리 (진지하게) 그야 사연이 있지. 그 사람, 부인 때문에 그날 살았지. 불피우스, 아니 이제 괴테 부인이지, 그이가 몸으로 막아서 괴테를 살렸다는군.

일동 (동시에) 그래? 그날 언제? 몸으로 막았다니? 자세히 얘기해봐!

반 대머리 (목소리를 작게 하며) 언제긴, 프랑스 용병들이 들어온 바로 그날이지. 그날 밤에 프랑스 병사 둘이 괴테 집으로 왔다는 거 아냐.

일동 (동시에) 그거야 알지.

반 대머리 근데 그놈들이 밤에 괴테가 자고 있던 방으로 들이닥쳤다는 거야. 그리고 창을 목에다 대고 위협했다는군.

일동 아니 왜?

반 대머리 (목소리를 더욱 낮추고) 그야 나도 정확힌 모르지. 소문엔 그놈들이 취해서 안채 주방 복도에서 쓰러져 자다가 밤에 침대를 찾아 올라온 곳이 괴테 침실이었고, 괴테에게 침실을 달라고 요구하다 그랬다는 말도 있고….

연한 금발 그 집이 넓은데 그깟 침실 하나가 뭐라고, 내주면 되지. 도통 무슨 말인지 모르겠군.

반 대머리 이런, 이 친구 정말 소식이 깜깜이네. 그날 그 집에 프랑스 사령관이 부관들과 묵는다고 해서 바깥채 큰 방들은 모두 침실로 비워놨고, 안채의 작은 방들에는 먼저 온 프랑스 기병들이 자고 있어 빈방이 없었다는군. 그래 빈 침실이 없다고 하자 그놈들이 달려들었다고….

갈색 머리 그렇다고 죽이겠다고 위협했다는 건 이해할 수 없네.

그린 재킷과 연한 금발 (동시에) 맞아, 이해할 수 없어.

반 대머리 (고개를 끄덕이며) 글쎄, 아니면 은수저라도 달라고 했다가 거절하니 죽이겠다고 위협했는지 모르지. 사실 나도 그건 잘 모르겠어.

갈색 머리 은수저라도 그렇지. 그럼 주면 되지, 그게 목숨보다 더 중한가. 그 부잣집에 흔한 게 은수절걸. 혹시 금수저라도 달라고 했나? 설마? 그 집이라도 금수저가 어디 있겠나, 그건 공작이나 가지고 있으려나.

연한 금발 금수저가 아니라도 금붙이는 그 집에 있을걸. 그래도 주는 게 낫지, 그게 목숨보다 귀할까.

그린 재킷 그래, 그 양반이 경제 관념은 철저하지만, 목숨과 바꿀 사람은 절대 아니지. 그 양반 특히 죽는 걸 두려워하는 것으로 소문났잖아.

갈색 머리 (목소리를 낮추며) 그래서 쉴러가 죽었을 때, 문상도 장례식도 안 간 양반 아냐.

반 대머리 또 그 소린가? 그만해 그런 얘긴. 다 지난 일이야.

(이때 주방 쪽에 있던 남자가 갑자기 그들에게 다가온다)

남자 안녕들 하시오!

일동 (남자를 알아보며 반갑게) 어이, 주인 양반, 안녕하시오!

연한 금발 어째 아까는 보이지 않더니.

갈색 머리 아냐, 주방 쪽에 마나님과 있는 걸 봤어.

주인 젠장, 마누라가 당분간 문을 닫자고 했지만, 먹고 살아야지 않겠소. 난리 통에 고기와 술은 다 뺏겼지만, 그래도 식당은 온전히 있으니 참말 다행이오. 그래 어제부터 문을 열었는데 손님이 통 없어. 그래도 오늘 저녁 이렇게 단골들이 오셔서 반갑수.

반 대머리 사실 이 식당 주인이야 바이마르 소식통인데, 새로운 소식 들은 건 없소?

갈색 머리 괴테 집 소식은 들었소?

주인 그렇지 않아도 그런 얘기들 하는 것 같던데. 그런데….

일동 그런데?

주인 (반 대머리 남자 옆에 앉더니 아주 작은 목소리로) 괴테가 그날 밤에 프랑스 병사들에게 공격을 당한 건 쉴러 때문이라는 말이 있소.

일동 (놀란 표정을 지으며) 쉴러 때문이라고?

주인 (당황해하면서) 쉿! 조용히들 하시오. 아직도 바깥에선 프랑스 군인들이 순찰을 다니고 있으니까. (잠시 뜸을 들이고 나서 작은 소리로) 그날 밤에 병사들이 괴테의 방에 들이닥쳐 대뜸 괴테에게 쉴러가 죽었는지 물었다고 하던데….

일동 응? 당연히 죽었지.

주인 그러니까 내 말은, 쉴러가 어떻게 죽었는지 다시 물었다는 말이요.

일동 (자신이 없는 목소리로) 그야 병으로 죽었지.

주인 무슨 병으로 죽었소?

일동 (잠시 침묵하다) 무슨 병으로…? 그거야 잘 모르지.

(이때 주변이 갑자기 어두워진다. 잠시 암전(暗轉) 후 불이 다시 켜지자 식칼을 들고 나타난 주인은 프랑스 용병처럼 보인다.)

주인 (식칼로 위협하는 자세를 취하며) 그것도 모르다니, 쉴러가 정말 병으로 죽었다고 할 수 있나?

일동 중 하나 폐병, 아니 폐렴으로 죽었소. 그이가 원래 폐가 안 좋아서 항상 그게 문제였지.

주인 내가 묻는 건 그게 아냐. 왜 그때 갑자기 죽었느냐고? 그날은 몸이 좋아져서 연극을 보러 갔다며, 그런데 왜 하필 그날 공연이 끝나고 쓰러진 거야? 그러니 뭔가 이상한 거 아냐. 우리가 이상하게 생각하는 게 바로 그 점이야. 솔직히 말해봐. 그렇지 않으면 죽일지도 몰라.

일동 중 하나 부검도 했소. 부검의 소견서를 보면 그의 한쪽 폐는 완전히 망가지고, 나머지 폐도 반 이상이 망가졌소. 게다가 내부 장기도 군데군데 협착이 돼서 그때까지 살아 있었던 것도 신기할 정도라고 했소.

주인 부검을 직접 봤어?

일동 중 하나 여기선 누구도 부검에 참관하지는 않소. 그렇지만 부검 의사는 신뢰할만한 유능한 사람이요.

주인 그 말을 어떻게 믿어. 그가 그때 그렇게 일찍 죽지 않았을 수도 있지. 혹시 그를 죽이지 않았나?

일동 중 하나 무슨 말이오? 그런 일은 결코 있을 수 없소. 특히 이곳 바이마르 공국에선.

주인 그러니, 바로 바이마르 공작과 당신이 개입해서 그를 죽였다는 말이야. 공작과 당신이!

일동 그걸 말이라고 하시오! 무슨 궤변을 늘어놓고 있는 거요!

주인 (얼굴에 어둡고 붉은 조명을 받아 마치 저승사자처럼 보이는 모습으로) 만약 당신이 죽이지 않았다면, 적어도 누가, 어느 궁정이, 어느 나라가 그를 죽이는데 개입했는지 당신은 알고 있을 거야, 아니 알고 있어야 해! 그걸 말해, 어서! 프로이센인가? 아니면 오스트리아 궁정인가? 아님, 프랑스를 반대하는 어느 집단인가? 일루미나트들인가? 그럼 어디의 일루미나트들인가, 바이마르, 베를린, 빈? 아니지, 로젠크로이처도 있지. 그놈들은 프로이센 궁정에도 활약하고 있다는데. 그렇지? 그놈들이지?

일동 중 하나 그럴 리가 없소. 그는 극작가요, 예술가란 말이요. 그런 그의 죽음에 정치적 단체나 궁정이 개입되었을 리가 없소.

주인 (그 말을 무시하고) 오, 듣자 하니 당신은 이곳 일루미나트의 핵심이라는데, 그리고 독일의 일루미나트는 그 지역의 모든 비밀 정보를 가지고 있단 말씀이야. 궁정도 장악하고 있으니 당연 그렇겠지. 그래, 당신은 알고 있어야 해!

일동 중 하나 이곳 일루미나트는 이미 없어졌소. 그리고 독일 전역이 그럴 거요. 원래도 난 핵심 인사가 아니었소. 공작은 모르겠소만. 그렇지만 그도 아닐 거요.

주인 오, 이제 네 주군인 공작으로 핑계를 대는군. 그래, 넌 원래 그런 인간이었지. 쉴러와 친구도 아니지. 친구라는 건 사람들이 그렇게 불러준 거고. 친구라면 친구의 죽음에 대해 알고 있어야 해. 어이 친구 양반, 그가 죽었을 때 당신은 어디에 있었어?

일동 중 하나 당시 몸이 좋지 않아, 병상에 있었던 거나 마찬가지요.

주인 이런, 우리를 그렇게 만만하게 보나. 당신은 이미 쉴러 장례식 날에 기운을 회복해서 여기저기 다니고 있다는 보고가 들어왔는데, 어디서 거짓말이야. 우리 프랑스 궁정과 가까운 인사들이 이 공국에도 깔렸는지 모르는 모양이군. 그들이 일일이 프랑스 궁정으로 보고를 하지. 나폴레옹 황제께서도 그래서 잘 알고 있어. 쉴러의 죽음도 알고 계시지. 황제는 파리의 명예시민인 쉴러의 죽음이 애석하고 이상하다고 하셨단 말씀이야. (일동 중 하나의 목에 식칼을 가져다 대며) 자꾸 이러면 정말 재미없어. 정말 목이 떨어져 봐야 알겠어? 어서 솔직히 사실을 말해봐. 이건 나폴레옹 황제의 뜻이기도 해. 당신이 계속 버티면 살 수 있을 것 같나? 오늘 우리가 아니라도 그렇게 버티면 결국 나폴레옹에게 죽을 거야. 그것도 공개적으로. 그걸 바라나. 어리석은 인간이군.

일동 중 하나 난 원래 초상집이나 장례식에 가질 않소. 그러면 그곳에서 죽은 사람의 영을 만날 것 같아 괴롭고 두렵기 때문이오. 망자(亡者)의 영들을 보는 건 내겐 고문이나 마찬가지요. 쉴러의 경우도 그래서 안 간 거요. 내가 가장 그의 죽음을 슬퍼했던 사람이요. 그가 죽었을 때 내 존재의 반을 잃어버린 느낌이었고, 그 말은 진실이었소.

주인 (분노에 찬 목소리로) 이런 거짓말쟁이, 위선자! 그럼, 쉴러 초상집에서 그의 관 위에 장미가 놓였던 건 어떻게 된 거야? 그것도 모른다고 하겠지. 우리도 알고 있는 걸!

일동 중 하나 그건 무슨 말이오? 정말 금시초문이오. 거짓말이 아니오.

주인 (식칼을 일동 중 한 명의 목에 바싹 가까이 대고, 얼굴도 그의 얼굴에 들이대면서 눈을 부릅뜨고) 그래, 당신이 모른다고 할 걸 예상했어. 우리도 알고 있는 사실을. 장미는 로젠크로이처가 보낸 거야. 베를린의 로젠크로이처 말이야. 프로이센의 궁정에도 암약하고 있는 그들 말이야. 흥, 자칭 독일 애국 집단이라고? 애국은 빌어먹을! 종교를 이용해서 권력을 누리는 썩은 집단들이지. 그래, 그들이 쉴러를 죽였어. 쉴러가 프랑스 편이 될까 두려웠던 게지. 쉴러가 우리 편이 되면 독일 전역의 시민들도, 프로이센의 백성들도 우리 편이 될 수 있으니까 말이야. 그래, 그러면 모두 우리 위대한 프랑스의 시민이 되는 것이지. 우리는 강하고 관용이 넘치는 나라야. 그건 알고 있겠지. 우리는 프랑스를 섬기러 오는 모든 사람을, 나폴레옹 황제의 수하에 오는 모든 민족의 백성들을 받아들이지. 그들이 프랑스를 섬기기만 한다면 모두 프랑스인이 되는 거야. 강하고 관용이 넘치는 위대한 프랑스의 시민이 되는 거지. 유럽의 궁정들도, 세계의 민족들도 우리 프랑스의 수하에 오면 받아들일 거야. 하지만, 그렇지 않은 궁정과 집단들은 모두 없애버릴 거야. 로젠크로이처든, 일루미나트든, 프로이센 궁정도 그리고 바이마르 궁정도 마찬가지로. 그래서 우리가 여기 바이마르로 왔어. 바이마르 공작은 나폴레옹이 죽일 거고, 공국은 해체 시킬 거야. 그 전에 당신은 우리가 죽일 거고, 흐흐흐.

(주인은 일동 중 하나의 목에 댔던 식칼을 번쩍 쳐들어 내리 찌르려고 한다. 주방 쪽에서 나오는 환한 불빛이 식칼의 양날에 부딪혀 식칼이 찬란한 무지갯빛에 휩싸인다. 이때 뒤쪽에서 여자 목소리가 들린다.)

여자 (주방에서 나오며 신경질적인 목소리로) 아니, 당신 뭐 하고 있어요? 이 양반이 음식은 만들지 않고 손님들과 노닥거리고 있는 거예요? 이 와중에도 먹고 살아야 하니 식당을 열어야 한다고 한 사람이 누군데. 이렇게 놀자고 온 거예요?

주인과 일동 (잠시 멍하니 있다 정신을 차린 듯 주변을 둘러본다.)

주인 (식칼을 쳐다보며) 아니, 내가 왜 칼을 여기 가져왔지. 위험하게 참. 아 그렇지, 그때 괴테 부인이 들어와서 두 병사를 몸으로 막았다고 해요. 그리고 괴테는 아무 잘못이 없다고 정신 나간 듯이 소리쳤더니 그놈들이 놀라 주춤했다더군. 그 소리에 집에 있던 다른 병사들이 달려와서 그놈들을 밀쳐내 보냈다고 하더만.

연한 금발 아, 그런 소문이 있었구나.

여자 (관심 없다는 목소리로) 이 양반들, 내 참. 그런 소문 얘긴 하도 많아 이젠 지겨워. (식당 주인을 가리키며) 이런 사람에게 황당한 얘기들을 사실인 양 듣고 있으니, 댁들도 참 한심들 하슈. (남편을 보면) 에라, 이 화상아, 손님들에게 말도 안 되는 얘길 떠들고 있자고 시간을 보내는 거야. (잠시 뜸을 들이다) 그래도, 크리스티아네 그 여자가 괴테를 살렸단 말은 사실일걸. 프랑스 병사들이 그 방으로 들이닥쳤을 때 집 앞 길가로 쫓아나가 도와 달라고 소리쳤다지 아마. 그리고 마침 그곳을 지나던 프랑스 장군을 보고 그의 말고삐를 잡고 집으로 가서 괴테를 구해 달라고 애원했다는데, 프랑스 말을 못 해도 무조건 소리쳤다지. 그 여자도 대단해. 괴테는 복도 많아. 기껏 길가에서 프랑스 기병에게 포도주를 선물로 주고 목숨을 구걸하다, 그 답례로 그들의 말들만 집구석 마구간으로 몰고 왔던 사람이. 하긴 목숨을 구하자니 어쩔 수 있겠어? 하지만 정작 목숨을 구해준 건 크리스티아네 그 여자여. 그러니 그 후 괴테가 바로 결혼식을 올린 건 당연하지. 나 같으면 그런 일은 절대 못 해. 저 화상을 왜 구해. 귀신은 뭐 허나 몰라, 저 화상을 빨리 안 데려가고.

침묵. 위협하던 프랑스 병사들이 나간 방에 크리스티아네가 남아 괴테를 보살폈다. 그의 얼굴은 식은땀으로 범벅이 되어 있다. 수건으로 그의 얼굴을 닦았다. 그리고 따뜻한 물을 조금 마시게 했다. 시간이 얼마나 지났을까. 그가 빨리 안정을 찾는 것 같았다. 다행이다. 잠시 후 그는 혼자 있겠다고 말한다. 크리스티아네는 그가 다시 눕는 것을 보고 방문을 닫고 나갔다.

침대에 누운 괴테는 작년의 일을 떠 올렸다. 어느덧 잊고 있었던 쉴러의 목소리가 들리는 듯했다. 그사이 그를 까맣게 잊고 있었다니. 스스로도 놀랍고, 자신의 무심함에 한편 부끄러웠다. 작년 쉴러가 홀연 베를린을 다녀오고 나서 다시 만났을 때 모습이 또렷이 떠올랐다.

"숙소에서도 제대로 잠을 잘 수 없었어요. 야심한 밤에도 바깥에서 저를 부르는 베를린 시민들이 있었죠." 그는 상기된 얼굴로 자랑스레 말을 했다. 그를 쳐다보는 괴테의 눈꼬리가 다소 경직된다. 하지만 괴테는 최대한 다정한 미소를 띠며 말한다.

"독일 전역에서 쉴러를 모르면 안 되죠. 당연, 프로이센 사람들도 잘 알고 있을 것이고, 또 알아야 하지요. 사실 우리 공국이 독일의 문학과 예술, 문화를 선도하는 역할을 하는 것은 세상이 다 아는 일이 아닙니까? 공작과 난 독일 문화와 정신을 저급한 것으로 취급하는 일부 유럽인들에게 보란 듯이 노력해왔어요. 프로이센도 사실 예외가 아녜요. 프로이센의 국왕은 프로이센이 북독일을 대표하고 북독일이 독일 민족을 대표한다고 떠들어 왔지만, 그건 그렇지 않아요. 사실상 빈의 황제는 프로이센을 한 단계 아래로 보지요. 원래 프로이센은 독일의 정신과 문화를 대표하기엔 부족함이 많았어요. 이전 프리드리히 2세도 계몽 군주라지만 독일 문학과 문화에 대한 무지와 무시는 남달랐습니다. 그저 프랑스만 좋아했죠."

괴테는 젊은 시절 자신의 작품을 폄하하던 프리드리히 대왕을 떠올렸다. 프로이센을 일약 유럽의 강국으로 만들었던 계몽 군주 프리드리히 2세. 그는 젊은 독일 작가 괴테의 작품 『괴츠』보다 프랑스 문학이 더욱 우수하다고 떠들던 왕이었다. 괴테의 입가에 약한 경련이 일어나는 것이 보인다. 그는 앞 탁자에 놓인 와인을 한 모금 들이킨다. 이를 본 쉴러가 빙그레 웃자, 재빨리 말을 잇는다.

"그리고 프리드리히 대왕을 이은 프리드리히 빌헬름 2세도 우리 공작은 프로이센 왕이자 동서로서 꽤나 좋아했지만, 직접 만나 보니 그렇게 썩 마음에 드는 인물은 아니었어요. 사생활은 차치하고, 전쟁과 신비주의에 빠져있었고 문화와 예술에 대한 식견은 부족하더군요. 근데 지금 국왕은 개인적으로 만나니 어떻던가요? 공작의 말로는 온순하기만 하지 아버지만 못하다고 하던데…."

쉴러를 환대한 프리드리히 빌헬름 3세를 비꼬듯 언급해서인지 괴테는 말을 하고는 순간 쉴러를 쳐다봤다. 쉴러는 정색을 하며 대답한다.

"아버지와 자식이란 늘 같이 가는 법이 없는 모양입니다. 여하튼 생각보다는 좋은 인상을 받았습니다. 철학과 문학에 대한 지식도 꽤 있었고. 특히 왕후께서 연극과 예술 그리고 왕자들의 교육 문제에 관심을 보여 그런 얘기를 주로 했습니다. 국왕 내외는 바이마르 공국에도 많은 관심을 가지고 있었고, 무엇보다 추밀고문관께서 바이마르에 있다는 점을 부러워했어요."

괴테는 그것이 어찌 자신의 공이겠냐며, 현명한 공작과 쉴러와 같은 친구가 주변에 있기 때문이라며, 와인 잔을 단숨에 비웠다. 이때를 놓치지 않고 쉴러가 말을 꺼냈다.

"그래서 저도 바이마르 공국을 떠난다는 것을 생각한 적이 없었습니다. 그런데 프로이센의 왕과 왕후께서 제게 베를린으로 이주하면 어떨지를 묻더군요. 그 후에 궁정장관이 구체적으로 베를린으로 올 때의 조건도 제시했고…."

"궁정장관이면 누군가요?"

"바이메 장관이죠."

"아, 맞아요. 그 사람이죠. 언젠가 연락한 기억이 있습니다. 그가 어떤 조건을…? 혹시 내게 말씀해주실 수 있다면요. 어쨌든 난, 소중한 친구가 여길 떠나는 것은 아니라고 생각해요. 조건에 관한 한 공작에게 잘 말해 볼 수 있습니다."

쉴러는 대답을 주저했다. 하지만 괴테가 다시 묻자 기다린 듯 말하기 시작한다.

"바이마르 공국을 떠날 생각이 없어서, 바이메 장관에게 즉답을 회피하고 집으로 돌아가서 생각한 후에 대답하겠노라고 말했지요. 그렇지 않아도 그 때문에 베를린에 어떻게 답을 줘야 할지 상의를 하고 싶었습니다."

그리고 그 조건을 알려줬다. 괴테는 쉽게 이해한 듯 보였다.

"그 정도 조건이라면 매력적이네요. 하지만 그곳은 아마 생활비가 두 배 이상은 들 겁니다. 물가도 두 배 이상 비쌀 것이고, 움직이는데 항상 비용이 들고 번거롭겠죠. 사람들도 낯설 테고."

괴테는 쉴러의 소득이 얼만지 정확히 몰랐다. 평소 그는 공작의 신하들이 공국과 공작으로부터 받는 돈이 얼만지 직접 물어본 적이 없었다. 하나 그도 알고 있듯이 자신의 녹봉은 바이마르에서는 최고 수준에 있다. 일등 신하는 금전에서도 일등의 대접을 받아야 한다는 것이 그의 지론이다. 그런데 쉴러가 베를린으로 이주하는 것이 3,000탈러라는 녹봉 때문이라면 선뜻 이해할 수가 있었다. 괴테는 다시 와인을 따르려다 병이 빈 것을 알고 하인을 불렀다. 그리고 둘은 다시 한 병의 와인을 마시며 얘기를 나눴다.

아우구스트 공작은 괴테의 보고를 받고 예의 냉소적 표정을 지었다. 작은 키에 비해 체구가 당당한 공작은 다혈질이다. 그 다혈질은 어떤 경우 통제가 힘들 때도 있었다. 바이마르의 가장 큰 사업가이자 작가이기도 했던 베르투흐는 그 피해자의 한 명이었다. 베르투흐는 바이마르 시민 중에선 가장 부자로 꼽히는 사람이다. 그의 저택이 공작의 성보다 더 화려하게 꾸며진 것이 화근이었다. 아무렴 공작의 성이 더 화려하겠지만, 아무튼 공작이 어느 날 베르투호의 저택을 들렀을 때 그런 기분이 들었던 모양이었다. 공작은 괜한 트집을 잡아 그 집의 집기를 던지며 분노를 표했다.

그의 다혈질에 기름을 부은 것은 낭만성이었다. 괴테가 그것을 부채질했다고 사람들은 생각했다. 괴테가 바이마르에 왔던 젊은 시절, 공작과 함께 일름강에서 달밤의 목욕을 즐긴 것도 여러 번 있었다. 둘은 옷을 벗은 채 수영을 하고 벌거벗은 채로 일름 강가를 뛰어다니기도 했다. 달빛에 비친 그들의 모습은 자유로운 야생마와 같았다. 그렇게 청춘의 정열은 낭만적이었다. 하지만 그것을 목격한 사람들은 고개를 가로저었고, 순식간에 바이마르 전체로 소문이 퍼졌다. 괴테가 어린 공작을 꾀어 정신을 못 차리게 하고 감정과 격정의 굴레에 빠져 헤매게 한다고. 공국이 걱정이니 괴테를 내쳐야 한다고. 이런 소문에 괴테는 괘념치 않았다. 공작 역시 그랬다. 괴테는 때때로 감정의 분출은 이성의 작용을 촉진한다고 믿었다. 그것이 괴테가 생각한 공작을 위한 비공식 교육 처방이었다. 하지만 그 면에서 공작은 달랐다. 그는 괴테에게 받은 처방을 공국의 주군이 되어 획득한 자유를 발산하는 수단으로 사용했다. 더는 눈치를 볼 사람이 없다는 것이 그가 자존심과 자유를 느끼는 방식이었다. 그것은 통제되지 않는 격정에 대한 탐닉이기도 했다. 그 탐닉으로 바이마르 공국의 시골구석, 작은 농가에까지 그리고 공국을 넘어 곳곳에 그의 자식들이 자라고 있다는 소문이 돌았다.

세월이 흘러 이제 공작에겐 젊은 시절의 격정 대신 영토와 전쟁에 대한 욕망이 그 자리를 차지했고, 다혈질은 그 욕망을 부추기는 에너지로 작용했다. 그런 공작을 괴테는 이제 통제할 수 없다. 결국 그는 조용히 신하의 자리로 갔다. 공작 집안의 어른 격인 공작의 외숙 브라운슈바이크 공작은 평소 자신의 외조카가 괴테를 측근으로 두고 가까이 지내는 것을 못마땅하게 생각했다. 하지만 괴테가 공작을 위험한 감정의 인물로 만든 것이 아니다. 공작은 감정의 인물이 아니라 욕망의 인물이었고, 결국은 스스로 자신의 욕망을 찾아간 것일 뿐이다. 괴테는 적어도 그 점에선 아무런 영향을 주지 못했다.

"얼마를 요구하던가요?" 공작이 거두절미하고 물었다.

"프로이센 궁정에서 거금의 녹을 주겠다는 제안을 한 모양입니다."

"거금이면, 대체 얼마? 이천 아니면 그 이상?"

"연 삼천 탈러를 주겠다고…."

괴테는 공작을 흥분시키지 않게 말을 흐렸다.

"하, 삼천이요! 젊은 왕이란 이성이 없어. 합리적으로 생각을 못한단 말씀이야. 특히 왕후가 쉴러를 따른다고 하지 않았나요? 부인의 영향인가? 아무렴, 그런 돈이면 가고 싶기도 하겠군. 자랑도

하고 싶을 거요. 그런 돈은 우리, 아니 난 줄 수 없소. 어떻게 생각하시오? 내 땅에선 누구도, 아니 추밀고문관인 경(卿)이 유일하게 그 정도 받지 않아요? 어쨌든 난 생각이 없소."

공작은 흥분하고 있었다.

"그러나 프로이센 궁정이 그렇게 제안한 배경을 잘 생각하셔야 합니다. 어쩌면 우리에게 압력을 가하는 수단으로 그를 이용할지도 모릅니다. 왕후의 마음이야 정치적 고려라기보다는 연극을 향한 관심과 쉴러에 대한 존경, 왕자들의 교육까지 생각했는지는 모르나, 왕과 그 측근들의 의도는 정치적 포석으로 볼 수 있습니다. 그들은 아마 쉴러를 이용해서 쉽게 민심을 집결시킬 수 있을 것으로 생각할지 모릅니다. 민심은 이성적 방법으로는 설득하기가 대단히 어렵습니다. 백성들을 설득하는 건, 논리나 합리적 사고가 아닌 감성적 자극과 언어입니다. 그들은 복잡한 논리보다는 가슴에 와닿는 간결한 말과 마음을 움직이는 사건을 더 좋아합니다. 그런 것들을 적절히 연출하는 능력이 있으면 그들을 쉽게 움직이고 강하게 결집시킬 수 있습니다. 그런 역할을 하기엔 그와 그의 연극만큼 강력하고 효과적인 수단은 없습니다. 우리처럼 작은 나라에서보다 프로이센과 같은 큰 나라에선 민심을 통제하고 모으기가 더욱 어려울 겁니다. 그래서 쉴러가 필요한 것이죠. 또한 그를 휘하에 두면 대외적으로 프로이센 궁정과 프로이센이 독일 민족의 정신을 대변하고 도덕적 우위에 있는 곳이라 광고하는 효과도 있습니다. 비록 우리 바이마르 궁정이 독일에서 문화와 정신의 선도적 역할을 한다는 평을 받고 있지만, 그를 프로이센에 주게 되면 강력한 무력을 갖춘 프로이센 궁정이 도덕적, 정신적, 문화적으로도 그런 역할을 하려고 할 겁니다. 아마 프로이센이 그렇게 되는 건 어려운 일이 아닌 시간문제일 겁니다. 우리 공국이 지금까지 십수 년에 걸쳐 이룬 일을 몇 년 안에 이룰 수도 있을 겁니다. 그러면 우리 공국을 휘하에 두려는 프로이센의 압력은 더욱 당당해지고 강해지겠죠. 나아가 그 반작용으로 오스트리아 궁정도 우리에게 한층 더 압력을 가할 겁니다. 결국 그렇게 되면 우리로서는 프로이센과 오스트리아 열강 사이에 끼여 국가의 안위까지 걱정하는 상황이 될까 걱정입니다."

괴테는 잠시 말을 끊었다. 공작은 괴테의 말을 잠자코 듣고 있었다. 그의 얼굴엔 흥분이 사라지고 진지한 그림자가 드리웠다. 5월의 늦은 오후 햇살이 그의 이마와 눈두덩에 부딪혀 빛났고 꺼진 눈은 더욱 그늘져 보였다. 이윽고 괴테가 말을 이었다.

"그리고 전하, 이것은 순전히 추측이지만, 그래도 만약, 오스트리아와 프랑스가 전쟁을 하게 된다면 프랑스가 우리에게 어떻게 나올지 걱정입니다. 중립 외교를 표방해온 프로이센도 전쟁이 일어나면 아마 어떤 식으로든 가담할 수밖에 없을 것이고, 결국은 오스트리아와 같이 프랑스에 싸울 겁니다. 물론 러시아도 있지만…. 어쨌든, 아시겠지만 쉴러는 이미 프랑스 혁명정부로부터 파리 명예시민으로 추대됐습니다. 나폴레옹 역시 그 점을 잘 알고 있을 겁니다. 듣기로 『오를레앙의 처녀』와 『도적들』은 (여기서 괴테는 공작의 눈치를 살피느라 잠시 주저하다 계속 말을 잇는다.) 프랑스 시민들이 여전히 환호한다고 합니다. 해서 과도한 상상이긴 하지만, 이를테면 전쟁이 나면 나폴레옹은 프로이센과 가까운 우리 공국을 먼저 공격할 수도 있습니다. 상상이라도 그건 최악입니다. 만약 지금 쉴러가 프로이센으로 가게 된다면, 그때 그것도 공격의 빌미가 될 수 있을 겁니다. 프랑스인들은 우리가 쉴러를 그들의 적국 프로이센에게 줘버렸다고 생각할 수도 있으니까요. 물론, 제 얘기는 극단으로 상상하자면 그렇다는 말입니다."

"그럼 어떻게 해야 하겠소?" 공작이 물었다.

"그를 베를린으로 가지 못하게 붙잡아 두는 것이 최선입니다."

"그 친구가 여기 있을 생각은 있는 거요?"

"네, 그는 원칙적으로 전하께서 조금 더 녹봉을 올려주시면 있을 생각 같습니다. 그의 부인이 여기 사람이라 이곳을 떠나는 걸 힘들어한다는 말도 했습니다. 주군의 아량을 베풀어주시면 그는 전하에게 신하의 도리를 할 겁니다."

"알겠소. 그럼, 그렇게 합시다."

"제가 그에게 전하께 편지를 올리라고 요청하겠습니다. 그러면 그때 전하의 뜻을 알려주시는 걸로 하시죠."

쉴러는 그렇게 바이마르에 남았다.

괴테는 침대에서 모로 누웠다가 다시 조용히 일어난다. 크리스티아네가 눈치챌까 봐 숨소리도 죽였다. 그녀가 뜬눈으로 침실 옆 작업실에서 그의 용태를 살피고 있을 것만 같다. 어둠 속에서 우두커니 앉아 쉴러와 만난 이후를 생각해본다. 그를 진심으로 친구로 생각한 적이 있었던가? 없지는 않았다. 특히 그와 공동작업을 하면서 몇 번씩 그런 생각이 들었다. 하지만 사실 공동작업도 그가 먼저 요청해서 시작한 일이었다.

쉴러는 괴테와 많이 다른 인물이었다. 그의 창작 열정과 집중력은 남달랐다. 괴테는 그 점을 감탄했다. 그에 비해 괴테 자신은 세월이 갈수록 열정이 식어갔다. 젊은 시절 프랑크푸르트 집의 골방에서 『베르테르』를 쓸 때, 연극 『괴츠』의 대사를 만들어 낼 때, 『파우스트』 초고를 쓰며 그 구절들을 입으로 읊조릴 때의 열정은 점점 사라졌다. 대신 차가운 냉소와 체념의 아이러니가 자리를 잡아갔다. 쉴러는 그의 식어버린 열정에 다시 불을 붙이는 화염과 같은 존재였다. 하지만 그 때문에 두렵기도 했다. 그 화염에 주변 사람이 타버릴 수도 있을 것만 같았다. 그는 인생을 걸고 글을 쓰는 사람이었다. 젊은 시절 작가의 길을 가자고 군의관으로 있다 탈영한 사람이다. 인생을 걸고 일을 하는 사람에겐 죽음이 두렵지 않다. 다만 자신의 일을 마치지 못하고 죽는 것이 두려울 뿐. 쉴러는 그런 사람이었다.

그러나 괴테는 여전히 죽음이 두려웠다. 오늘 밤의 경험이 그런 그를 극한적 죽음의 공포로 몰고 갔다. 프랑스 병사들은 의도적으로 그의 방에 들어 온 것 같다. 그들은 취하지도, 정신이 없지도 않았다. 아마 크리스티아네가 없었으면 자신은 죽었을지도 모른다.

쉴러가 죽을 때가 떠오른다. 작년 그의 갑작스런 죽음은 뜻밖이었다. 그를 마지막으로 본 5월 초하루. 연극을 보러 가던 그의 모습도 떠올랐다. 그날 그의 모습은 죽음을 앞둔 사람의 모습과는 전혀 달랐다. 잠시 같이 걸어가며 건강에 관해 물었을 때도 그는 건강이 회복해서 다행이라고 했다. 그런 그가 그날 밤부터 병석에 누워 일어나지 못하고 떠난 것이다. 세상 사람들이 수군거리는 것도 이해할만하다. 나 역시 이해할 수 없는 것이 그의 죽음이다.

하지만 공작은 그렇지 않았다. 오히려 그가 쓰러졌다는 말을 듣고는, 은밀히 내게 사람을 보내 프로이센 궁정에서 연락 온 게 없는지 먼저 물었다. 뜬금없는 질문이었고, 프로이센 궁정과의 연락은 원래 내 소관도 아니었다. 근데 그것을 묻고는 그의 장례 절차에 대한 의견도 미리 알렸다. 죽지도 않은 사람의 장례였다.

"공작 전하께서는 장례는 최대한 조용히 치르는 것이 좋겠단 의견이십니다. 그러니까 운구는 늦은 밤, 자정에 하라고 하셨습니다. 바이마르엔 종종 그렇게 하니까, 그렇게 하더라도 유족이나 시민들이 이상하게 생각할 건 없을 거라는 말씀도 하셨습니다. 그리고 시 교구장에게도 그렇게 일러놓겠다고 하셨습니다."

밤에 은밀히 찾아온 궁정고문관 마이어는 이런 말을 전하고 가 버렸다. 공작의 의견은 쉴러가 곧 죽을 것이며, 그렇더라도 그의 장례 문제에 궁정은 개입하지 않을 것이고, 무엇보다 나 역시 개입해서는 안 된다는 메시지였다. 크리스티아네를 불러 쉴러의 상태가 위중하다는 것을 알렸다. 그리고 그 집의 동태를 살펴, 설사 그가 어떻게 되더라도 그 소식을 우리 집의 하인이나 주변 사람들이 내게 전하게 하지 말고, 크리스티아네가 은밀히 알려주라고 당부했다. 그리고 그는 예상대로 죽었고, 한밤에 조용히 장례를 치렀다.

지금이라도 공작에게 그의 죽음과 장례의 진실에 대해 아는 것이 있는지 물어보고 싶다. 하지만 예나 전투의 패전으로 공작은 어디로 피신했는지도 모르겠고, 공국의 존립이 바람 앞의 등불인데 그런 지난 얘기가 무슨 소용이랴. 그저 살아남은 자의 비겁함이 죽은 자의 침묵을 덮을 뿐. 어쩌면 나 역시 그 비겁함을 죽음의 순간까지 가지고 가야 할지 모르겠다. 다만 그에게 미안할 뿐이다.

피곤함이 몰려온 괴테는 눈을 붙이려고 다시 침대에 누웠지만, 의식은 오히려 더 맑아지는 것 같았다. 이때 방문이 조심스레 열리는 소리가 들렸다. 크리스티아네였다. 그녀는 괴테가 침대에 가만히 누워있는 것을 봤는지 그에게 다가와서 물었다.

"좀 주무시지 않고 무슨 생각을 하세요?"

14. 베를린의 카페

“무슨 생각을 그렇게 해요?” 김 사장은 나를 한동안 보고 있었는지 눈을 동그랗게 뜨고 말한다. 그제야 난 정신을 차리고 그를 쳐다봤다.

“아니, 더워서 그냥 잠시 멍하니 있었어요. 전에 잠시 이탈리아 갔던 경험이 떠올라 그때 일도 생각나고 해서….”

“맞아, 언젠가 이탈리아로 갔었죠? 그때 얘긴 자세히 못 들었는데….”

“벌써 몇 년 된 일인데요. 그땐 나도 혈기 왕성했는데….”

“지금도 괜찮으니 걱정마쇼, 흐흐.” 김 사장은 나를 보며 웃는다. “그래, 그때 이쁜 이탈리아 여자라도 사귀었소? 지금도 생각하는 걸 보니 그런 것 같은데, 흐흐.”

“아니, 여자가 아니고, 한국에서 알게 된 남자 이탈리아 친구였죠. 당시 한동안 친하게 지내서 이탈리아로 가서 만나기도 했는데, 그 친구가 이탈리아로 완전 귀국하고 나선 연락이 잘 안 됐어요. 몇 번 메일을 주고받긴 했는데, 그리곤 서로 바빠 연락이 끊어졌어요.”

“그럼, 이탈리아로 휴가 가서 볼 수도 있죠.”

“사실, 그 친구가 독일로 일자리를 얻어 간다는 메일을 받았는데, 그 후론 연락이 없었어요. 나도 바쁘고 해서 그냥 잊고 지냈죠. 외국 친구를 사귄다는 건 쉽지 않아요. 문화며 생활환경이 달라 어렵고, 또 떨어져 있으면 어쩔 수 없죠. 마음이 서로 통해도 떨어져 있으면 자주 연락을 못 하고, 그러면 멀어지죠.”

“친구는 시간이 만들어 주는 거요. 술과 친구는 오래될수록 좋다는 말이 있잖아요.”

그는 제법 진지한 말을 했다는 듯이 만족해하며 맥주를 쭉 마신다. 그리고 맥주 거품을 입가에 묻힌 것도 모르고 외치듯 말을 뱉는다.

“아, 지금 보니 독일 맥주가 맛있네. 쓴맛이 있어. 역시 독일에서 먹을 거라곤 맥주와 소시지야.”

그렇다. 시간은 속이지 않는 법이다. 친구도 시간의 깊이를 넘지 못한다. 시간의 시금석을 거쳐야 진짜 친구가 되는 법이다. 해 아래 새로운 것이 없으니 인간도, 세상도 원래 그랬고, 앞으로도 그럴 게다.

문득 카페를 둘러보니 저 건너편에서 한 노인과 중년의 사내가 커피를 마시며 담소하는 모습이 보인다. 둘은 작은 테이블을 사이에 두고 있어 마치 얼굴을 바짝 대고 있는 것처럼 보였다. 그러면서도 무슨 말을 하는지 연신 웃으면서 얘기한다. 독일인들은 조용하게 대화한다. 아니, 어느 프랑스 할머니에게 들었던 것처럼 그들은 조용하게 말하는 것에 길들여있다. 프랑스인들은 다르다고 할머닌 은근히 자랑스럽게 말했다.

둘의 대화 내용이 들리진 않았지만, 분명한 건 그들은 나이 차이가 제법 있는데도 친구임이 틀림없다. 유럽에선 친구에 나이가 그리 상관없다. 친구로서 평화롭게 지내는 데 나이는 중요하지 않기 때문이다. 인간과 인간이 함께 지내는 덴 나이보다 평화가 더 소중하다. 하지만 종교나 정치, 민족과 피부색은 물론, 문화도 유럽에서는 평화를 깨는 주범이었다. 지금도 그렇다. 유럽뿐이랴. 세계의 어느 곳도 갈등이 감성인 양 쉽게 번지지 않는 곳이 없다. 그들은 갈등을 일으키고 차이를 두는 것에 감성처럼 열광한다. 종교와 정치인, 정치집단에 대한 열정, 민족과 자신의 문화에 대한 열광도 모두 위험한 감성의 전염병으로 변했다. 그래서 친구가 중요한 것이다. 친구는 갈등의 열정을 평화와 이해의 감정으로 순화시켜 놓을 수 있다. 둘을 보니 이탈리아에서 우연히 목격한 비슷한 장면이 떠오른다.

한순간도 조용히 있지 않은 프랑스 사람처럼 이탈리아 사람들도 다르다. 그들도 카페에서 제법 큰 소리로 떠든다. 우디네의 시내 한 넓은 카페에서도 그랬다. 중년 남자와 그보다 나이가 더 지긋한 노인이 담소를 나누고 있었다. 홀에는 앉을 수 있는 빈 테이블이 많은데도, 그들은 한구석에 마련된 둥근 바텐더 테이블에 기대서서 애기했다. 그 테이블 주변에도 앉을 수 있는 작은 의자들이 놓여 있었지만 앉지 않았다. 머리가 꽤 희끗희끗 하지만 혈색이 좋은 노인은 청 갈색 캐주얼 바지에 연두색의 셔츠 차림이었다. 맞은편에 있는 거의 대머리의 중년 사내는 다소 작은 키에 사람이 좋아 보였다. 두 사람은 비노 비앙코 한 병을 주문해서 마시고 있었다. 그들 애기 소리는 제법 컸지만, 전혀 거슬리지 않았다.

노인이 쾌활하게 신문을 보여준다. 중년의 사내가 그 신문을 보고 웃으며 고개를 끄덕인다. 그 모습을 보던 노인은 웃는 얼굴로 와인을 한 모금 마시고, 중년에게도 한 잔 따라준다. 신문에서 뭘 발견했는지 이번엔 중년이 신문을 노인에게 보여준다. 노인은 놀란 표정으로 입을 다물지 못하고 머리를 흔들며 파안대소한다. 중년은 만족한 듯 와인을 한 모금 마신다. 갑자기 노인이 중년에게 바싹 다가가서 귀에다 대고 속삭이듯 조용히 뭔가를 말한다. 중년은 약간 진지한 표정을 짓더니 수첩을 꺼내 적기까지 한다. 그리고 그것을 노인에게 보여준다. 노인은 고개를 끄덕인다. 그러곤 다시 큰 소리로 얘기를 한다. 중년은 그 말에 고개를 끄덕이며 웃는다. 주문한 음료나 음식을 서빙하는 여자 종업원들이 둘 옆을 지나치곤 한다. 종업원들은 그들이 서서 공간을 차지하고 있어 음료나 음식을 들고 지나칠 때 약간 불편해하는 표정을 짓는다.

그 모습을 보고 있자니 그들이 서로 부딪치지 않을까 걱정이 되기도 했지만, 한편 어떤 식으로 그 상황이 전개될까 궁금하기도 했다. 독일 같으면 종업원이 당당히 손님에게 의자에 앉을 것을 요구했을지도 모른다. 그러면 손님은 군말하지 않고 자리를 찾아 앉는다. 그렇지 않으면 서비스를 받지 못할 수도 있으니까. 한국 같으면 어떨까? 한국에선 손님이 서서 술을 마시는 일은 거의 없다. 우리는 어디를 가더라도 먼저 자리를 차지하는 것에 익숙하다. 그렇지 않으면 보통 손해를 보니까. 한 자리를 차지해야 대접을 받기 때문이다. 앉은 사람과 서 있는 사람은 상하관계에 있거나 갑을관계에 있을 경우다.

노인이 곁을 지나치던 젊은 여자 종업원에게 무슨 말인가 가볍게 건넨다. 종업원은 약간 어색한 미소를 지으며 간단히 대답하고 활발하게 지나간다. 노인과 중년은 유유히 대화를 계속한다. 노인이 웃고 중년은 떠든다. 노인이 와인을 한 병 더 시킨다. 이번엔 작은 비노 비앙코가 나온다. 종업원이 다정하게 작은 병을 주고 간다. 그들은 다시 처음부터 얘기를 시작하는 듯이 보인다. 이번엔 중년은 연신 고개를 끄덕이고, 노인이 신나게 말을 한다. 둘의 얼굴이 약간 붉어지고 취기가 돈다.

그렇게 그들의 얘기는 끝나지 않는 것처럼 보였다. 그래서 그들에게서 시선을 떼려는 순간, 노인이 바텐더 테이블 안에 서 있던 한 종업원에게 말을 했고, 종업원이 그 노인에게 계산서를 내민다. 노인은 지갑을 꺼냈다. 그리고 종업원을 향해 친근하게 웃으며 말을 한다. 중년도 노인을 따라 종업원에게 말을 건넸다. 그리고 노인과 중년 그리고 종업원 셋이 떠들기 시작했다. 그들은 같이 온 친구처럼 웃는다. 그리고 노인이 지갑을 바지 호주머니에 넣고 나갔다. 중년도 그를 따라나섰다. 거리에 나선 그들은 짧게 인사를 하더니 서로 반대 방향을 향해 발걸음을 돌려 총총히 사라진다. 늦은 오후의 짙은 여름 햇살이 그들이 가버린 거리 위에 쏟아졌다. 그 거리를 사람들은 느릿느릿 걷고 있었다.

"그럼, 쉴러 묘는 어디 있어요? 베를린은 아닐 거고, 프랑크푸르트? 아니지, 그건 괴테 고향이랬지. 쉴러와 괴테 묘가 같이 있는 도시가 있잖아요, 그 유명한…"

김 사장이 나를 향해 질문했다. 그는 어느새 맥주도 다 마시고 입맛을 다시면서 말했다.

"아, 바이마르죠. 쉴러 묘, 아니 쉴러 관이 그곳에 있어요."

이 말에 그는 나를 쳐다보고 웃으며 말한다.

"그럼 관만 있고 묘는 없다는 말이요? 묘가 있어야 관이 있지. 참, 하긴 여기 교회에서처럼 관만 있을 순 있겠네. 그럼 쉴러 관이 교회에 있어요?"

"바이마르에 공작 가족묘라고 하나, 어쨌든 그 건물에 쉴러와 괴테 두 사람의 관이 안치돼있어요. 하지만 쉴러 관은 아마 비어 있다는 말을 들었어요."

"빈 관이요? 그럼 쉴러의 유골이 그곳에 없다는 말이요?"

"그렇겠죠."

"왜 없는 거요? 그럼 관을 그곳에 둬야 할 이유가 있어요?" 김 사장은 무슨 말인지 모르겠다는 표정을 지으며 물었다.

"원래 관 안에 있었던 유골이 가짜였다는 거죠. 나도 자세힌 모르지만, 이전에 관에 있던 유골로 DNA 검사를 해보니 진짜가 아니란 결론이 나서, 결국 유골을 치우고 관을 비워 두었다는 말을 들었어요."

"아니, 어떻게 가짜 관이 그곳에 있었던 거요? 그거 무슨 말인지 이해가 안 되네."

"나도 잘은 모르겠어요. 왜 가짜 관이 그곳에 안치됐는지, 그리고 유골이 가짜라는 걸 이제야 알게 됐는지. 사실 쉴러 관은 원래 그곳에 있지 않았고, 교회 묘지에 있었다고 하더군요. 그러다 나중에 공작 가족묘 건물로 옮겼다고 들었어요. 괴테 관과 함께 공작 가족 묘당에 안치된 건 두 사람이 워낙 유명해서 그랬겠죠. 바이마르는 괴테와 쉴러가 없으면 시체니까. 공작도 그걸 잘 알고 그들을 존경했으면 그럴 수 있죠. 하지만 그랬다 치더라도, 왜 가짜 유골이 관에 들어가게 됐는지는 이해가 안 돼요, 모르겠어요."

"그렇담, 괴테 관은 진짜요? 그 안에 유골은 있긴 있나? 혹시 젠장, 그것도 가짜 아닌가? 그럼 독일제라고 뭘 믿고 샀더니 짝퉁이라고 하는 거라 마찬가지 아니요, 흐흐."

"아는 독일인 말이 괴테 관에 있는 유골은 처음부터 확인했고, 이후 방부 처리해서 확실히 진짜라고 하더군요. 그러니 맞겠죠."

"그것도 알 수 없어. 그건 조사했대요? 아마 나중에 조사해보면 다를 수 있어요. 그럼 그때 괴테 것도 짝퉁이라고 할 수 있어. 아니면 이미 짝퉁이란 걸 알고 있는데, 둘 다 가짜라 하면 너무 하니까 하나만 가짜라고 알린 것 아닌지 모르겠어, 흐흐. 그럼 바이마르에 관광객이 가겠어요. 나라도 안 가지. 그래서 그나마 괴테 것은 진짜라고 하는지 몰라, 흐흐."

"글쎄, 바이마르에 꼭 괴테와 쉴러의 관만을 보러 관광객들이

가는 건 아니라서 일부러 숨기겠어요? 물론 지금도 쉴러나 괴테 팬들과 순례자들은 그래도 그곳을 갈걸요. 나도 그래서 베를린 오기 전에 잠시 갔다 왔어요."

"그럼 두 사람 관도 봤어요?"

"아뇨, 쉴러 관이 가짜라니, 관이 처음 안치됐다는 야콥 교회를 찾아봤어요. 그곳은 그대로 있다니 그곳에 가면 뭔가 원래 쉴러 관의 자취라도 느낄 수 있을 것 같아서였죠. 하지만 그 교회를 쉽게 찾지 못하고, 더운 날 이탈리아 도시에서 길을 잃은 듯 같은 골목을 뺑뺑 돌아다녔어요. 흔한 안내판도 안 보여서 사람들에게 물으면 의외로 모른다고 하고. 그렇게 헤매다 겨우 찾았지만, 입구가 닫혀 있어 결국 들어가지도 못했어요. 당시 바이마르가 미로 같았죠."

15. 유골 발굴—칼 레베레히트 슈바베의 수기에서

3월 중순의 늦은 오후지만 묘지 건물 내부는 컴컴한 미로처럼 보였다. 습기와 곰팡내가 훅 밀려와 숨이 턱 막힌다. 눅눅한 벽은 심하게 곰팡이가 슬고, 군데군데 거무스레한 색으로 변해있었다. 횃불을 내려 보니 컴컴한 바닥에는 사방에 희뿌연 횟가루가 떨어진 흔적들이 보인다. 우선 입구에 쌓여있는 관들을 조금 치워 사람이 들어가서 작업할 공간을 확보했다. 그리고 함께 온 사람들에게 관을 치우면서 그곳에 새겨진 이름을 확인해보라고 했다. 하지만 곧 그것이 거의 불가능함을 깨달았다. 지하의 습기로 이미 많은 관이 거의 썩어 문드러져 있었고, 그런 관들엔 고인의 이름을 새긴 판이 떨어져 사라지고 없거나, 있더라도 심하게 부식이 되어 이름을 알 수가 없다. 그렇지 않은 관은 모두 비교적 최근에 안치된 것들처럼 보인다. 그것들은 오래된 다른 관들 위에 위험하게 쌓여있었다. 그것들을 옮기자니 아래에 있는 다른 관들이 뭉개질 것 같다.

"이렇게는 관을 도저히 찾을 수 없을 것 같습니다."

켈러가 말했다. 그는 목수로 바이마르 수공업자 대표 자격으로 온 인물이다. 쉴러의 유골을 발굴하기 위해 내가 시에 제안해서 조직한 〈쉴러 유골 발굴위원회〉가 그를 추천했다. 그가 데리고 온 다른 일군들도 똑같이 고개를 저었다. 일단 철수할 수밖에 없었다.

사흘 후 다시 야곱 교회의 묘실을 찾았다. 시의 업무가 밀려 그 사이 시간을 뺄 수가 없었던 터에 켈러도 다시 일군을 찾기가 쉽지 않아 시간이 걸렸다. 그런데 이번에는 교회 경내에 들어서자 일단의 사람들이 묘실 앞에 서 있는 것이 보였다. 그중 누군가 내 앞으로 다가왔다.

"묘실로 못 들어갑니다."

"무슨 말이요? 내가 누군지 모르시겠소. 슈바베 시장이오."

"알고 있습니다."

"난 시 위원회에서 공식화한 쉴러 유골 발굴 작업을 위해 묘실로 들어가려는 게요. 그러니까 쉴러라는 중요한 인물의 유골을 발굴하는 공무란 말이오."

“그렇더라고 묘실로 갈 순 없습니다. 묘실은 망자들이 영면하는 공간입니다. 유골 하나를 찾자고 모든 관을 뒤지고 부수어 망자들 공간의 평화를 파괴하는 것은 있을 수 없습니다.”

“아니, 묘지를 정리하는 일은 시 당국의 당연한 의무이자 권한이라는 사실을 모르십니까? 더구나 이건 특별히….”

난 화가 나서 말을 뱉다 더 하지 못했다. 이 작업을 위해 특별히 공작의 허락까지 받았다는 말을 더하고 싶었지만, 공작이 그런 말을 일단은 비밀로 해달라던 부탁이 떠올랐기 때문이다. 할 수 없이 묘지관리인 묄러를 찾았다. 그가 쫓아오자, 이들이 누구이며 무슨 이유로 이렇게 버티고 있는지 물었다. 묄러는 자신도 모르는 주민들이라면서, 어떻게 알았는지 오전부터 교회로 찾아와 자신에게도 비슷한 항의를 했고, 지금까지 막무가내로 묘실 앞을 가로막고 있다고 한다. 하지만 그의 표정은 묘했고 태도는 어딘지 여유롭다. 평소 엄중했던 관리인의 태도가 아니었다. 그 모습에 그들이 단순히 동네 주민이 아니라는 직감이 들었다.

그들이 어떻게 쉴러 유골 발굴 사안을 알고 있었으며, 또 오늘 내가 오는 것을 알고 있었을까? 묄러에게는 오늘 온다고 어제 오후 늦게 알렸지만, 그 외엔 누구에게도 알리지 않았는데도 그들이 알고 있었다니. 묄러가 알리지 않았다면 알 수 없는 상황이다. 더구나 묄러 역시 그들에게 지금까지 아무런 조치도 취하지 않고 있는 것은 한 가지 상황밖에 없다. 그렇다, 궁정의 지시를 받지 않고는 있을 수 없는 일이야.

묄러의 구차한 설명을 듣고 난 후 바로 켈러와 일군들을 그곳에서 철수시켰다. 집으로 돌아와서 지난달부터 지금까지 일어난 일을 다시 한번 돌아봤다. 갑자기 야콥 교회의 묘지를 정리한다는 소문이 들려온 것은 지난달이었다. 특히 묘지에 매장하지 않고 묘실에 안치한 관들을 정리해서 그 유골들을 모아 교회 묘지 주변에 한꺼번에 매장한다고들 했다. 야콥 교회 묘지 관리인 묄러에게 소문이 사실인지 물어봤다.

"그래요. 묘실에 관들이 가득 차서 더는 안치할 공간이 없어요. 이런 일은 정기적으로 할 수밖에 없는 일이죠."

그는 퉁명하게 대답했다. 난 공작에게 그것을 직접 물어보고 싶었다. 과연 지금 급하게 묘실을 정리해야 하는지 회의가 들었기 때문이다. 무엇보다 묘실 건물이 정말 꽉 차서 관을 안치할 공간이 없다면, 쉴러의 관은 따로 취급해야 한다는 생각이 들었다. 그런 계획이 있다면 미리 그의 관이 있을 다른 곳을 마련했어야 했다. 사실 기회 있을 때마다 궁정 당국에 쉴러의 묘소를 따로 조성해야 한다고 주장했다. 그의 관을 공동묘지 건물에 방치하는 것은 바이마르의 수치라고까지 번번이 역설했다. 그럴 때마다 당국은 무반응이거나, 묘지의 문제는 이미 가족에 의해 그곳에 안치된 이상 공권력이 어떻게 할 수 없는 사적인 문제라는 답답한 대답만 되풀이했다. 하지만 쉴러의 유가족이, 특히 미망인이 교회 묘지 건물을 진짜로 원했는지는 알 수 없다.

며칠 후 공작에게 정기 보고를 하는 기회에 따로 야콥 교회 묘지 정리 건에 관해서 물어보았다. 공작은 그건 오랜 관행이라고 무관심하게 대답했다.

"하지만, 그렇게 되면 쉴러의 유골도 사라지게 됩니다. 쉴러의 관이 그곳에 있습니다."

"그런가? 쉴러의 관이 그곳에 있다…." 공작은 쉴러의 관이 그곳에 있는 것을 마치 이제 알았다는 듯 말을 흐렸다.

"네, 그렇습니다. 전하, 저는 이전에도 쉴러의 유골을 야콥 교회에 방치하지 말고 묘를 따로 조성해서 사람들이 많이 찾을 수 있게 해야 한다는 건의를 드린 바 있습니다. 전하의 은혜로 쉴러는 우리 바이마르로 와서 바이마르를 빛낸 위대한 시인이자 작가입니다. 만약 그의 유골이 정리되어 버려진다면, 바이마르의 군주이신 전하의 명예에도 큰 흠을 주고 바이마르는 독일 전역에서 비난을 받을 수도 있습니다."

"… 그럼 어떻게 해야 하겠소?" 잠시 생각하듯 뜸을 들인 공작이 질문했다.

"일단 그의 유골을 꺼내고 나서 묘지 정리를 해야 합니다. 그리고 가능하면 조속히 쉴러의 묘지를 따로 조성해야 합니다. 간단한 묘비와 함께 소박하게, 그러나 누구나 쉽게 접근할 수 있는 위치에 조성하시면 됩니다."

"그 유골을 찾는 것도 힘들지만, 찾는다고 해도 묘지를 조성하는 데는 간단히 하더라도 시간이 많이 걸려는 법이오. 그 사이 유골을 보관하는 문제도 만만치 않고. 힘들어…."

"일단 유골을 찾는 것은 제가 맡아서 책임지고 하겠습니다. 그리고 전하께서 유골의 보관과 묘지 조성에 직접 힘을 써주시면 그것도 그리 어려운 일은 아닐 듯합니다."

공작은 잠시 생각을 하는 듯하더니 이윽고 대화를 마치는 답을 한다.

"그럼, 그렇게 해보시오. 묘지 조성은 논의해서 결정할 것이니 그리 알고. 그리고 묘지 건이 결정될 때까지는 내가 개입했다거나 지시했다는 말은 일절 함구하시오."

그렇게 쉴러 유골의 발굴 작업은 추진되었다.

야콥 교회에서 철수한 며칠 후 나는 직접 쉴러의 관을 찾아 나서기로 마음먹었다. 더 미루다가는 결국 묘지 정리를 하는 순간까지 쉴러의 유골을 찾을 수 없을 것 같다는 불안이 엄습했기 때문이다. 공작의 비공식 승인만 믿고 있기는 너무 위험하다는 생각도 들었고, 공작이 쉴러의 묘지는 고사하고 과연 그의 유골에 진심으로 관심이 있는지도 회의가 들었다.

자정을 기다려 야콥 교회로 향했다. 묘지 발굴 경험이 많은 장의사 빌케와 일군 세 명도 데려갔다. 작업을 위해 오후에 관리인 묄러에게는 미리 얘기를 하면서, 아무도 모르게 조용히 작업을 할 테니 모른 척해 달라고 부탁했더니 이번에는 순순히 알겠다고 했다. 묘실 문은 다행히 열려 있었다. 묄러가 열어둔 모양이다. 횃불을 켜고 발굴 작업을 시작했다. 관의 잔해와 유골들을 분리해서 구석에 모으도록 했다. 빌케는 능숙한 솜씨로 일군들과 함께 유골들을 모았다. 나는 횃불을 들고 사다리에 앉아 열심히 담배를 피웠다. 그래야 묘실의 곰팡이와 역한 냄새를 조금이라도 날려 보낼 것 같았고, 담뱃불이 으스스한 분위기를 누그러뜨리는 효과도 있었다. 그 덕분인지 그들은 곡괭이와 삽을 이용해서 부지런히 작업했고, 속속 유골을 수습할 수 있었다. 일은 새벽까지 계속되었고, 그사이 10구 이상의 두개골이 모였다. 나쁘지 않은 성과였다. 일단 첫날의 발굴 작업을 마치고 집으로 돌아오니 새벽 3시가 훌쩍 지났다. 다음날도 그리고 그다음 날도 내리 삼일 밤을 자정에서 새벽까지 작업을 했더니 온전한 두개골은 모두 23개를 모을 수 있었다.

셋째 날 밤, 작업을 마치고 새벽에 집으로 돌아오니 피곤이 한꺼번에 몰려왔다. 바로 쓰러져 잠에 빠졌다. 동이 트고 나서 프리데리케가 깨우는 바람에 일어났다. 아내는 내 방에 둔 유골 자루들을 보면서 이젠 제발 그만하라고 소리쳤다. 결혼 전 극장에서 숨죽인 채 쉴러의 연극을 보며 조용히 대사를 따라 하던 모습은 어디 가고 이제는 연극의 주연배우 마냥 목소리가 날로 커진다.

"당신은 이제 할 만큼 했어요. 누가 한다 해도 더는 나오지 않을 거니 걱정하지 말아요. 이 정도면 당신이 그분에게 보내는 존경의 뜻도 충분히 알렸으니까."

"여보, 난 다른 사람들에게 뭘 보이려고 그분의 유골을 찾는 게 아니오. 단지 그분을 존경했고 사랑했던 한 사람의 바이마르 시민으로 해야 할 당연한 의무를 하는 거로 생각해. 그분과 이웃에 살던 당신은 나보다 더 그분을 존경하고 따랐잖소? 그분의 죽음과 장례에 그렇게 슬퍼하고 안타까워하던 사람이 아니었소?"

"결혼 전엔 그랬죠. 물론 지금도 그 안타까운 마음은 여전하지만, 도굴꾼처럼 야밤에 묘지며 관을 뒤지는 일을 보고 싶지는 않아요."

"그렇지만 진짜 유골을 찾아야지. 그렇지 않으면 쉴러의 유골은 영영 없어지고 만다니까."

"아휴, 20년도 넘은 이제 와 그 많은 썩은 관 중에 어떻게 유골을 찾아요. 당치 않아요. 해부 전문가도 그건 힘들 거요. 그 정성에 가짜 유골이라도 진짜라고 하면 아무도 의심하지 않을 테니, 제발 이젠 그만하고 진정해요. 그리고 공작님이 허락했다지만, 과연 진심으로 그랬을까? 난 그것도 의심스러워."

"이 사람, 큰일 날 소릴. 그런 소리 마시오."

프리데리케가 나가자 아침도 미루고 자루에 들어 있던 두개골들을 모두 꺼내 큰 탁자 위에 하나씩 펼쳐 두고 자세히 관찰해보았다. 모두가 크기나 모양에 조금씩 차이는 있었지만 비슷해 보였고, 겉으로 봐서는 그중 하나를 쉴러의 것으로 말하기가 사실상 힘들었다. 순간 핀잔을 주던 아내의 말이 떠오르며 다리에 힘이 빠지는 듯한 무력감을 느낀다. 아무리 내가 쉴러를 생전 많이 봤고 그의 외모와 체구를 잘 안다고 한들, 이제 유골로 판단하기란 쉬운 노릇이 아니다.

한참을 고민하다, 쉴러가 마른 체격 있었지만, 특히 장신이라는 점과 머리도 좋을 것이니 머리통도 큰 것으로 생각해서, 두개골이 큰 것으로 몇 개 추려 보았다. 5개 정도가 나왔다. 모양이 좋은 것도 있고 그렇지 않은 것도 있어, 일단 고귀한 아우라가 보이는 것으로 3개를 골랐다. 이제부터가 고민이다. 실상 모두 비슷해서 어떤 것으로 해도 모두 진짜거나 모두 가짜라고도 할 수 있어 보인다.

얼마를 고민했을까, 불현듯 문을 열고 프리데리케가 들어 왔다.

"아휴, 그래도 몇 개를 골라냈네. 어머, 저건 특별해 보인다." 하며 냉큼 하나를 가리켰다. 그러고 보니 정말 그것이 고귀한 것으로 보였다. 프리데리케가 다시 말을 이었다.

"여보, 내 생각에는 이게 맞는 것 같아. 이봐요, 여기 이가 이렇게 가지런히 남아 있잖아요. 그분은 이가 특히 가지런하고 깨끗했던 기억이 나요."

그러자 난 무릎을 내리치며 말했다. "맞아, 당신 말이 맞아, 쉴러는 이가 가지런했지. 사람이 죽어도 이는 가장 늦게 썩는 법이야."

그 두개골을 조심스레 집어 들어 살펴봤다. 그것은 치아가 온전하게 남아 있는 거의 유일한 것이었다. 단지 아래턱만 빠져있었을 뿐.

"그래 이거야. 이것이 틀림없을 거야, 아니, 틀림없어!"

다음날 빌케와 함께 아래턱을 찾아 나섰다. 발굴은 성과가 있었다. 생각보다 수월하게 빌케가 서너 개의 아래턱을 찾았는데 모두 상태가 좋은 것들이다. 집에 가져와서 예의 두개골에 맞춰보니 그 중 하나가 꼭 들어맞는다. 이제 두개골은 어금니 하나가 빠진 것 외에는 완전한 유골이 되었다.

며칠 후, 내가 부른 3명의 전문가가 집으로 찾아왔다. 추밀궁정고문관 겸 궁정 의사로 쉴러를 부검한 후쉬케, 궁정의학고문관 프로립 그리고 궁정고문관 겸 궁정 의사로 있는 내 동생 슈바베. 그들은 내가 고른 두개골을 상대로 이마의 높이와 넓이, 양 안구 사이 간격과 안구 부분의 넓이, 귀 부분의 모양, 코 부분부터 턱까지의 길이와 높이, 턱의 양쪽 거리, 양쪽 광대뼈의 거리 등을 측정하고 쉴러의 데드마스크와 비교하는 작업을 했다. 결국 후쉬케의 기억에 프로립이 동조하고, 내 기억에 슈바베가 동조해서 의견 일치를 보았다. 내가 고른 두개골이 그의 것이 맞는 것으로.

이제 전문가의 고증을 거쳤으니 일반인의 공감을 얻어야 했다. 시민들이 그렇지 않다고 느끼면 결국 공작도 인정하지 않을 가능성이 농후하다. 역시 급하게 쉴러를 조금이라도 기억하는 바이마르 주민들을 모았다. 많은 사람이 지금 와서 유골을 왜 찾느냐는 식으로 시큰둥하거나, 궁정의 일에 어떤 식으로든 연루될까 애써 무관심한 태도를 보였다. 어렵게 1탈러나 수고비를 준다고 설득해서 노인과 중년, 부녀자들을 중심으로 열 명 남짓이 요청에 응했다. 그들에게 내 방에 있던 23개 두개골을 일렬로 전시해두고 맞은편 책상에 있는 쉴러의 데드마스크와 비교하라는 주문을 했다. 모두가 내가 고른, 치아까지 고르고 아래턱까지 완전하게 갖춘 큰 두개골에 주목한다. "이건 특별해 보이네!"라는 반응을 보이며. 그리고 자연스럽게 쉴러의 것으로 지목한다. 숨겨놓은 답을 찾아낸 수험생들처럼.

16. 떠도는 유골

아우구스트 공작은 줄곧 화가 나 있었다. 슈바베 시장에게 쉴러의 유골을 찾는 것을 묵인한다고 반(半)허락을 내린 것은 어쩔 수 없는 선택이었다. 그 발굴 작업의 결과를 어느 정도 짐작하고 있었던 그로선 심기가 불편할 수밖에 없다. 이제 괴테도 알아야 할 것 같고 미리 상의를 해두는 편이 좋을 듯해서 궁정에서 보자고 연락을 했다.

"슈바베가 파낸다는 쉴러의 유골이란 사실상 폭탄이오. 어떤 유골인지도 모르고 파내기만 하면 된다는 말인지. 어이가 없소…."

공작은 괴테가 의아할 정도로 말을 잇지 못하고 어조도 어느덧 격앙돼 있었다. 하지만 괴테는 이런 상황에 어느 정도 익숙해 있다. 공작이 흥분할 때는 직언을 피하고 완곡한 표현으로 접근하는 것이 필요했다.

"전하, 만약 슈바베가 진짜 쉴러의 유골을 찾는다면, 그건 우리가 반대할 게 아니라 외려 환영할 일이 아닌지요? 사실 묘지를 정리하는 일이 있으면, 쉴러의 유골을 수습하는 일은 우리 당국이 해도 이상한 일이 아닐 겁니다. 전하께서 시장에게 허(許)하신 것도 그런 이유가 아닙니까."

하지만 공작의 눈에는 여전히 두려움과 분노의 빛마저 순간순간 교차하는 듯 보인다. 공작의 그런 눈빛이 무슨 연유인지 모르겠지만, 지금은 우선 공작을 안심시키는 것이 중요할 것 같다.

"물론 나도 그렇게 생각하고 있소. 하지만 그 유골이 진짜라는 보장이 없는데, 그런 일을 하겠다고 묘실을 뒤집고 소란을 피우고 있으니 한심하지 않소."

"유골이 진품인지 아닌지는 발굴해봐야 알겠지요."

"무슨, 아닐 가능성이 있으니 그렇지…."

공작은 금방 상기된 얼굴을 하며 말을 흐렸다. 그렇지 않아도 공작의 태도가 의아하던 괴테는 이때를 놓치지 않고 질문한다.

"그렇게 믿는 무슨 근거라도 있습니까? 제 생각에는 쉴러의 관은 물론 세월이 흘렀지만 찾기가 전혀 어렵지만은 않은 것 같습니다. 어쩌면 의외로 쉽게 찾을 수도 있습니다. 야콥 교회에 묘실 안치자 명단과 안치 일자가 보관되어 있으니 그것을 조사해보면 추적할 수 있을 겁니다. 제 기억으로는 일 년에 한 구, 많으면 두 구 정도가 그곳에 안치되는 것으로 들었습니다."

"아니, 무슨 근거가 있어서가 아니라, 내 느낌에 그렇다는 거지. 특별한 이유는 없지만…" 공작은 짐짓 심각한 표정을 지으며 뜸을 들이다 말을 잇는다.

"사실, 경도 알다시피, 쉴러는 죽기 전까지 늘 주변국의 관심과 감시의 대상이었잖소. 우리도 그것 때문에 주변국의 눈치를 보고, 또 나름 협조를 하느라 골치를 앓았고."

괴테는 이 말에 잠시 만감이 교차하는 느낌이 든다. 우리가 골치를 앓았다고? 하긴, 신경을 쓴 것도 사실이지만, 그렇다고 공작과 내가 억지로 한 것은 아니었다. 적어도 공작은 쉴러를 예나대학의 역사학 교수로 임명하던 날부터 지속적으로 감시했다. 나 역시 공작에 협조하고자 쉴러와 가깝게 지내고 친분을 쌓으려 노력했다. 물론 쉴러 역시 나와의 관계를 원했던 걸 짐작할 수 있었지만, 그와 나는 일차적으로 서로 다른 목적으로 접근했던 게 사실이다. 난 공작에게 쉴러에 대한 정보를 가감 없이 전달했고, 공작은 거의 정기적으로 쉴러의 근황과 동태를 물었다.

"그가 죽기 전 해인가, 베를린을 다녀온 것도 그래요. 난 그전부터 그가 언젠가 베를린을 한번 방문할 것으로 짐작했소. 프로이센 궁정이 어떤 식으로든 그를 부를 테니까 말이오. 잡아두려면 미끼가 필요하니 일단 불러 미끼를 던져 협상할 것으로 예상했소. 실제 그렇게 됐지. 그래서 내가 경을 통해 쉴러의 녹봉을 배로 올려주고 우리에게 잡아두지 않았어요? 알겠지만, 우리도 그를 프로이센에 뺏기면 유익이 없는 것으로 판단했기 때문이 아니오? 혹시 우리 궁정이 프로이센이나 대국의 위협을 받을 경우, 그는 그들과 협상할 수 있는 묘수가 될 수도 있다고 생각했으니까. 아무튼 프로이센 궁정에서는 항상 쉴러의 동태에 관심이 많았고 그에 대한 정보를 원했소. 그건 관심이 아니라 감시를 하라는 것이고, 그들도 그를 감시한다는 것을 암시하는 것이었소. 프로이센이 그를 요주의 인물로 감시하고 있었다는 걸 난 애초부터 직감하고 있었소. 프로이센 궁정을 방문할 때마다 그런 암시를 받았으니까. 해서 어쩔 수 없이 그를 항상 지근(至近)에 두고 동태를 살핀 것 아니오. 그가 죽을 때까지…. 그것은 경도 잘 알겠지만. 어쨌든 프로이센은 쉴러를 확실히 감시하고 자신의 영향력 아래에 두려 했소. 그는 시민들이 열광하는 『도적들』의 극작가가 아니오? 그건 우리 같은 작은 나라보단 극장이 많은 프로이센이 더할 거요. 프로이센 궁정은 민심을 잃을까 두려워하고, 그들을 선동할 수 있는 인물을 주의 인물로 경계했던 건 잘 알고 있지 않소. 알다시피 쉴러는 그런 인물이었소. 특히 프랑스혁명 이후엔 프랑스와 혁명에 대한 경계심이 급증했고 그 친구에 대한 경계도 훨씬 강화됐지. 경도 말했지만, 프랑스 혁명정부는 쉴러를 명예시민으로 추대하고 자신들의 혁명 동지로 열광하지 않았소. 만약 그를 실제로 프랑스에 뺏기면 프로이센은 물론, 우리를 포함해서 많은 독일 군주국의 시민들은 군주들을 불신하고 혁명의 정신을 가지게 될 것이란 건 불 보듯 뻔하지 않았소? 나 역시 그것이 두려웠소…."

공작은 괴테도 익히 알고 있는 과거의 상황을 노인 옛날 얘기하듯, 다시 한번 장황하게 토로하고 있었다. 괴테는 원래 화제로 바꾸려고 질문을 한다.

"슈바베 시장이 찾으려는 쉴러의 유골이, 그러니까 진짜가 아닐 수도 있다는 말씀은 그저 느낌이라는 말씀이지요?"

"… 그게 말이오. 전쟁, 1806년의 전쟁 때문에 그런 것 같소." 공작은 흥분을 누를 때 가끔 그러하듯 한쪽 눈두덩이 미세한 경련으로 가늘게 떨리는 것이 보였다.

"사실, 당시 나폴레옹 군대가 우리 바이마르를 타깃으로 삼을 수도 있다는 생각은 했소. 아니나 다를까 놈들은 빠르게 이 지역으로 진격해 왔고, 종국에 예나와 아우어슈테트가 전쟁터가 되었지, 경도 알다시피. 그렇다고 그전에 무슨 대책을 세울 수도 없었어요. 물론 놈들이 기동력이 뛰어난 군대기도 했지만, 프로이센 군대를 너무 믿은 나 자신도 솔직히 어리석었소. 난 그걸 그날 전장(戰場)에서 비로소 알게 됐으니 한심하지. 어쨌든, 놈들이 우리 바이마르를 점령했을 때 은이나 보석만 약탈했겠소?"

"그 외 약탈한 어떤 것들이 있나요? 저도 당시 기억이 잘 나지 않습니다만…." 괴테 역시 바이마르 약탈의 밤 기억은 떠올리기도 혐오스러워 말꼬리를 흐렸다.

"그러니까 유골, 아니 유명인의 유해도 있지 않겠소? 쉴러라면 그들에겐 귀중한 존재니 쉴러의 주검을 직접 확인하고 약탈해 갈 생각이 들 수도 있지. 특히 프랑스 용병들은 그걸 돈이 된다고 생각…."

괴테는 공작의 말에 잠시 멍하니 귀를 의심했다. 시신 도굴이라, 그날 밤 내 방에 쳐들어온 놈들도 용병들이었지. 근데 시신 도굴이라고…. 흠, 아닐 거야. 프랑스 정규군이 약탈하는 일은 흔치 않고, 더구나 시신을 도굴하는 일은 없을 것이다. 그러니 용병들도 그렇게까지 할 수 있을까?

이윽고 괴테가 다시 묻는다.

"그럼 어쨌든, 그와 관련된 증거가 있어야 할 텐데요. 그건 심각한 일이고 생각지도 못했던 일이라."

"아, 아니오. 무슨 특별한 물증이 있어서 그러는 게 아니라, 그저 그런 추리도 가능하단 말을 하는 것이오. 그냥 한 말이니 너무 괘념치 마시오. 느낌과 추리일 뿐…."

공작은 다시 말을 흐린다. 더욱 의아했지만 더는 물을 수 없어 보인다. 일단은 공작을 안심시키는 말로 마무리해야 할 것 같다.

"물론 우리가 이런 상황을 짐작하지는 못했지만, 그렇다고 이 상황이 아주 이상하지도 않습니다. 무엇보다 우선 슈바베의 진의를 파악한 후에, 그에 따라 적절히 대응하면 우려하시는 상황이 발생하지는 않을 겁니다. 슈바베는 지금까지 궁정과 좋은 관계를 맺어 왔고, 전하를 존경하며 전하의 말씀에 귀 기울이는 협조적인 사람입니다. 제게도 역시 겸손과 신뢰의 태도를 나타내고 있지요. 쉴러의 유골을 찾아낸 그의 동기 역시 쉴러에 대한 존경과 애정이라는 단순한 것이라 짐작합니다. 그 단순성을 두려워할 필요는 없습니다. 그는 평소 쉴러의 관을 방치한 것이 안타깝다고 주변에 말하곤 했습니다. 제게도 그런 말을 한 적이 있습니다. 쉴러의 장례식에 그가 보인 정성을 생각해보면 알 수 있지요."

공작의 얼굴에는 긴장이 조금씩 풀어지고 있었다.

"알겠소. 일단 두고 봅시다. 다만 그가 유골을 찾으면 일단 경이 보관하는 것이 좋을 듯싶소. 시민들이 모두 볼 수 있게 해준다면 자칫 유골의 진위에 대한 시비가 일어날 수도 있어. 사람들의 구설수가 걱정이요. 경이 개인적으로 보관하고 있어야 안전합니다. 유족들에게는 알려야 하지만 그들에게 유골을 줘선 안 돼. 유골의 처리는 내가 결정할 거요. 어차피 알 수 없는…."

공작은 말끝을 흐리고 입을 열지 않았다. 괴테는 총총 물러 나왔다.

슈바베가 공작을 찾은 것은 두개골을 확인한 다음 날 오후였다. 공작은 그가 보고하러 온다는 말을 듣고 오후에 다른 일정을 잡지 않고 그를 기다렸다. 슈바베는 확신에 찬 얼굴로 활기차게 들어왔다. 열심히 숙제를 마친 학생의 모습.

"네, 3인의 전문가들의 검증을 거친 후 주민들이 직접 확인하는 절차도 거쳤습니다."

"후쉬케에게 대강 듣기는 했소. 수고했어."

"다음으로 유족에게 알려 그들이 확인하는 절차만 남아 있습니다. 그리고 전하, 다시 말씀드리지만, 이번엔 적합한 묘지를 조성해서 그의 유골을 매장하는 것이 필요합니다."

"유족들은 어디에 살고 있는지?"

"제가 확인한 바로는 쉴러 부인이 둘째 아들과 함께 본에 있다고 합니다."

"그럼 본에 있는 유족에게 알리고 그들이 확인하는 절차를 거치도록 하시오. 다만 유골의 안치 장소는 내가 신중히 생각해서 결정하겠으니 그리 아시오."

몇 개월이 지난 1826년 9월 8일. 국무대신 뮐러가 괴테에게 '지극히 중요한 사안'으로 서찰을 보내왔다.

"대공 전하께서는 만약 쉴러의 유골이 땅에 묻혀 눈에 보이지 않게 되고, 그래서 없어질 것보다는 차라리 바이마르 공작도서관의 품위 있는 특별함에 담아 영구히 보존하는 것이 가장 정중하지 않을까 하는 말씀을 하셨습니다. 쉴러의 유족들은 이 일로 바이마르에 오는 것을 꺼리지는 않는 것 같습니다. 그리고 그의 둘째 아들이 오늘 오후 4시에 슈바베 시장의 집에서 진짜 유골로 검증된 것들을 살펴볼 예정입니다. 하지만 대공 전하께서는 이 일에 공식적으로는 개입하지 않으시겠다고 했으며 이 점에서 각하의 의견과 판단을 듣고 싶어 하십니다."

뮐러의 전갈을 보니 공작이 급하게 자신을 찾는다는 것을 알 수 있다. 공작의 표현법을 잘 알고 있는 그였다. 이 문제에 관한 한 이미 의중을 공작에게 알렸고, 공작 역시 쉴러 유골의 처리가 바이마르 공국에 중대한 사안이라는 점을 누구보다도 잘 알고 있는 듯 보였다. 이런 일은 되도록 은밀하고 조용하게 처리해야 한다.

"도서관에 보관한다…." 괴테는 혼잣말을 내뱉었다. 그건 유골에 대한 관리와 동시에 감시도 하겠다는 것을 의미한다. 감시를 통해 유골의 진위에 대한 시비를 차단할 수 있을 것이다. 유골 자체보다는, 땅으로 돌아가는 망자의 평화보다는, 그리고 유골을 찾는 순례객들의 행렬보다는, 유골의 진위에 대한 시비를 차단하는 것이 더욱 중요한 의도로 보였다. 공작의 뜻이 확고하다면 일단 공작의 의도에 동의해온 것이 괴테의 행동 방식이다.

"네, 그렇게 하시지요."

"그럼 우리는 공식적으로 나서지 않고 대리인들을 시키면 될 것이요. 그리고 유골은 다시 말하지만, 경이 개인적으로 보관하고 있는 것이 좋을 듯하오. 일단 도서관에 보관하는 것처럼 하다가 다른 핑계를 만들어서 경의 집으로 가져가는 방안을 생각해보시오. 그래야 안전해. 그래요, 사람들이 유골을 보기 힘들게 하는 것이 안전해."

그는 쉬지 않고 자신의 말을 쏟아내고 있었다. 상의나 논의가 아닌 자신의 의도대로 시행할 것을 지시하는 것이나 다름없다.

"… 네, 일단 그렇게 하는 방법을 생각해보겠습니다."

그사이 슈바베 시장은 누구나 쉽게 볼 수 있고 접근할 수 있는 쉴러의 묘지를 조성하고자 여러 장소를 물색하고, 국무대신 뮐러와 쉴러의 처형 카롤리네에게 장소를 보여주는 일을 하고 있었다. 그러다 뮐러로부터 유골을 공작도서관에 보관한다는 말을 듣는다.

"전하의 뜻을 알 수가 없습니다. 어째서 제가 누차 진언한 말씀을 무시하고 도서관 보관이라뇨. 그렇게 할 바에야 유골을 발굴하는 일이 무슨 의미가 있는 건지 모르겠어요. 그것이 망자에게 품위를 주는 것인가요? 무엇보다 우리 바이마르의 명예에 도움이 되는지 알 수 없군요. 아니, 그렇게 하면 아무런 도움이 되지 않아요. 그리고 유족들도 묘지를 조성하는 걸 원했고, 며칠 전 저의 집에서 유골을 확인한 쉴러의 둘째 아들도 그렇게 알고 있어요. 그도 아마 함에 넣어 도서관에 보관한다면 반대할 겁니다."

"자네가 그렇게 생각하는 것도 무리가 아니지만, 여하튼 최근 공작께서 괴테와 상의한 후 그렇게 결정하셨네. 유족에게는 자네가 잘 말해주게."

1826년 9월 17일 오전 11경. 쉴러의 유골을 공작도서관에 보관하는 의식이 공식적으로 거행되었다. 예상대로 공작은 보이지 않았다. 유족 대표로는 쉴러의 차남 에른스트 폰 쉴러만이 참석했다. 그의 어머니 샬롯테는 둘째 아들과 함께 본에서 지내다 이 일이 있기 직전 7월 9일에 지병으로 죽어 남편의 유골을 보지 못하고 본의 묘지에 묻혔기 때문이다. 음악가 리머가 작사하고 훔멜 궁정악단장이 작곡한 칸타타를 궁정연극단이 부른 후 의식을 거행했다. 에른스트 폰 쉴러가 제일 먼저 연단에 올랐다. 그는 부친의 유골을 땅에 매장하는 것을 유족과 쉴러의 생전 친구들은 원했지만, 대공의 고상한 견해가 달라 이렇게 함에 넣어 도서관에 보관하게 되었음을 설명했다. 그렇지만 자신으로서는 여전히 애석하다는 말을 덧붙였다. 장내는 순간 긴장감이 돌았다. 뮐러는 당황한 기색이 역력하다.

"하지만 이렇게 유골을 잘 발굴해서 보관할 수 있게 해준 칼 아우구스트 대공 전하께 깊은 감사의 말씀을 드립니다."

그리고 그는 총총히 연단을 내려왔다. 뮐러는 안도의 한숨을 쉰다. 괴테는 공식적으로 공작도서관의 책임자로 있지만 나타나지 않았다. 대신 그의 장남 아우구스트를 보내 연설하게 했다. 아우구스트 괴테는 아버지의 근황을 알리는 말을 먼저 한다.

"부친께서 아침 일찍 기침(起枕)하셔서 저를 불렀습니다. 급히 가보니 침대에서 앉은 채 눈물을 흘리고 계셨습니다. 그리고 하시는 말씀이, 쉴러 고문관님의 죽음이 당신의 삶에 가져온 슬픔과 상처는 시간이 가도 치유되지 않을 것이고 세상 사람 누구에 의해서도 치유되거나 회복될 수 없을 것이라고 했습니다."

그렇게 쉴러의 유골은 공작도서관에 무심히 보관되었다.

삼 일이 지난 9월 20일. 괴테는 예나대학의 해부학자 크리스티안 프리드리히 슈뢰터와 쉴러 생전에 쉴러를 모신 하인이었던 크리스토프 페르버를 집으로 은밀히 부른다. 쉴러의 나머지 유골을 찾기 위해서다. 다른 사람들에게 알리지 말고 야콥 교회 묘실로 가서 쉴러의 뼈들로 보이는 것들을 모두 가져오라고 지시한다.

"그 많은 뼛조각 중에 쉴러 공의 나머지 유골을 찾는 것은 거의 불가능에 가깝습니다."

슈뢰터가 말했다.

"저도 시키는 대로 찾아보기는 하겠지만, 뼈를 보고 생전의 모습을 찾을 수는 없을 것 같습니다요."

페르버도 난감한 표정을 지었다.

"하는 데까지 해보게. 완전하게 찾는다고 생각하는 것이 아니네. 그래도 비슷하게 유추할 수 있는 유골들을 모으려는 거니 그렇게 알고 수고들 해보게."

괴테는 그들을 달래며 격려했다. 그들은 괴테가 무슨 이유로 불가능에 가까운 일을 벌이고자 하는지 알 수 없다는 표정을 지으며 물러 나온다.

9월 23일. 슈뢰터와 페르버는 야콥 교회 묘실에 들어가서 작업을 시작한다. 그리고 5일 동안에 걸쳐 81개의 뼈와 뼛조각들을 발굴한다. 적지 않은 뼈들이었다. 나중에 이것들은 다시 74개의 뼈로 리스트업 되었다. 그리고 쉴러의 두개골과 함께 발견한 29개의 뼈와 합해졌다. 그렇더라도 최종적으로 쉴러 유골의 반 이상이 여전히 비어 있었다. 이렇게 찾은 유골들은 두개골을 제외하고 다시 다른 함에 넣어져 도서관의 한구석에 밀쳐두었다. 두개골은 어디로 갔을까? 두 사람이 은밀히 유골을 찾는 작업이 한창이던 9월 24일 두개골은 괴테의 집으로 옮겨진다. 괴테의 집에 보관하라는 공작의 지시를 이행한 것이다.

괴테 역시 쉴러의 두개골을 직접 눈으로 확인하고 싶었다. 그것을 도서관에서 가져온 날 침실 옆에 있는 서재로 가져가 작업용으로 쓰는 탁자 위에 올려두었다. 놓고 보니 그의 생전 모습이 떠올랐고 그가 죽은 날도 생각난다. 이후 한 번도 그의 묘를 찾지 않은 자신이 부끄럽고 어리석었단 생각도 들었다. 정적이 감돈다. 싱그런 9월 하순의 가을바람이 맑은 오후의 햇빛 사이로 한가롭게 노닐고 있다.

그가 어떻게 죽었는지는 여전히 분명히 말할 자신이 없다. 하지만 그것이 일상적인 것이 아니었다는 건 짐작할 수 있다. 그를 마지막으로 본 날, 연극 공연을 보러 가던 그를 말리고 집으로 초대해서 차담(茶談)이라도 나눴다면, 적어도 그날 죽지는 않았을 것만 같다. 괴테는 자신을 자책했다. 그리곤 두개골을 쳐다본다.

어쩌면 살아생전 그를 싫어했는지 모르겠다. 그의 성향과 난 어울릴 수 없었으니까. 그 역시 나를 싫어했는지 모르겠다. 아니 증오했는지도 모르지. 그는 늘 화약이었다. 언제 터질지 모르는 화약. 그의 불같은 열정은 화약 같이 터질지 모르는 내부의 증오심에서 나온 것으로 보였다. 그런 그를 피하고 싶었다. 그를 놓아주고 싶었지만, 공작이 그를 감시하라는 지시에 따라 할 수 없이 일생 그를 곁에 두고 있을 수밖에 없었다. 그것이 나의 최대 실수였는지도 모르겠다. 그를 자유롭게 놓아주었다면, 그렇게 일찍 불귀(不歸)의 객이 되지 않았을지도 모른다. 그는 자유에 목말랐던 사람이다. 거친 물살의 바다 같은 자유를 향해 지치지 않고 나는 갈매기 같았던 그.

더는 이런 갑갑한 유골에 얽매이지 말고 자유로운 영혼으로, 자유로운 공기를 호흡하시오. 당신의 영혼은, 당신의 정신은, 이제는 자유로운 당신의 것이니 더는 이곳, 이 작은 동네에, 이 작은 바이마르의 못나고 어리석은 사람들을 생각하지 말고 이곳을 떠나 당신의 길을 가시오. 저 빛나는 태양을 향해 떠나시오. 인간이 인생에서 무엇을 얻을 수 있겠소. 자연에서 나서 자연이 인도하는 곳으로 가는 것 외에는. 자연은 우리의 육체를 정신으로 바꾸고, 정신을 우리의 기억에 남겨두는 일을 하지 않소. 아! 이제, 그만 떠나시오. 자연이 일러주는 길로. 당신의 정신만 우리에게 남겨두고.

이건 어쩌면 그의 두개골이 아닐지도 모른다는 생각이 든다.

1806년 10월 바이마르와 예나에 있었던 약탈의 밤. 그 밤에 내 방에 들이닥친 병사들은 그의 시신에 관해 물었지. 그들은 야콥 교회를 다녀온 것 같은 말투였다. 혹시 그 당시에 이미 그의 관은 없어졌단 말인가? 아니야, 누군가 그것을 의도적으로 도굴하지 않았다면, 그런 일은 가능하지 않을 거다. 어쩌면 다른 궁정, 아니면 다른 세력이 여기에 개입됐을 수도 있을까? 머리가 혼란스럽다. 공작은 뭔가를 더 아는 것만 같았다. 하지만 아무런 말을 하지 않으려 한다. 혹시 고타 공작은 알지 않았을까? 그는 모든 것을 기록하는 사람이니까. 그가 작성한 독일 일루미나트 기록들은 작센 공국 궁정들의 세부적인 일은 물론, 프로이센과 오스트리아 궁정의 인사들과 그들의 행적까지 적어두고 있다니, 어쩌면 그 기록에서라면 그의 죽음과 유골의 진위에 대한 단서를 찾을 수 있지 않을까? 고타를 방문했을 때 그는 내게 쉴러에 대해서도 관심이 많은 듯 말했다. 그때 보여주었던, 독일 연극에 대한 통상적 관심을 넘어서는 진지함, 독일 일루미나트에 대한 열정에서 쉴러가 보였다. 계몽과 불행한 이상 사이에서. 하지만 쉴러가 죽기 전 해 그가 먼저 이승을 떠났고, 이제 고타 어딘가에 보관되어 있을 것 같은 그의 기록은 어떤지 알 수 없고 접근할 방법도 없다.

괴테는 빈 서재에서 뒷짐을 진 채 생각에 잠겨 실내를 몇 바퀴를 돌고 돌았다. 그러다 갑자기 계단을 타고 뒷마당 정원으로 나간다. 가을이 한창인 정원에는 어디선가 나타난 잠자리들이 한가롭게 원을 그리다, 정원 중앙에 심어 놓은 보랏빛 장미 같은 수레국화 덤불에 가서 살포시 앉는다. 투명한 가을 햇살이 그 위에 쏟아지고 있었다.

그로부터 약 1년 후. 1827년 8월 28일 바이에른 루드비히 왕이 괴테 생일을 맞아 바이마르를 방문한다. 왕은 뜻밖에 쉴러의 유골을 보고 싶어 한다. 급히 쉴러의 두개골은 괴테의 집에서 다시 공작도서관으로 옮겨진다. 하지만 루드비히 왕은 도서관에 쉴러의 유골을 둔다는 것이 의외라며 실망감을 표시하고 독립된 묘지를 조성하는 것이 어떠냐는 제안을 한다. 아우구스트 공작은 왕이 떠나기 전, 계획 중인 자신의 가족묘지 건물에 쉴러의 유골을 안치하겠다는 뜻을 전하고 9월 14일 괴테에게도 알린다.

17. DNA와 빈 관

1883년 할레. 해부학자 헤르만 벨커는 쉴러의 데드마스크와 슈바베가 발굴한 유골을 비교 조사하고는 그것이 쉴러의 유골이 아님을 주장한다. 그 후 1911년, 1826년 유골 검증에 참여했던 프로립의 손자인 튀빙엔 해부학자 아우구스트 폰 프로립은 이미 1854년에 허문 야콥 교회 묘실 자리를 다시 조사해서 63개 두개골을 더 발견하고는 34번 두개골이 진짜임을 새롭게 주장한다. 그것을 프로립 두개골이라 이름까지 지었고 그 두개골에 맞는 유골들도 발굴한다. 1914년 3월 9일, 프로립의 두개골과 유골은 검은 나무관에 넣고 커튼을 덮어 공작 가족묘에 같이 보관된다. 그때부터 쉴러는 2개의 유골을 가지게 된다.

1959년 동독. 소련의 인류학자 미하일 게라시모프는 프로립의 유골에서는 치아 부분이 쉴러의 데드마스크와 맞지 않는다고 주장하며, 그 유골은 여자의 두개골로 쉴러와 나이, 크기, 성별 등 모두 맞지 않는다는 조사 결과를 발표한다. 그리고 슈바베의 유골이 진짜 쉴러 유골이라고 다시 진단한다. 그의 의견에 따라 1961년부터는 슈바베 쉴러 유골이 진품으로 쉴러 관에 넣어져 공작 가족묘에 안치된다.

그래도 그 유골의 진위를 둘러싼 논란은 잠들지 않고 계속되었다. 결국 2008년에 와서 바이마르와 예나가 위치한 중부 독일의 공영방송국 MDR과 독일 남서부 대학 도시이자 요즘은 생태도시로 더 유명한 프라이부르크의 대학병원이 공동으로 수행한 "프리드리히 쉴러 코드 Der Friedrich-Schiller-Code"라는 프로젝트를 통해 비로소 쉴러 유골의 현대적 DNA 분석을 시행한다. 그 결과 놀랍게도 쉴러의 유골들은 모두 가짜였다. 슈바베의 것이나 프로립의 것 모두. 이를 통해 그 유골을 둘러싼 논란은 이제 마침표를 찍었다. 그의 유골은 영원히 분실되었고, 그의 죽음의 비밀도 함께 사라지게 된 셈이다. 매년 바이마르 공작 가족묘로 순례자들을 유인했던 쉴러의 관은 이제 비어 있다. 그가 그것을 원했을까? 그의 육체는 사라졌지만, 그의 정신만은 여전히 순례자들의 마음속에 남아 있다는 식의 상투적 수사는 그만하고 싶다. 잃어버린 유골에 담긴 그의 죽음의 이유가 밝혀지지 않은 안타까움이 그것을 상쇄하고도 남기에.

“그래도 그의 유골을 아직 찾고 싶은 것 아니요?” 김 사장의 말이 내 귓전을 울리는 것 같았다.

“물론 그의 유골을 찾고 싶어요. 하지만 그것보다 그의 죽음의 진실을 더욱 찾고 싶어요. 유골은 없을지라도 그건 어딘가에는 분명히 묻혀 있을 겁니다. 그걸 찾고 싶은 거죠.”

난 혼자 말처럼 이렇게 되뇌었다. 그러나 그 다짐은 이후 바이로이트대학교로 프로젝트 출장을 갈 때까지 몇 년 동안 내 머릿속에서 아련히 잊히고 있었다.

18. 문명의 시시포스와 인연의 사슬

새벽까지 깊은 잠을 이루지 못하고 뒤척인 것 같다. 어제의 프랑크푸르트행이 힘들었던 모양이다. 몸이 힘든 것도 있었지만 정작 힘들었던 건 마음이 상한 때문이다. 머리가 복잡하고 정리되지 않았다. 푸석한 얼굴로 일어나 소파에 앉았다. 여름 해는 벌써 떠올라 창문으로 파란 하늘이 눈부시다. 독일은 가을이 아니라 여름 하늘이 맑고 청명하다. 하지만 이번 여름은 독일 역시 덥다. 기후 위기, 기후변화라고들 한다. 문득 L교수의 말이 떠오른다. '기후 위기와 경제 정책'에 대한 주제로 세미나를 열었던 그. 세미나에서 내가 슬쩍 지구 온난화와 기후 위기 역시 과장된 것일 수 있다고 했더니 그건 확실한 팩트라며 열을 냈다. 내심 토론을 재미있게 하고 싶어 짐짓 반대 의견을 낸 것인데 정색하며 말하는 그 모습에 움찔했다. 어쨌든 그렇더라도 기후 위기를 없애주는 경제 정책은 아직 없다. 기후 위기가 팩트라면 지금의 경제는 그걸 부추길 뿐이다. 결국 기후 위기에 대처하려면 지금과 같은 경제 정책을 바꾸고 그것을 실천할 개인의 결단도 필요하다. 하지만 개인은 너무나 이기적이고 때로 너무나 경제적이다. 호모 이코노미쿠스는 기후 위기에 대응할 수 없다. 그렇지 않으면 기후 위기가 과장됐거나.

그래도 새벽엔 여전히 서늘하고 어떨 땐 약간 쌀쌀하기도 했다. 어제 자기 전에 답답해서 창문을 조금 열고 잤더니 일어나자마자 목이 잠긴다. 뜨거운 커피에 꿀을 많이 타서 한 잔을 마셨다. 그리고 요기를 조금 해야 할 것 같아 냉장고를 열어 보니 숙소 앞 슈퍼 빵집에서 사둔 크루아상이 눈에 띈다. 그 집 크루아상은 특히 고소하고 맛이 있다. 아침에 우유를 탄 커피와 함께 먹으면 든든하고 기분도 좋아진다. 커피를 한 잔 더 타고 한입 가득 빵을 물으니 고소한 버터 냄새가 입안에 가득 찬다. 법경대학 구내 카페테리아에서 카푸치노 한 잔과 먹는 크루아상 역시 그렇다. 특히 그곳 누가 맛 크루아상이 맛나서 심심치 않게 아침 대용으로 카푸치노와 함께 먹곤 했다.

크루아상과 카푸치노도 문명의 산물이다. 오스트리아와 헝가리 그리고 프랑스, 이탈리아의 합작품. 이렇게 문명은 인간의 육체적 필요를 채워주고 동시에 감정적 즐거움과 행복감을 주는 수단이 된다. 하지만 때론 이기적 인간의 오만함과 비굴함 그리고 편견이 도덕과 윤리란 이름으로 만나 정당화되는 지점이기도 하다. 서양이 말하는 관용도 그런 문명의 산물이다. 한쪽의 오만과 편견, 상대방의 비굴함이 문명이란 적당한 지점에서 만나 비로소 작동하는 상태. 문명의 이름으로 이기적 인간의 한없는 오만함과 편견은 가려지고, 비굴함과 저열함은 전자와 겉으로 적당히 화해하거나 공존하게 된다. 그렇다고 그 갈등이 사라지는 건 아니다. 수면 아래서는 오히려 더 치열해질 수 있다. 문명의 오만함이란 그런 맥락을 말한다.

문명은 운명에도 영향을 준다. 문명이 이념적 공간과 역사적 시간이 교차하는 지점에서 발생하는 감각적 관념이자 보이지 않는 손의 일종이라면, 그것은 개인에게도 영향을 미친다. 개인에게 운명이 있다면 그것은 개인의 연대기가 문명과 교차하는 지점에서 만들어질 것이다. 우리나 서양을 막론하고 개인의 운명이란 우주의 작동원리에 맞춘 개인의 활동 연대기로 인식되었다. 우리가 흔히 운명과 동의어로 사용하는 사주(四柱)가 그렇고, 괴테가 묘사한 것처럼 태양계의 운행 원리를 몸으로 느끼는 신비의 여인 마카리에가 그렇다. 지금 유럽의 문명은 많은 부분 계몽주의라는 이념적 공간과 근대라는 관념적 시간이 교차하는 곳에서 발생한 것이다. 그렇다면 현대에서 태어나 자란 우리들의 운명 역시 문명이라는 이념과 관념의 지배를 받는 것은 당연하다.

문명이 우리에게 지배력을 가진다면, 지배 문명은 더욱 그랬거나 그럴 것이다. 지배력이 가지는 오만함은 돋보인다. 프랑크푸르트에서 경험한 일들은 그런 지배 문명이 가졌던 오만함의 작은 흔적이다. 하지만 문명의 그런 지배력이 덜 미치는 영역이 있다면, 그게 바로 가족이거나 친구일 것이다. 그들은 문명과 지배의 논리를 감정으로 무시하거나 알고자 하지 않는 존재다. 이런 점에서 지인들과는 다르다.

지인이란 문명의 지배력으로 맺어진 존재다. 물론 타인은 아니지만, 친구도 아니다. 그들은 서로 도움을 줄 도덕적 의무를 질 필요가 없는 관계다. 부담 없이 만나고 그저 인사만 건네는 것으로도 충분하다. 도와줄 도덕적 책임이 없으니 헤어질 의식도 필요 없다. 독일과 이탈리아에서 우연히 관찰한 사람들은 모두 지인들로 보였다. 부담 없이 만나 담소하고 다음을 기약하며 가볍게 헤어지는 일상의 지인들. 지인이 도움을 주면 그것은 문명의 친절함이다. 친구 같은 지인은 도움도 기대할 수 있으나, 그에게 무례를 당하면 한두 번은 참거나 조용히 만나지 않아도 된다. 그와 헤어짐에 도덕적 책임감이 끼어들지 않으니 헤어질 이유도 없다. 그저 만나지 않으면 된다.

반면 최소한 친구라고 여긴다면 적어도 한 번은 도움을 줄 수 있고, 도움을 기대할 수 있는 존재를 말한다. 그건 문명 이전의 도덕적 의무라고 할 수 있다. 문명에서도 진정한 친구 사이란 항상 도움을 기대할 수 있고 도움을 베풀어야 한다는 의무를 느끼는 존재다. 그것을 외면하는 순간 진정한 친구가 아닌데도 그렇게 행동한 도덕적 비난을 받는다. 도덕적으로 나쁜 인간이 되는 것이다. 그러니까 진정한 친구라면 오만함과 비굴함, 편견이 적당히 만나는 지점은 없다. 그래서 친구는 문명 너머에 존재할 수 있다.

하지만 성경 속 선한 사마리아인은 그런 친구도 지인도 아니다. 전혀 알지 못하는 그저 타인일 뿐이다. 도움을 주고받을 필요도, 헤어질 필요도 없다. 그렇지만 그는 타인을 위해 생명의 도움을 주는 수고를 아끼지 않았다. 거기에는 오만함도, 비굴함도, 편견도 존재하지 않는다. 문명과 관용의 논리를 알지 못하기 때문이다. 그저 마음에 자리 잡은 인간에 대한 의무, 삶과 인연을 받아들이는 겸손한 태도가 있을 뿐이다. 서양이 자랑하는 문명과 관용의 깊이와 넓이는 낯선 사마리아인 하나를 넘지 못하는 알량한 수준이다. 어쩌면 쉴러의 삶은 서양 문명에서 선한 사마리아인의 인연을 찾는 계몽의 여정이었다. 그의 죽음은 그러나, 그 여정이 불시착했음을 보여준다. 서양 문명의 한계에서 좌초한 것이다. 사라진 그의 유골은 그 자체로 서양 문명, 아니 인간 문명의 한계이자 운명이다.

크루아상을 먹다 문득 자문했다. 내겐 어떤 지인과 친구 그리고 사마리아인이 있을까? 예나의 헝가리 친구, 바이로이트대학의 독일 친구. 인연의 친구들. 대학게스트하우스의 숙소비를 건네니, 돈을 세어보지 않고 영수증에 사인하고 일상적 질문을 건네며 인사로 친절을 베푸는 대학 직원은 지인일까, 사마리아인일까, 아니면 그저 타인일까? 바그너 축제에 초청받아 레드 카펫을 밟는 독일의 연방 수상과 유력 정치인들, 그리고 독일의 국경 검문 강화를 외치던 바이에른 주지사, 그를 따라 문명의 옷을 입고 미소를 지으며 손을 흔들어 입장하는 문화예술계 인사들. 위대한 미국을 주장하는 트럼프, 그 비슷하게 위대함을 외치는 한국의 유력 정치인들. 자신이 만든 레드 카펫을 밟으며 인생의 주인공인 양 착각하는 그들. 그리고 광장시장에서 만났던 순진한 이탈리아 수학자, 쾌활한 동업자 김 사장은 내 인연의 누구일까? 시대와 문명은 변해도 운명과 삶의 DNA는 존재하고, 쉴러와 더불어 어쩌면 나도 시시포스처럼 문명의 한 귀퉁이에 비슷하게 남아 운명과 시간의 바위를 계속해서 들어 올릴 것이다.

그가 죽는 순간 깨달은 것이 있다면, 그것 역시 지금 그대로 남아 있을 것이고 그의 삶의 여정처럼 우리들의 삶도 그대로일 것이다. 친구와 지인 같은 인연의 연속인 삶은 조류(潮流)처럼 지나간 시간과 잡을 수 없는 현재, 그리고 알 수 없는 미래에서도 계속될 것이다.

에필로그. 일루미나트 보고서

프랑크푸르트를 다녀온 후, 뜻밖에 독일 유학 시절부터 알고 있는 지인 한젠 박사가 내게 어떤 기록물의 존재를 귀띔해주는 메일을 바이로이트로 보내왔다. 다름 아닌 고타의 "국립문서보관소 Staatsarchiv Gotha"에서 발굴한 자료로, 바이마르 일루미나트 조직 내부를 짐작하게 해주는 특이한 공문서 형식의 기록인데, 쉴러와도 연관된다는 요지였다. 바이로이트에서 특별한 성과 없이 아쉬운 귀국길에 오르려는 때, 그 메일로 쉴러와 그의 죽음에 직접 연결되는 듯한 직관적 감성이 나를 사로잡았다. 일루미나트와 쉴러의 관계는 그의 죽음과 관련해 내가 늘 궁금해하면서 혐의를 뒀던 한 부분이었지만, 그 어디에서도 직접적인 관련 자료를 찾았다는 말이나 그에 관한 정보도 듣지 못했던 터였다.

18세기 고타는 작센 가문 중에서도 바이마르와 같이 에르네스틴 집안에 속한 까닭에 서로 가까운 친척 혈통의 공국이었고, 바이마르 공국과 함께 예나대학에 대한 공동 관리 지분도 가지고 있을 만큼 바이마르와 정치 경제적으로도 도타운 사이의 공국이었다. 특히 고타 공작 에른스트 2세는 독일의 프라이마우러(프리메이슨)와 일루미나트 조직의 활동에 막강한 영향력을 행사한 인물로, 일루미나트 조직 또한 염탐하면서 후원하는 활동도 활발히 한 것으로 알려졌다. 그는 독일의 일루미나트가 와해되자, 그 기록물을 수집하거나 사들여 일루미나트의 기록물들을 보존하는 데도 관심을 둔다. 무엇보다 바이마르의 마지막 일루미나트 책임자로 알려진 요한 크리스토퍼 보데가 1793년 12월 13일 죽자, 그의 유고와 기록물을 1,500탈러라는 적지 않은 돈으로 사서 보관했다고 한다. 알려진 바로는 이렇게 고타 공작이 수집한 프라이마우러와 일루미나트 관련 문서와 기록들은 1804년 그가 죽자 스웨덴의 국립 프리메이슨 지부의 문서보관소로 옮겨졌다가, 1883년 이른바 '스웨덴 궤짝'이라는 이름으로 고타의 프라이마우러 지부인 '에른스트 춤 콤파스'로 돌아왔다. 이후 나치 시대에는 비밀경찰 게슈타포가 이것을 압수해서 슐레지엔 지방으로 옮겼는데, 나치가 패망하자 소련군들이 모스크바로 가져갔다가 1950년대에 동독의 메르제부르크에 있는 '국립중앙문서보관소'로 돌아온다.

독일 통일 후에는 다시 베를린의 '프로이센국가기밀문서보관소'에 보관된다. 이 궤짝은 원래 모두 20권으로 되었는데, 그 중 일루미나트 단원과 관련된 각종 기록 10권이 분실된 것으로 여겨지다, 뜻밖에 1993년 10월에 모스크바 '국립중앙문서보관소'의 특별문서보관실에서 발견되었다고 한다.

한젠 박사는 동독 시절 예나시(市)의 시립문서보관소장을 지낸 인물로, 통일 후엔 예나대학교의 역사연구소에서 괴테 시대의 비밀조직문서 발굴과 연관된 특별연구프로젝트〔SFB〕의 책임연구원으로 참여하면서, 대학에서 한두 과목 강의도 하는 사람이었다. 난 유학 시절 그가 18세기 문서와 기록물의 해독과 편집에 관련된 세미나를 했을 때 그 수업을 들은 적이 있었다. 18세기 독일 작가, 특히 쉴러와 괴테의 원고나 문서기록을 직접 읽어보고 싶은 욕심에 그 수업을 들은 나는 얼마 되지 않는 수업 참석자 중에서도 유일한 외국인이었다. 그 때문인지 그는 내게 특별히 친절했고, 가끔 수업을 마치고 역사연구소 그의 작업실로 나를 초대해서 커피 담소를 나누곤 했다.

어느 6월 저녁, 수업을 마치고 그 작업실에서 그가 지나가는 말로 쉴러 유골의 분실 가능성에 관한 얘기를 언급했을 때 난 처음으로 그 사실을 알게 되었다. 그는 그것도 아직 모르고 있었냐는 듯 의외라는 시선을 던지더니, 이내 진지하게 그 역사와 관련 기록물에 대한 상황을 대강 설명해주었다. 그 일은 내게 쉴러의 죽음과 그 유골의 행방에 관한 관심을 일으키는 계기가 되었고, 그 때문에 그는 나의 유학 시절 내내 그리고 귀국 후 지금까지도 내가 연락하는 중요한 지인이 되었다.

특히 독일에서 박사 논문을 제출하고 구술시험을 기다리는 기간 동안 시간적 여유도 있고 해서 그가 일하는 연구소를 자주 찾았고, 그때는 대개 쉴러 관련 얘기를 많이 했다. 한번은 아직도 쉴러와 비밀조직 관련 미발굴 문서들이 여전히 남아 있을 것으로 생각하고, 그 발굴에 관심이 있다고 속마음을 털어놨더니, 그는 무릎을 치면서 자신도 그런 생각이라며 나를 새삼 진지한 눈으로 쳐다봤다. 그리곤 작업실 귀퉁이 한 서가에 가서 뭔가를 뒤지더니 쉴러와 비밀조직의 관계를 추측하게 해주는, 이미 알려진 몇 문서 중 일부를 스캔한 사진들을 내게 직접 보여주기도 했던 기억이 난다.

메일에서 그는, 한편으로 그 기록이 흥미롭긴 하나 실제 사료로서는 검증이 필요한 필자 미상의 문서라면서도, 내용상 쉴러나 괴테를 잘 알고 있는 주변인이 그 필자임에는 틀림없단 의견도 덧붙였다. 즉시 메일로 내가 그 문서를 볼 수 있는지 묻자, 원래 그 문서는 미리 허락을 받은 전문가에게만 열람이 허용되고 제한적 복사만이 가능한 문서라며, 약간의 허세와 함께 완곡히 거절했다.

할 수 없이 그가 복사한 내용만이라도 보여줄 수 있는지 청했고, 결국 그는 자신의 복사본을 한 부 복사해서 바이로이트대학 게스트하우스의 내 숙소로 보내주었다. 그 복사본을 공개해서는 안 되고, 연구자료로만 참고하라는 당부와 함께.

여기에 내가 현대적 문체로 알기 쉽게, 그리고 내 관점에서 자유롭게 풀어서 옮긴 원(原)기록은 예나시립문서보관소장을 역임한 예나대학의 클라우스 한젠 박사가 발굴한 자료다. 나는 이 기록의 필자가 다름 아닌 괴테 자신이거나 아니면 그의 측근인데, 괴테 혹은 그 필자가 일정 부분 소설문체를 빌려 쓴 보고서 형식을 통해 당시 독일의 비밀조직 일루미나트의 내부 및 그것과 쉴러의 관계에 대해 적나라하게 폭로하고 있다고 믿는다. 난 그의 시도를 그 의도에 맞게 실제 소설로 확대했다. 원기록의 진위나 사료적 가치는 앞으로 관련 전문가들의 연구와 검증을 더 거쳐야 해서 그 전에 공개하는 것은 한젠 박사와의 약속 이전에 부적절한 일이 될 수도 있겠다. 하지만 그 기록을 자유롭게 풀어 소설로 번역한다면 전문가뿐만 아니라 대중들도 그 보고서 내용에 관심을 가질 것 같아, 이런 방식으로 '재번역'해서 공개하는 것은 기록의 진위와는 상관없이 용인되고 나쁘지도 않을 듯하다. 무엇보다 내용으로 보아 그 기록이 어쩌면 쉴러 죽음과 모종의 연관을 보여주는 간접

자료가 아닐까 하는 것이 개인적인 판단이다. 이런 점에서 한젠 박사도 나의 이런 방식의 공개를 양해해 줄 것으로 생각하며, 여기서 거듭 그의 넓은 혜량을 구한다. 이 보고서를 통해 짐작해 볼 때, 아마 쉴러의 죽음과 그 유골의 행방에 대해서 더 구체적으로 알려주는 다른 기록들도 스웨덴 궤짝이나 그 주변 기록에서 발견될 것을 기다리며 묻혀 있지 않을까? 추측해 본다.

1784년 2월 13일 저녁, 괴테 집

크니게는 이제 서서히 자신의 긴 변론을 마감하고 있었지만, 여전히 상기된 얼굴이다. 그는 참으로 웅변가였다. 오늘 그의 변(辯)도 자신의 고양된 감정을 드러내고 좌중의 동의를 끌어내려는 멋진 웅변이었다. 그가 우리와의 만남을 얼마나 열심히 준비했는지 충분히 짐작할 수 있는 부분이다. 하지만 보데와 마샬, 샤르트는 짐짓 진지하고도 침착하게 그의 연설을 잠자코 듣고 있었다. 단지 크니게의 짧은 연설이 끝날 때마다 사실관계를 다시 확인하거나, 어떤 사항에 대해선 보충 질문을 던질 뿐이었다.

보데가 괴테의 집으로 사람을 보내 연락을 한 것은 오늘 오전이었다. 크니게가 조직과 관련해서 자신을 둘러싼 소문들과 악평에 관해 직접 입장을 피력하고, 자신을 변호하기 위해 바이마르에 도착했다는 연락이다. 이미 10일부터 와있었다고 했다. 이 일로 보데와 그 일행들은 물론 헤르더까지 이미 모였다는데, 오늘에야 괴테에게 연락하다니 적잖이 의외였다. 크니게의 일이라면 괴테 역시 당연히 만나야 했다. 그들이 오늘 오후 늦게 괴테 집으로 오겠다는 걸, 그럼 차라리 저녁을 먹고 만나자고 괴테가 제안했다.

크니게가 제일 먼저 도착했다. 현관을 들어서는 마르고 긴 그의 얼굴. 매부리코와 약간 앞으로 나온 아래턱 그리고 넓은 이마가 2월의 찬 공기를 뚫고 불빛 아래 더욱 선명하게 드러난다. 필립의 안내를 받아 2층 거실로 올라온 그의 눈은 늘 그렇듯이 날카롭게 번쩍이고 있다.

"2층에 서재가 있는 줄 알았습니다." 그가 뱉은 첫마디는, 마치 아직도 눈이 듬성듬성 쌓여있는 2월의 황량한 들판을 이리저리 가로지르며 겨우내 얼은 몸을 잠시라도 녹일 양지를 찾아다니는 한 마리 들짐승의 기묘한 소리처럼 울렸다. 그는 이곳이 자신을 변호할 수 있는 적당한 장소인지 확인하고 있었다.

"아, 서재는 위층에 있지만 여간 좁고 누추하지 않아 그저 저와 필립이 겨우 작업만 할 수 있을 뿐이지요. 여러분들이 오는지라 그나마 좀 넓은 이곳으로 모셨습니다."

"그렇군요…."

"이곳도 거실이라기보다는 일종의 작은 작업실이죠, 아직 집이 좁고 정리가 되지 않아서요."

"겸손이십니다. 제가 보기엔 창에서 햇빛이 들어오고 통풍도 잘 되는 것이 아주 좋은 작업실 같습니다. 바이마르공국 추밀고문관의 거실이라기보다는 역시 우리들의 친애하는 형제 아바리스의 작업실 같군요."

그의 말이 여기서 끊어졌다. 긴장하고 있다는 증거리라. 괴테보다 3살이 어린 그는 올해 32살이다. 하지만 재작년 여름, 전 유럽 차원에서 개최된 빌헬름스바트의 프리메이슨 조직 집회에서 그가 보여준 예리한 판단력과 언변, 그리고 사람들의 시선을 끄는 능숙한 사교적 수완은 갓 삼십이 된 젊은 귀족의 언행이라고는 믿어지지 않을 정도로 노련했다. 괴테는 여러 루트를 통해 빌헬름스바트에서 그가 보여준 눈부신 활약에 대해 잘 전해 들을 수 있었다. 그로 인해 독일 전역에서 프라이마우러 조직에 관한 관심은 증대되었고, 적지 않은 조직원들의 입회가 줄을 이었다. 특히 독일 젊은 귀족들의 관심과 입회 문의가 잇따랐다. 사람들은 독일 프라이마우러 조직의 쇄신과 저변 확대에 그가 가장 큰 공을 세웠다고 인정했다. 그만큼 그의 지위와 영향력은 확고부동했다. 그랬던 그도 이번엔 긴장하고 있었다. 바이마르에서 조직원들과 만나는 이번 자리가 그에서 의미하는 중요성과 비중을 누구보다도 잘 알고 있었기 때문이다.

어색한 침묵이 무겁게 흘렀다. 이때 필립이 올라와서 보데가 현관에 도착했다고 알렸고, 괴테가 자리에서 일어나자마자 어느새 계단을 오르는 발걸음 소리와 함께 그의 모습이 보였다. 방으로 들어서는 보데는 언제나 그랬듯이 좌중에 부드러운 미소를 던진다. 그의 통통하고 둥근 얼굴은 그 자체로 까다로움이 느껴지지 않는 호인으로 보이게 한다. 꼬리가 약간 처진 짙은 눈썹 아래엔, 튀어나오지 않아 자그맣고 그윽한 엷은 갈색의 두 눈, 미간을 타고 완만하게 뻗어 내린 콧잔등과 모나지 않게 솟은 콧날, 비교적 얇고 선이 선명한 입술 등이 모여 오목조목한 얼굴이 한편 넓은 이마로 해서 답답해 보이지 않는다.

"갑자기 기별을 주시니 집을 정리하지도 못하고 이렇습니다." 자리를 권하며 건넨 괴테의 인사에 그는 짐짓 미안한 듯 순간 입꼬리를 약간 치켜들고는 어색한 웃음을 지어 보인다.

"어찌 그렇게 됐습니다. 추밀고문관께서는 잘 지내시죠?"

평소 개인적으로 괴테에게 잘 쓰지 않았던 추밀고문관이라는 호칭을 사용하는 것을 보면 그의 인사에서 약간의 거리감과 함께 공적 만남의 느낌이 묻어난다. 그러면서 자신의 감정을 들키지 않으려는 듯 재빨리 옆의 크니게를 보고 인사를 건넨다.

"먼저 오셨군요, 필로 씨…"

역시 의외였다. 그는 좀체 조직의 인물들을 조직 밖의 이름이나 호칭으로 부르는 법이 없었고, 게다가 상대가 프라이마우러이든, 일루미나트 회원이든 조직 내의 이름에다 으레 '우리의 친애하는 형제'라는 수식어를 붙이곤 했다. 특히 일루미나트 인사에겐 더 끔찍이 친밀함을 과시했다. 보데는 30년생으로 괴테보다는 19년, 크니게보다는 22년 연상이어서 그들에게는 거의 아버지 세대에 속한 사람으로 인정받고 있는 처지였다. 그리고 최근에는 바이마르 일루미나트의 관리뿐만 아니라 튀링엔을 포함하는 북독일 전체 일루미나트 조직에 관심을 두고 있는 인물이다. 하지만 열렬한 프라이마우러였던 그를 새로운 일루미나트 조직으로 끌어들인 사람은 다름 아닌 크니게였다. 크니게는 그것을 자랑스럽게 떠들고 다녔다. 보데가 자신의 영향력 안에 있다는 것을 과시하기 위해서였다.

그런 보데가 오늘 괴테에게 한 호칭이나 크니게를 단순히 필로씨로 칭한 것은 무언가 그들 사이에 앞으로 큰 갈등이 있을 수 있다는 것과 사실상 오늘 괴테와의 만남도 조심스러워한다는 것을 미루어 짐작게 한다. 이윽고 이번 일로 보데가 초청한 측근 마샬 백작과 샤르트도 함께 도착했다. 어제 바이마르에서 모였던 사람이 괴테 집에서 다시 모이게 된 것이다.

"친애하는 형제 필로의 입장 개진이 끝난 것 같으니 이제 마지막으로 관례에 따라 필로께서 우리의 친애하는 형제 스파르타쿠스를 비롯해 우리 조직에 대한 개인적인 정보를 알고 있는지, 그리고 이번 만남에서 문제가 되는 쟁점을 알고 있는지 확인하는 질문들을 해보겠습니다. 동의하시나요?"

잠시 생각에 잠겨있었던 괴테를 깨운 보데의 말이었다.

"물론입니다."

크니게는 기다렸다는 듯 주저 없이 대답했다.

"물론 우리의 친애하는 형제 아바리스께서도 이 점에 동의하시겠지요? 사실 어제 우리는 이미 많은 점에 허심탄회하게 의견을 교환했기 때문에 오늘 이 자리는 마지막으로 당사자인 친애하는 필로 형제와 함께 미진한 점이 있었는지 그것을 다시 확인하는 자리라고 할 수 있습니다. 친애하는 아바리스 공께서는 혹시라도 질문이나 이의가 있으신지요?"

보데는 미소를 띠면서 괴테에게 물었다. 프라이마우러와 비슷하게 독일의 일루미나트 역시 조직원의 충성도를 검증해야 할 중대한 사안의 경우에는 당사자의 소명을 듣고 마지막 절차로 당사자가 조직에 대해 얼마나 알고 있는지를 확인하는 시간을 가졌다. 보데의 질문은 결국 이제 공식적 소명의 절차를 끝내겠다는 말과 다름이 아니었다. 하지만 괴테는 그의 질문이 내심 뜻밖이자 무례한 것으로 여길 수밖에 없었다. 그도 그럴 것이 이번 일의 경우는 자신에게 일루미나트의 일로 크니게와 바이마르에서 만난다는 것을 전혀 알려주지 않고 있다가, 마지막 날에 자신의 집으로 거의 들이닥치듯이 모인 후 당사자의 소명은 이미 들었으니 이제 마지막 공식 절차를 진행하겠다고 선언하면서 이에 동의하라니 말이다. 그렇더라도 지금은 어쩔 수 없다. 우선 동의는 하고 크니게의 소명 내용은 차후 개인적으로 다시 물어보는 수밖에.

“제 개인적으로는 아직도 자세하게 내용을 알 수는 없지만, 이미 여러분들께서 정당하게 이번 일을 진행시켜 온 것으로 믿고 동의하겠습니다.”

“신뢰를 보내주시니 감사합니다. 그럼 필로 공께 묻겠습니다. 우리의 형제 스파르타쿠스는 몇 살인가요?”

“30보다는 40세에 가까운 나이로 알고 있습니다.”

“그의 직업은 뭔가요?”

“법학 교수로, 대학에서 교회법을 가르치고 있습니다.”

“그가 편집하여 간행한 책이 있습니까?”

“없습니다.”

“그는 어디서 공부를 했나요?”

“제가 아는 한에서는, 그는 여태껏 한 번도 지금 있는 잉골슈타트를 벗어나지 않았습니다. 당연히 대학도 그곳에서 다닌 것으로 알고 있습니다.”

“그의 수입이 자신의 신분에 맞는 생활을 할 수 있을 정도로 충분한가요?"

"그가 받는 돈으로 그 정도는 충분할 것입니다."

"직업 외에 그가 공식적인 직책도 많이 가지고 있나요?"

"그렇게 많지는 않은 것 같습니다. 한 해의 가장 많은 시간을 휴가로 보내니 말입니다."

"그는 결혼은 했으며 아이는 있습니까?"

이 질문에 크니게는 냉소적인 미소를 잠시 흘렸다. 그리곤 대답했다.

"그의 결혼 사건은 독일 전역에 알만한 사람은 다 아는 사건입니다. 그는 이전 부인과 사별하고…. 아시다시피 어렵게 재혼했는데, 현재 부인은 사별한 부인의 동생입니다. 그리고 전 부인과의 사이에 딸이 있고 현재 부인에게서 최근 아들이 태어났다는 얘기를 들었습니다."

이 말에 좌중은 놀란 듯이 그를 쳐다봤다. 그중 보데가 가장 놀란 듯했다. 하지만 괴테는 금시초문이라는 표정을 짓고 있었다. 그 사이 보데가 질문을 이어갔다.

"그는 사람들과 어울리는 것을 좋아하나요? 그가 친하게 지내는 사람들은 누구지요?"

"그는 사람들과 어울리는 타입이 아닌 것 같습니다. 자주 만나는 사람이라곤 우리 조직에서는 크롬벨이라 불리는 토벨 대위로 알고 있습니다."

"친애하는 형제 크롬벨에 대해서는 개인적으로 알고 있습니까?"

"개인적으로는 만나본 적이 없습니다. 하지만 그의 인물됨에 대해선 간접적으로 들어서 짐작할 수 있습니다."

"간접적이라면 무슨 뜻입니까? 그리고 어떤 점을 짐작할 수 있다는 건가요?"

"크롬벨이 대위로 군대에 복무할 때, 그의 부하로 근무했던 병사들의 증언을 들어 알 수 있다는 뜻입니다. 그는 자신의 상관에게나, 개인적으로 알고 있는 사람이라도 어떤 조직과 관련이 되면 위계를 확실히 정해서 철저하게 그가 정한 위계의 질서에 따라 움직이는 기계와도 같은 인물이죠. 또한 자신의 부하들에게도 자신처럼 하기를 강요했다고 합니다."

"그가 스파르타쿠스 공에 대해선 어떻게 행동했습니까?"

"철저히 상관으로 모시며 복종했다고 알고 있습니다."

"그 말은, 만약 스파르타쿠스 공이 현실정치에 참여하고자 모종의 음모를 꾸민다고 하더라도 그 명령에 따른다는 의미인가요?"

"그렇습니다."

"그러면 공께서 바이에른의 사건과 관련해 친애하는 형제 스파르타쿠스에게 돌린 혐의는 우리 조직의 명예를 걸고 양심에 따라

제기한 것으로, 신과 조직에 그 진실을 맹세할 수 있습니까?"

"내가 한 말에서 어떤 사욕도 없으며, 전혀 양심에 거리낌이 없다고 신과 조직의 이름을 걸고 맹세할 수 있습니다."

크니게의 대답에서 좌중은 잠시 납덩이같이 무거운 침묵이 흘렀다. 그가 말을 이었다.

"난 잉골슈타트 교수의 수업을 듣는 가련한 대학생이 아닙니다. 독일 선역의 유력 인사들을 만나고 그들 중 적지 않은 사람을 우리 조직으로 끌어들인 사람입니다. 물론 친애하는 에밀리우스 공께서도 잘 아시겠지만…. 사실 그는 자신의 개인적, 정치적 목적을 위해 우리의 조직을 이용하고 있을 뿐입니다."

이 말에 다시 차가운 침묵이 방을 지배했다. 그중 보데의 눈이 차갑게 빛났다. 괴테 역시 그를 쳐다봤다. 의외라는 눈치다. 자신의 정치적 목적을 위해 일루미나트 조직을 이용한다는 것이 바로 크니게에게 향했던 스파르타쿠스의 비난이었고, 그 혐의로 그는 바이마르까지 소환된 것이 아닌가. 하지만 그는 오히려 그 혐의를 스파르타쿠스에게 돌리고 있었다.

"그가 원한 것은 자신을 이념을 전파할 수 있는 귀족 기관을 만드는 일입니다. 그 기관이 학교든 아카데미든, 공작이나 왕으로부터 직접 지원을 받아 귀족의 자제들이나 유력 귀족들에게 영향력을 행사하는 국가 기관이 되는 것이 중요합니다. 그럼 그걸 이용해서 교수정치인으로 공작과 왕의 궁정에서 귀족처럼 활동할 수 있겠죠. 그가 바라는 미래의 모습이랄까요. 근데 사실 그가 주장하는 이념이란 게 시대에 맞지도 않아요. 이성의 원칙으로 행동하는 완전한 인간, 평등한 인간들의 사회, 그런 인간을 교육하는 국가. 흠! 그게 어디에서 가능한가요? 비현실적, 실현 불가능한 말을 외치는 사람은 선동가일 뿐입니다. 선동을 통해 정치적 지위를 얻고 이권을 챙기는 자들. 그런 자들은 장기적으로 우리 독일인을 파멸로 이끄는 독버섯 같은 존재들입니다. 그들의 붉은 혀는 사람들의 이성을 서서히 마비시키는 장미의 가시와 같습니다."

갑자기 그가 상기된 얼굴로 말을 끊었다. 좌중이 납덩이처럼 무거운 침묵으로 빠져들고 있음을 눈치챈 듯하다. 잠시 숨을 고르는 시간이 필요했다. 그랬는지 괴테가 짐짓 보데에게 묻는다.

"겨울인데도 공기가 답답한 것 같네요, 잠시 환기를 시킬까요?"

이어 괴테가 필립을 부른다. 필립이 달려오더니 2층으로 올라오는 계단 쪽으로 문을 열고 거실문도 연다. 순간 서늘한 저녁 바람이 들어왔다.

다시 질문이 계속되었다.

"스파르타쿠스 공이 젊은 단원들도 많이 육성하고 교육했습니까?"

"내가 알기로는 전혀 없습니다."

"필로께서는 우리가 수년간 조직에서 충성과 능력을 증명해 온 최고 단계의 핵심 단원들이 선출하는 인사들로 지휘부를 구성하고 있다는 것은 알고 있지요?"

"알고 있습니다."

"그러면 양심에 따라 판단하시기로, 우리의 형제 스파르타쿠스가 조직의 현 지휘부를 현재의 위계적 질서를 파괴하지 않으면서도 앞으로는 성문화된 원칙에 따라 운영하리라고 보시나요?"

"스파르타쿠스 공은 전혀 그런 선의를 가지고 있지 않다고 봅니다. 비록 겉으로는 조직의 지휘부를 자신의 손에서 벗어나서 자유롭게 두겠다고 공언하지만, 결코 실제로 그렇게 행동하지는 않으리라 믿습니다."

여기서 그들의 공식적 대화는 사실상 끝이 났다. 여전히 답답한 공기. 보데는 샤르트와 마샬 그리고 지금까지 잠자코 듣고만 있었던 괴테에게도 이제 질문을 종결해도 될지를 물었고, 그들은 동의했다. 이어 이렇게 크네게에 대한 청문 모임을 끝내는 것에 대해 괴테에게 약간 미안함을 느꼈던지, 그에게 얼마간의 사적인 대화를 끌어내려는 듯 다른 말로 화제를 돌렸다.

"그런데 추밀고문관께서는 우리 독일의 시인과 작가에게 관심이 있으시겠죠. 그러면 **라는 젊은 작가에게도 관심을 가지고 계시는지요?"

“만하임의 젊은 극작가 말씀입니까?”

“그렇습니다. 그의 최근 작품을 읽어보셨나요?”

“…글쎄요, 제가 그의 작품 중에서 읽어본 것이라곤 『***』(쉴러의 첫 작품 “도적들”로 보인다.)밖에는 없습니다. 최근 작품이라면 어떤 건지 궁금하군요.”

“얼마 전에 그가 『피***』(이 부분은 첫 철자 F만 표시되어 있어, 비슷한 시기의 쉴러 작품 “피에스코의 모반”을 지적하는 것이라 짐작되어 이렇게 번역했다.)라는 작품을 내놓았어요. 최근에는, 그러니까 달포 전에는 만하임에서 초연도 한 것으로 알고 있습니다. 이번에는 반응이 별로 신통치가 않았다고들 하더군요.”

“아, 들어본 것 같습니다. 아직 읽지는 못했습니다만. 그런데 만하임에서의 공연에 반응이 별로였다면 의외군요. 제가 알기로 『***』은 반응이 썩 좋았다고 하던데요.”

“좋은 정도가 아니라 아주 열광적이었다고 합니다. 사실 그 작품은 참 훌륭한 작품입니다. 이번에 『피***』도 훌륭하지요. 관객의 반응이란 연출에도 많이 좌우되고, 또 시간이 가면 변할 수 있는 법이니 그렇게 정확한 건 아니라고 봅니다. 다만 그 젊은 작가는 재능이 있고, 무엇보다 그의 연극은 넘치는 에너지를 느낄 수 있어요. 물론 연극에 대해선 추밀고문관께서 나보다 더 조예가 깊으시겠지만 말입니다.”

"아닙니다. 오히려 에밀리우스 공께서 만하임의 젊은 극작가까지도 잘 알고 계시다니 놀랍습니다."

괴테는 보데를 진심으로 인정하는 칭찬의 말을 했다. 그렇지만 그를 보데 고문이라고 하지 않고 에밀리우스로 호칭한 것은 이 자리의 성격을 그대로 유지하고 싶어서였다. 그만큼 보데의 질문은 엉뚱한 것이었다. 지금처럼 심문과 변호로 긴장이 감돌았던 분위기에서 갑자기 **라니.

"에밀리우스 공께선 **에 대해서도 관심을 가지고 계셨군요."

크니게가 불쑥 말을 이었다. 이제 놀란 쪽은 오히려 보데였다.

"그러고 보니 필로 공께서도 **를 아시겠군요."

"그저 몇 번 만난 사입니다. 하지만 그는 대단히 정열적이고, 유능하고, 순수한 영혼 같더군요. 그가 우리 조직에 들어온다면 젊고 훌륭한 인물을 영입하는 것이란 생각이 듭니다."

보데가 그 말에 반색하며 물었다.

"그와 그 목적으로도 만났습니까?"

"글쎄요, 딱히 아니라고 할 수도 없지만, 공식적으로 그렇다고 할 수도 없어요."

"그에게 우리 조직에 관해 설명했나요? 그가 우리 조직에 얼마나 관심이 있었나요?"

보데는 크니게의 말에 급격한 반응을 보이며 성마르게 질문을 했다.

"우리 조직에 관심이 있는 것은 분명했어요. 어쩌면 우리가 생각하는 것보다 우리 조직에 대해 더 많이 알고 있는 것 같은 느낌을 받았습니다. 아마 다른 선(線)을 통해서 정보를 듣고 있는지도 모르죠."

"다른 선이라면 어떤 것을 말하는지…. 혹시 정치적 연결선을 말하는 것인지…."

"그렇습니다. 그는 우리가 생각하는 것보다 훨씬 더 많은 정치적 인맥과 연결 고리를 가지고 있다는 인상을 받았어요. 그래서 신중하게 접근해야 할 수도 있지요. 그렇지만 적어도 나와 만날 때는 우리 조직에 긍정적이었고 친근함을 느낀다는 암시를 주었습니다. 아무튼 그가 우리 조직에 들어온다면 나쁠 게 없고, 외려 큰 소득이라 생각합니다."

보데는 복잡한 표정을 짓는다. 생각이 많아진 듯. 이윽고 천천히 말을 잇는다.

"흠…. 내가 볼 땐, 그는 화약 같은 존재입니다. 잘 다루면 많은 에너지를 얻을 수 있으나, 잘못되면 주변이 다칠 수 있고 우리 조직도 한꺼번에 부서질 수 있는 위험한 존재죠. 조심해야 합니다. 정말 그렇지 않으면 우리 조직은 물론 그도 다칠 수가 있습니다. 그가 원하든 않든 간에 그는 이미 정치적 인물이 됐습니다. 아마 앞으로 틀림없이 더욱 정치가 주목하고 감시하는 인물이 될 겁니다. 각국의 궁정에서도 가만히 놔두진 않을 거고요…."

"그럴지도 모르죠. 하지만 전쟁에서는 살아남는 것이 의무라면, 삶에서 운명이 장미의 가시처럼 다가올 땐 그 운명에 찔리지 않게 행동하는 것이 의무라고 생각합니다. 그는 필요한 상황이 되면 꼭 그럴 겁니다. 그 운명이 우리와 관계될지 아니면 무엇이 될지는 신만이 알겠지만요."

기록은 여기서 끊어져 있었다. 순간 공허한 적막감이 몰려왔다. 문득 TV를 켜보니 마침 뉴스 장면이 나타났다. 광장. 많은 수의 군중들이 모여 있다. 그 앞으로 단상이 만들어져 있고 피켓과 깃발, 플래카드들이 울긋불긋 흔들리고 있다. 정당의 의원들, 정치인들로 보이는 사람들이 단상에 올라있다. 이름도 알지 못하는 각종 단체와 노조의 대표들도 보인다. 그 밑으로 운집한 사람들. 앞쪽으로는 머리에 띠를 두르거나 다양한 구호를 쓴 종이를 들고 있는 사람들이 눈에 띈다. 반대편인지, 그 건너편에는 많은 깃발과 국기가 나부끼는 다른 집단이 보이고 또 다른 연단이 만들어져 있다. 경찰차와 경찰들이 광장 주변을 에워싸고 있다. 그들의 구호는 달랐지만, 민주, 애국, 자유, 평등, 연대, 투쟁, 쟁취, 선거, 승리 등의 거창한 단어가 어지럽게 뒤섞이고 있다. 어디선가 불어온 바람일까 아니면 구호 때문일까, 광장 가장자리에 설치한 화단에 장미꽃이 하염없이 흔들리고 있다.

TV 옆으로 난 작은 창문으로 소슬바람이 불어온다. 네모난 창문은 액자처럼 걸려 있다. 액자를 통해 바람이 문득 잠자리들을 몰고 오는 듯하다. 잠자리 너머 자동차 소리가 들리더니 추모공원을 나서는 소리. 이어 벤치가 보이고 그 벤치 위로 장미인지 꽃잎과 나뭇잎들이 바람에 흩날린다. 그 이파리들은 흙이 되듯 벤치를 덮어 내 기억이 시나브로 사라지더니, 그 공간에 어디선가 본 듯한 잠자리 하나만이 한가로이 떠돌고 있다. 이어 꽃잎과 나뭇잎을 스치는 바람 소리가 내 시선을 채운다. 그리고 얼마의 시간이 흘렀을까. 그 시선 너머 이제 고만 들어가자는 어머니, 그리고 어쩌면 비슷한 말을 한 아버지와 장인의 모습이 보이더니, 그 뒤로 그의 모습 또한 어른거리며 나타난다. 어느 순간 그의 모습 위로 다른 모습들이 겹친다. 광장을 피해 다니는 시민들의 피곤한 얼굴들. 모두 운명의 횡포와 현실의 억압, 감성의 선동과 이성의 계산, 일상의 참을 수 없는 가벼움 속에서 인연의 끈을 찾아 헤매다 평범하게 혹은 평범하지 않게 사라지는 안타까운 우리의 모습들이다. 이제 그 액자는 내 서늘한 가슴에 걸린다.

이 광장 거리는 시대라는 늪으로 빠져들고
내 언어를, 내 연극을 그들이 이용했지만,
대체 할 수 있는 일이란 무엇일까? 단지 무슨 권력이라도 잡은 그들이
내가, 내 언어가 없다면 더 안전하게 지낼 수 있다고 느끼길 바랄 뿐.
그렇게 지상에서 내게 허락된
짧은 시간이 흘러갔네.

하지만 미래에 태어날 이들이여, 다행히 언젠가
인간이 인간을 선한 사마리아인으로 진실로 도울 수 있는 좋은 날이 온다면
내 죽음도, 내 글도, 우리 시대도, 우리의 인연도
한 번쯤 돌아봐 주시길.

쉴러 코드.

장미와 잠자리에 관한 보고서

초판 1쇄 인쇄 2025년 7월 15일
초판 1쇄 발행 2025년 7월 17일

지은이 조우호
펴낸이 박성복
펴낸곳 도서출판 월인
주 소 01047 서울특별시 강북구 노해로25길 61
등 록 1998년 5월 4일 제6-0364호
전 화 (02)912-5000
팩 스 (02)900-5036
홈페이지 www.worin.net
전자우편 worinnet@hanmail.net

ISBN 978-89-8477-750-7 03810

값은 뒤표지에 있습니다.